南北武林

남북무림

류재한 新무협 판타지 소설
FANTASTIC ORIENTAL HEROES

남북무림 1

류재한 新무협 판타지 소설

초판 1쇄 찍은 날 § 2008년 7월 7일
초판 1쇄 펴낸 날 § 2008년 7월 12일

지은이 § 류재한
펴낸이 § 서경석

편집장 § 문혜영
편집책임 § 정서진
편집 § 유경화 · 최하나

펴낸곳 § 도서출판 청어람
등록번호 § 제1081-1-89호
등록일자 § 1999. 5. 31
어람번호 § 제2-1528호

주소 § 경기도 부천시 원미구 심곡1동 350-1 남성B/D 3F (우) 420-011
전화 § 032-656-4452 팩스 § 032-656-4453
http://www.chungeoram.com
E-mail § eoram99@chollian.net

ISBN 978-89-251-1385-2 04810
ISBN 978-89-251-1384-5 (세트)

南北武林

남북무림

南北武林

1

류재한 新무협 판타지 소설

FANTASTIC ORIENTAL HEROES

청어람

目次

　많은 대중문학 작가들이 무협소설을 어른들을 위한 동화라고
말한다. 나 역시 그 말에 심히 공감한다.

　어린 시절, 슈퍼맨이 되어 정의를 위해 싸우는 몽상을 하며 자
랐다. 내가 그러했듯 모든 어린 꿈들은 정의의 편에 선다. 차츰 세
상의 어둔 구석을 알면서 정의란 말이 낯간지러워지기 시작했다.
왜일까? 당당해야 할 정의가 왜 낯간지러워졌을까? 종종 목에 핏
대를 돋워가며 이 낯간지러운 원인에 대해 누군가와 이야기하고
싶어졌다.

　무협에서의 정의란 협(俠)이다.

　협에도 종류가 있다.

　양지(陽地)의 협과 음지(陰地)의 협.

　머리숱에서 흰머리가 조금씩 자라면서부터 양지의 협보단 음
지의 협에 많은 관심을 가졌다. 그러다 보니 나의 글엔 음지의 냄
새가 많이 배어 있다. 쾌활(快活)보단 비장(悲壯)을 추구했다. 단
칼의 통쾌함보단 여운이 긴 감성을 구하고 싶었다. 나에게 그것을
취할 자질이 있는지는 아직 의심스럽다. 나의 가능성에 대한 정답
은 오로지 독자들의 몫이다.

내가 소망하는 무협은 기존의 테두리에서 조금 벗어난 이야기들이다. 인정을 받든 못 받든 무언가 조금은 다른 냄새를 풍기는 무협이고 싶다. 일단 구파일방과 기존 무림세가의 틀에서 벗어나 보았다. 이것이 전에 없었던 새로운 시도나 무슨 대단한 이탈이 아님은 알고 있다. 하지만 언저리에 남을 작은 족적이 될 수 있길 바란다.

독자들은 순정소설을 읽으면 지고지순한 사랑에 감동을 받는다. 무협소설에도 지고지순한 칼이 있다.

나는 그 칼로 독자들의 눈을 베고, 독자들의 가슴에서 흐르는 열혈(熱血)을 확인하고 싶다.

이것이 내가 글을 쓰는 궁극의 목표다.

혹여 나의 칼날이 무뎌 독자들의 눈과 가슴에 별다른 흔적을 남기지 못한다면, 그것은 내 가슴이 먼저 지고지순하지 못한 까닭 때문일 거다. 내 몸속의 피가 아직 뜨거워지지 못한 이유에서일 거다. 아직은 부족한 나이지만 독자들의 눈과 가슴에 작은 생채기라도 남기고 싶다. 그것을 위해 난 오늘도 예리한 칼날을 꿈꾸며 몽환의 세상에서 칼을 갈고 있다.

序

　세상을 지배하는 계급은 무림인이다.

　오백 년 동안 대륙에 난립하던 중소 무림 세력들이 무림십이영웅(武林十二英雄)들에 의해 열두 세력으로 통합되니 이로부터 세상은 무림전국시대(武林戰國時代)라 불려졌다.

　무림전국시대.

　무림의 어느 한구석도 전쟁터가 아닌 곳이 없었다. 무림의 십이제후(十二諸侯)들은 동맹과 배신을 거듭하며 물고 물리는 싸움을 끝도 없이 이어나갔다.

　그러한 피의 이백 년.

　무림십이영웅의 후대에 두 명의 걸출한 영웅이 나타나니

그 두 영웅을 일컬어 북태남황(北太南皇)이라 불렀다. 북태빙
검(北太氷劍) 염중천과 남황지옥도(南皇地獄刀) 우문룡진에 의
해 무림은 다시 양분되어 통합되니 마침내 무림전국시대는
막을 내리고, 이로써 남북무림시대가 도래하였다.

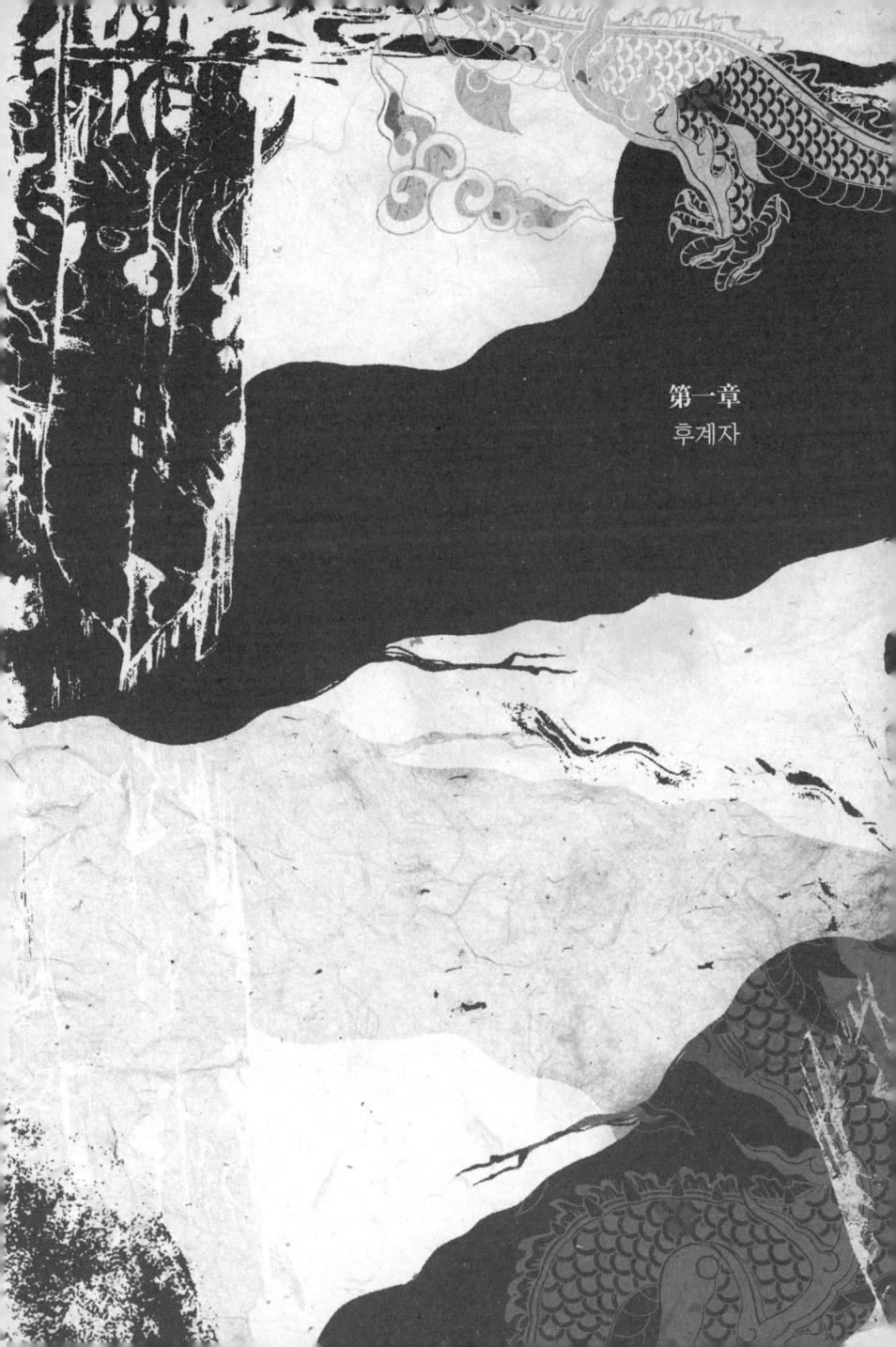

第一章
후계자

남북무림

놈의 나이는 열일곱 살.

이름은 들개.

까맣게 그을린 어깨엔 허물이 듬성듬성 벗겨져 연붉은 새
살이 도드라져 있었다. 나이답지 않게 딱 벌어진 가슴팍이 웬
만한 장정 하나쯤은 거뜬히 메어칠 듯 다부져 보였다.

봉두난발!

얼키설키 흘러내린 머리카락 사이로 보이는 두 눈은 늦가
을에 우연히 마주친 살모사의 까만 눈알처럼 섬뜩하게 느껴
졌다. 날카롭게 솟다가 허리가 조금 뭉그러진 콧날.

오랜 버릇으로 인해 한쪽으로 삐딱하게 말려 올라가 다시

내려올 기색이 없는 입꼬리.

들개의 왼손엔 큼지막한 바가지가 들려 있었다. 들개는 상처투성이가 된 오른손으로 푸성귀와 함께 버무려진 밥찌꺼기를 박박 그러모아 입 안 한가득 쑤셔 넣었다. 어둔해 보일 만큼 한가득 쑤셔 넣은 입으로 들개는 모여 앉은 무리를 향해 씨익 싱거운 웃음을 보였다.

그렇게 묘한 웃음을 보인 후 턱관절을 씰룩거리며 보란 듯이 입 안에 든 음식을 우거적우거적 씹어대기 시작했다. 밥찌꺼기를 씹어대던 들개는 그동안 사용하던 바가지를 바닥에 툭 떨어뜨려 놓곤 바짓단을 삐딱하게 걷어붙인 발로 모질게 밟아 깨뜨려 버렸다.

빠그작!

고만고만한 또래가 모인 거지 무리의 시선이 일제히 부서져 으깨진 바가지로 모였다가 다시 들개의 입 언저리를 향해 급히 들려졌다.

우걱우걱.

사방골. 돌다리 거지 패거리로서 먹는 마지막 비럭질이 아쉬운 듯 빌어먹은 밥찌꺼기가 오랫동안 들개의 입속에서 씹히고 있었다. 그 모습을 사방골의 어린 거지 패거리들은 돌다리 아래에 모여 앉아 마치 거룩한 의식이라도 되는 양 말없이 지켜보고 있었다.

꿀꺽!

드디어 들개의 목에서 마지막 비럭질이 넘어갔다.

그때, 기다리고 있었다는 듯이 땟국이 좔좔 흐르는 쪼그마한 계집아이 하나가 잽싸게 일어나 준비하고 있던 쪽박을 들개에게 내밀었다. 쪽박을 건네받은 들개는 천천히 목을 뒤로 젖히며 물을 들이켰다. 늘 그랬던 것처럼 들개는 입 안에 고인 마지막 물을 입 밖으로 게워냈다.

푸우!

그리곤 돌다리 거지 왕초답게 시원한 욕지거리도 잊지 않고 내뱉었다.

"시발! 날씨 한번 더럽게 덥네."

열댓 명 모여 앉은 거지 패거리들은 하나같이 굳은 표정으로 말없이 들개의 욕지거리를 듣고 있었다.

들개는 찐득한 침을 잇새로 쏘듯 내뱉어 보였다.

찌—익!

그리곤,

"자—! 지금부터 후계자를 정하겠다."

폭이 두어 장(丈)밖에 되지 않는 사방천의 여름은 지루하게 보일 만큼 잔잔한 물결이 되어 흘러가고 있었다. 사방천의 냇물 너머엔 우거진 수풀이 있었고, 그 수풀에서 날 더운 줄 모르고 울어대는 매미 소리만이 요란하게 들려왔다.

목이 터져라 울어대던 매미 소리가 잠시 끊어진 틈을 타 한

동안 침묵하던 들개의 입이 다시 열렸다.

"악귀(惡鬼), 앞으로 나와."

들개의 말에 모여 앉은 거지 무리 중에 제일 뒤에 앉아 있던 사내 녀석 하나가 먼지가 풀풀 나도록 엉덩이를 털고 일어나 어기적어기적 매가리 없이 걸어나왔다.

들개 앞에 고개를 숙이고 선 악귀.

나이는 들개보다 한두 살 적어 보였고, 키도 들개보단 한 뼘 정도 작아 보였다. 빗장뼈가 툭 불거져 보일 만큼 깡마른 체구.

벗어젖힌 상체의 깡마른 살이 질긴 근육인 양 단단해 보였다.

"시벌 놈아, 고개 들어! 죄지었냐?"

작게 욕지거리하는 들개의 얼굴 앞에 악귀는 천천히 고개를 들어 올렸다.

퀭한 두 눈. 그 속엔 깊은 우물 밑바닥 같은 암울함이 보였다. 돌멩이 하나를 놈의 두 눈 속에 툭 던져 넣으면 아득한 물소리만이 공허하게 들려올 것 같은 깊은 눈동자.

까무잡잡한 안색에 입술은 계집처럼 붉었다.

차분하게 내려온 콧날과 둥그스름한 콧방울.

퀭한 두 눈만 제외한다면 녀석은 제법 곱상한 사내놈이었다. 땟물을 벗겨놓으면 아랫도리가 적잖게 의심스러울 사내놈.

"앞으로 사방골 돌다리 거지 패거리의 왕초는 악귀다. 그러니······."

"뭬—!"

들개의 말이 끝나기도 전에 앉아 있던 무리 속에서 언짢게
침을 뱉는 소리가 들려왔다.

들개의 독살스런 눈매가 매섭게 돌아가고, 곧이어,

"이 시발— 놈! 불곰 너, 나와!"

이를 갈며 뇌까린 들개의 말에 한쪽 귀퉁이에 앉아 있던 큰
덩치의 사내놈이 삐딱한 모양새로 일어서며 뚱한 소리를 내
뱉었다.

"내가 뭐?"

"야— 이 개자식아! 이리 와!"

무언가 불만인 듯 잔뜩 부은 얼굴로 걸어나오는 불곰이란
놈은 들개보다 두어 살은 많아 보였다.

다 자란 어른보다 더 큰 덩치.

오만상을 구긴 표정으로 가득이나 큰 눈을 부라리며 걸어
오니 녀석의 얼굴이 더욱 험상궂게 일그러져 보였다. 들개가
고개를 삐딱하게 옆으로 기울여 보이며 이죽거렸다.

"시벌 놈아, 뭐가 불만이야?"

"시바! 동네 똥개도 지들끼리 모이면 서열이란 게 있다던
데, 아무리 돌다리 밑에서 빌어먹는 거지 패거리라지만 지킬
건 지켜."

퍽—!

고개를 작게 숙이고 무어라 주절거리는 불곰의 명치에 들개의 발뒤꿈치가 날아가 박혔다. 허리를 새우처럼 접으며 앞으로 푹 꼬꾸라지는 불곰의 등짝에 다시 한 번 들개의 발뒤축이 내리꽂혔다.

삐— 악!

맨땅에 얼굴짝이 처박힌 불곰은 배를 팔로 감싸 안으며 급하게 일어섰다. 그리곤 금방이라도 끊어질 듯한 숨을 다스리려 어금니를 깨물어 보였다. 악문 불곰의 잇새로 헉헉 하는 숨소리가 삐져 나오고, 그 모습에 들개는 말려 올라간 입꼬리를 더욱 삐뚜름하게 말아 올리곤 빈정거렸다.

"서열? 지금 당장 갈아엎는다. 왜, 꼽냐?"

"이, 이제까지 내가 두 번째 서열이었어. 근데 왜 저 악귀새끼가 새 왕초냐고? 서열상… 다음은 나잖아! 시발—!"

땅이라도 미리 파놓은 놈처럼 죽을 둥 살 둥 모르고 바락바락 대드는 불곰에게 들개는 전에 없이 싱거운 웃음을 지어 보이다가 악귀를 향해 시선을 옮겼다.

"악귀야, 네가 까라."

악귀의 입에서 무심한 소리가 짧게 새어 나왔다.

"까?"

"그래. 까."

악귀가 불곰을 향해 마주 섰다.

목을 뒤로 살짝 젖히고 봐야 할 만큼 차이가 나는 키. 악귀
는 그렇게 불곰 앞에 마주 서서 퀭한 눈으로 불곰의 부라린
눈을 바라보았다.

"까라네."

악귀의 목소리는 나이와 생김새답지 않게 음울했다.

축축하게 젖어 있는 그늘.

음색은 녀석의 눈빛을 닮아 있었다.

불곰이 경직된 목을 한 바퀴 빙글 돌려 풀어내며 이죽거렸
다.

"악귀야, 뒈지기 전에 그냥 찌그러져 있지?"

악귀는 붉은 입술을 쫑긋이 모아 내밀었다.

휘파람.

바람 소리가 섞인 휘파람은 사방천의 잔잔한 물결보다 더
잔잔하게 울려 퍼졌다. 돌다리 아래에 쪼그려 앉아 있던 거지
무리는 휘파람 소리가 무슨 약속된 신호인 듯 엉덩이를 뭉그
적거리며 뒤로 물러나 앉았다.

"들개는 사방골을 떠난다. 그러니 악귀야, 네 쪽박은 이제
깨진 거야. 선택을 잘해야지. 안 그래, 이 좆만아!"

그렇게 불곰은 악귀를 타일렀지만, 애초부터 불곰은 악귀
가 절대 순순히 물러설 놈이 아니란 것을 잘 알고 있었다.

불곰이 두 어깨를 휘적휘적 돌리며 악귀에게 다가갔다.

악귀의 휘파람도 멈춰졌다.

돌다리 아래로 후텁지근한 바람이 불어오고, 불어오는 바람을 향해 악귀의 발이 천천히 물러났다.

"콰— 악!"

불곰이 갑자기 소리를 버럭 지르며 달려들 시늉을 보이다가 잽싸게 몸을 다시 빼내 버렸다. 빠르게 내밀었다가 거둬들인 불곰의 족적이 뽀얀 먼지가 되어 피어올랐다.

피식.

악귀는 불곰의 장난스러운 위협에 조소를 날려 보냈다. 그리곤 어깨를 이리저리 흔들며 폴짝거리기 시작했다. 악귀의 양발은 엇갈리며 발끝으로 땅을 찍고 가볍게 튀어 올랐다.

불곰은 악귀를 너무나 잘 알고 있었다.

날다람쥐처럼 날랜 놈.

붙잡으면 허리뼈가 아작거리도록 놈을 반으로 접어놓으리라. 불곰은 계집애처럼 폴짝폴짝 뛰고 있는 악귀를 노려보며 허리를 가만히 숙여 상체를 내밀었다. 그리곤 양 손바닥에 침을 번갈아 뱉었다.

"퉤! 퉤!"

불곰은 침 뱉은 양 손바닥을 짝 소리가 나도록 마주치곤 두 팔을 활짝 벌렸다.

"쥐방울! 와라!"

악귀는 깡충거리는 몸으로 불곰을 향해 다가가다가 다시 뒤로 빠지기를 반복했다. 어떨 때는 빠르게 다가서다가 느리게 물러나고, 어떨 때는 느리게 다가서다가 빠르게 몸을 빼버렸다. 기다리기 지쳐 슬금슬금 악귀에게 다가가던 불곰이 길게 날숨을 토하며 빈정거렸다.

"후우—! 괜한 힘 빼지 말고 빨리 끝내자."

그때,

타— 탁!

악귀의 두 발이 불곰의 안면을 노리고 날아들었다.

파— 팟!

불곰은 한 손으로 악귀의 한 발을 급히 막아내고 연이어 날아드는 악귀의 바른발을 낚아채 버렸다. 불곰이 악귀의 바른발을 낚아채며 뒤트는 순간 먼저 쳐낸 악귀의 왼발이 불곰의 틀어잡은 손목을 걷어찼다.

팍—!

불곰은 틀어잡은 악귀의 바른발을 포기하고 다른 한 손으로 악귀의 바지춤을 잡아챘다. 그리곤 막 두 발이 지면에 내려서는 악귀를 잡아당기며 무릎을 악귀의 배에 쑤셔 넣었다.

탁한 신음과 함께 악귀의 허리가 푹 꺾이고, 불곰은 다시 체중을 실은 오른쪽 팔꿈치로 악귀의 등짝을 무지막지한 힘으로 내리찍어 버렸다.

빠— 악!

불곰의 발아래 널브러져 버린 악귀.

배를 바닥에 대고 널브러진 악귀를 내려다보던 불곰은 지켜보고 있는 들개 보란 듯이 여유를 부리며 천천히 악귀의 뒷목과 허리 뒤춤을 잡아챘다. 그리곤 괴력을 발휘하며 널브러진 악귀를 머리 위로 번쩍 들어 올렸다.

불곰은 악귀를 들개 발 앞에다가 집어 던질 속셈이었다.

비릿한 웃음이 불곰의 입가에 잠시 머물다가 급하게 사라지는 순간, 불곰은 악귀를 집어 던졌다.

그 짧은 순간, 악귀를 집어 던지던 불곰의 입에서 되레 단발의 비명이 터져 나왔다.

"윽―!"

악귀의 축 처진 몸이 번쩍 들려져 집어 던져지려던 찰나, 악귀가 한 손으로 불곰의 머리채를 틀어잡아 버린 것이다. 자신이 집어 던진 악귀의 무게와 속도가 불곰의 머리 뿌리에 고스란히 전해졌다.

쿠― 쿵!

머리채가 잡힌 불곰은 자신이 던진 악귀의 손에 끌려 마치 통나무가 넘어지듯 빳빳하게 앞으로 넘어지고 말았다.

땅바닥에 안면이 처박힌 불곰이 다급히 고개를 쳐들기도 전에 던져진 악귀는 불곰의 머리카락을 틀어잡은 채 달려들어 불곰의 등짝에 올라탔다.

"놔―!"

악귀를 등에 태운 불곰이 괴성을 지르며 일어서려고 할 때, 악귀는 왼손으로 불곰의 머리채를 틀어잡고 오른발로 일어서려는 불곰의 뒤통수를 거칠게 짓밟아 버렸다.

다시 한 번 더 안면이 바닥에 짓이겨진 불곰.

"크— 악!"

비명인지 고함인지도 모를 괴성을 냅다 지르며 벌떡 일어서려는 불곰의 등에서 뛰어내린 악귀는 곧바로 몸을 잽싸게 돌려 발을 내질러 버렸다. 반쯤 허리를 펴며 일어서던 불곰의 울대에 악귀의 발끝이 꽂혔다.

빡—!

"컥!"

숨통이 끊어지는 짧은 비명과 함께 일어서려던 불곰은 두 손으로 목을 감싸며 앞으로 꼬꾸라져 버렸다.

쿵—!

큼지막한 눈을 하얗게 까뒤집은 채 게거품을 물고 뒹구는 불곰. 승부가 나버렸다.

악귀는 바지에 묻은 흙먼지를 손으로 툴툴 털어내곤 들개를 향해 몸을 돌려세웠다.

휘파람.

악귀는 입꼬리가 한쪽으로 심하게 말려 올라가 있는 들개를 향해 걸어가며 휘파람을 불었다.

악귀가 들개 앞에 섰을 때,

짜—악!

들개의 오른손 손바닥이 악귀의 왼쪽 뺨을 때리고 지나갔
다.

픽 돌아간 악귀의 얼굴이 다시 들개를 향해 돌아왔을 땐,
악귀의 왼쪽 입 언저리에서 붉은 피가 흐르고 있었다.

입꼬리로 혀를 내밀어 입술 사이로 삐져 나온 핏물을 훔
치는 악귀의 귓전에 들개의 나지막한 속삭임이 흘러들었
다.

"악귀야."

"……."

"조질 때는 두 번 손이 안 가도록 확실하게 조지랬지?"

악귀는 들개 앞에서 말없이 돌아섰다.

"퉤—!"

악귀의 입에서 붉은 핏물이 뱉어지고…….

악귀는 어른 머리통만 한 돌덩이를 찾아 들고 비실비실 일
어서려는 불곰에게 다가갔다. 두 손으로 바닥을 짚고 이제 막
무릎을 세우려던 불곰은 머리 위로 큼지막한 돌덩이를 치켜
들고 서 있는 악귀를 확인했다.

불곰의 입에서 떨리는 신음 소리가 새어 나왔다.

"아, 아, 악귀야—!"

악귀는 양손으로 치켜들고 있던 돌덩이를 내리쩍었다.

빠—악!

오른쪽 어깨뼈가 완전히 부서져 버린 불곰은 혼절해 버렸다. 악귀는 실신한 불곰을 잠시 내려다보다가 들고 있던 돌덩이를 불곰의 머리맡에 쿵 소리가 나도록 떨어뜨려 놓곤 뒤돌아섰다. 물러나 있던 어린 거지 패거리들은 쥐 죽은 듯 조용했다.

"들개 형, 정말 가?"
악귀의 물음에 들개는 누런 앞니를 드러내 보이며 말없이 고개만을 끄덕였다.
악귀는 작게 고개를 숙여 휘파람을 불었다.
저잣거리 술 취한 기녀들이 흥얼거리던 노랫가락.
잠시 이어지던 휘파람 소리가 끊기고 악귀가 다시 들개의 매서운 눈앞에 얼굴을 들어 올렸다.
"어디 갈 건데?"
"왜?"
"…그냥."

푸ㅡ!
들개는 사방천의 냇물에 얼굴을 씻었다.
씻어도 까맣게 그을린 들개의 얼굴은 그대로다.
잔잔하게 흐르는 냇물의 물결이 알알이 깨어진 빛살로 반짝였다. 그 찬란한 반짝임을 바라보며 들개가 입을 열었다.

"만호 형님네에 들렀다가 갈게."

냇가에 쪼그려 앉아 낯을 씻는 들개의 등 뒤에 악귀가 서 있었다. 들개가 만호 형님네에 들렀다가 가겠다는 뜻은 만호 형님의 식구 중 한 놈이 들개에게 칼을 맞을 거란 소리였다.

그 칼 맞을 놈이 누군지 악귀는 잘 알고 있었다.

독각(獨角) 놈이다.

압록강의 지류(支流) 중 하나가 사방천이다.

굽이도는 사방천의 옆구리에 자리한 마을의 이름이 사방골이다. 도회지라곤 할 수 없지만 사방골은 닷새마다 장(場)이 들어설 만큼 인근 마을 중에선 제일 큰 마을이었다.

사방골 비렁뱅이 패거리의 왕초는 만호다.

만호 패거리에서 들개가 고만고만한 또래들을 데리고 따로 떨어져 나온 것이 몇 년 전의 일이었다. 들개는 동생들과 자신의 연배들이 패거리의 연장자들에게 너무 치이자, 어린 거지들을 데리고 패거리에서 따로 떨어져 나와 버렸다.

왕초 만호는 묵인했다.

그런데 왕초 바로 아래 서열들이 떨어져 나온 돌다리 패거리를 늘 괴롭혀 댔다. 방패막이가 된 것은 들개와 불곰, 그리고 떠돌이 거지로 사방골에 들어와 돌다리 패거리에 뒤늦게 합류한 악귀였다.

사방골 거지 패거리 중 제이인자가 독각 놈이다. 사방골에서 제일가는 싸움꾼인 독각은 악귀와 이제 반병신이 된 불곰이 상대할 수 있는 자가 아니었다. 독각의 주먹과 독기를 버텨낼 수 있는 사람은 오직 들개뿐이었다. 그러니 남아 있는 똘마니들을 위해서라도 들개가 곱게 사방골을 뜨진 않을 것이다.

　들개가 독각을 노리는 이유가 또 하나 있었다.

　며칠 전, 독각은 얼큰하게 술에 취해 돌다리 패거리의 어린 거지 계집을 자빠뜨렸다. 사방천 뚝방에서 생긴 일이었다. 몸을 내어주고 절뚝거리며 돌아온 어린 거지 계집의 나이가 고작 열두 살이었다. 어린 거지 계집들에겐 왕왕 있는 일이었지만 그 상대가 한때 한솥밥을 먹던 독각이란 사실에 들개의 눈빛이 홱 돌아가 버렸다.

　악귀가 냇가로 다가가 들개 옆에 쪼그리고 앉아 양손을 오목하게 모으고 한가득 냇물을 펐다. 워낙 더운 날씨인지라 낮이라도 좀 씻을 속내에서였다.

　빡―!

　옆에 쪼그리고 있던 들개가 악귀의 뒤통수를 갈겼다. 악귀의 오목한 양 손아귀에 담겨져 있던 냇물이 쏟아져 흘러내려 버렸다.

　"새끼야, 넌 세수 같은 건 하지 말랬잖아."

들개는 계집애처럼 곱상하게 생긴 악귀의 얼굴에 늘 불만이 많았다. 거지 노릇 하려면 연민이 밑천인데 그 최소한의 밑천이 악귀에겐 없었다. 또 남색(男色)을 즐기는 거지들이 왕왕 있기에 꾀죄죄한 땟국을 얼굴에 남기지 않는다면 언제 어디서 뒤통수를 얻어맞고 뒷구멍이 지저분해질지 모른다는 게 들개의 걱정이었다.

악귀는 젖은 손을 가만히 내려다보며 입을 열었다.

"형, 어디 가?"

질기게 묻는 악귀의 궁금증에 들개는 세운 양 무릎에 떡하니 두 팔을 걸쳐 놓고 흘러가는 냇물을 바라보았다.

한참을 말없이 그러고 있던 들개가 입을 뗐다.

"북태성(北太城)."

순간, 들개의 입에서 새어 나온 말에 악귀의 몸이 돌덩이처럼 굳어버렸다. 들개가 자리를 털고 일어났다.

악귀는 딱 벌어진 입으로 천천히 얼굴을 들어 올렸다. 일어선 들개를 바라보는 악귀의 눈엔 그가 자신이 알고 있던 그 들개로는 보이지 않았다.

"혀, 형?"

들개가 바지 뒤춤에서 광목으로 손잡이를 둘둘 동여맨 단도 하나를 빼 보이곤 싱겁게 웃음을 보였다. 그리곤 다시 허리춤에 시퍼렇게 날이 선 단도를 갈무리하곤 사방천에서 뒤돌아섰다.

악귀의 가슴속의 작은 영웅이 악귀가 꿈꾸어온 바로 그곳으로 떠난단다. 악귀의 가슴속에서 알 수 없는 분노가 치밀어 올랐다. 그래서 저만치 걸어가는 들개를 악귀가 불러 세웠다.

"들개 형!"

들개가 뒤돌아섰다. 그리곤 악귀를 향해 소리를 질렀다.

"악귀야! 내가 널 처음 봤을 때 난 운명이란 걸 느꼈다! 이것도 운명이다! 그냥 받아들여라!"

"혀, 형! 시발—! 나도 좀 데리고 가!"

악귀가 처음으로 들개에게 욕지거리를 섞어 악을 써댔다. 들개는 못 들은 양 뒤돌아서 자신의 길을 걸어갔다.

"또 보자!"

＊　　　＊　　　＊

"해가 빠졌는데도 날씨가 꽤 덥습니다, 형님!"

만호 패거리 독각은 감나무에다가 시원하게 오줌발을 갈기곤 바지춤을 추스르며 뒤돌아섰다.

짙은 땅거미라서 그런지, 아니면 의지와는 달리 자꾸만 흔들리는 어깨 때문인지 독각은 쉽사리 바지춤을 추스르지 못하고 불콰해진 얼굴을 아래로 떨어뜨려야만 했다.

"어, 왔냐?"

독각의 입에서 술내 나는 인사치레가 나오는 순간,

푹!

딱 벌어진 독각의 입에서 짧은 신음 소리와 함께 긴 날숨에 섞인 독한 술내가 토해졌다.

"윽—! 하아— 아!"

무언가 자신의 배에 틀어박힌 것이 다시 빠져나간 후에야 독각은 그것이 칼이란 걸 깨달았다.

"이 새끼……!"

푹—!

웅크린 독각의 배에 또다시 칼이 쑤셔 박혔다.

독각의 몸이 천천히 아래로 무너질 때 들개가 이죽거렸다.

"전에 형님이 말했죠? 승부는 미리 정해진다. 그러니 상대 앞에서 겁먹지 마라. 별거 아니다."

들개는 바짓가랑이를 붙잡는 독각을 발로 지그시 누르며 떼어내곤 핏물이 뚝뚝 떨어지는 칼을 널브러진 독각의 가슴 팍에 툭 던져 놓았다.

"형님, 세상 참… 정말 별거 아닙니다."

*　　*　　*

돌담은 무척 높았다.

그 높다란 돌담보다 더 높다랗게 자란 벚나무에 바람이 불고, 벚꽃 잎이 함박눈마냥 떨어지며 날리고 있었다. 그 벚나무 아래 식탁을 내어놓고 고즈넉하게 술을 마시는 젊은 무인의 틀어 올린 머리 위에도 하얀 벚꽃 잎이 나풀거리며 내려앉았다.

붉은 식탁보가 깔린 식탁 위엔 오색 보석이 박힌 보검(寶劍)이 한 자루 가로눕혀져 있었다. 그 외에도 잘 차려진 안주와 유약이 짙게 발린 상감청자 주전자가 주인의 권위를 대신하며 놓여 있었다. 작은 술잔에 쪼르륵 주전자를 기울이는 젊은 무인의 눈은 이미 술이 과한지 게슴츠레하게 보였다.

나이는 이십대 초반. 짙은 눈썹에 반듯한 얼굴.

"실력이 좋다고 칭찬이 자자하더군. 그래, 이름은?"

"비검이십칠호(秘劍二十七號) 야랑(野狼)입니다."

사내의 대답은 바람에 날렸는데도 제법 꼿꼿하게 울려 퍼졌다. 때로는 바람에 우수수 쓸리고, 때론 바람과 함께 허공에 치솟는 벚꽃 잎.

그 가득한 화무(花舞)와 함께하는 검은 무복의 사내 하나가 한쪽 무릎을 세운 채 마당에 부복하고 있었다.

벚꽃의 화무를 즐기는 젊은 무인은 북태성(北太城) 태자궁(太子宮)의 주인인 독고검(獨孤劍) 염재민.

염재민은 한 손으로 술잔을 들고 삐딱하게 기운 고개로 술잔을 바라보다가 게슴츠레한 눈을 부복한 사내에게 던졌다.

"비검대(秘劍隊) 대장이 너를 내게 보낸 것을 보면 무언가 특별한 구석이 있긴 있는 모양인데… 그게 뭐지?"

"……"

"으— 음! 입이 쉽게 열리지 않는 걸 보니 목이 몹시 마른 게로군. 야랑이라고 했지? 야랑, 우선 한잔 받아라."

챙—!

염재민은 식탁 위에 눕혀놓은 검을 뽑아 들었다. 그리곤 한 손에 들린 술잔을 검격과 검신이 맞닿는 부분에 올려놓고 검을 쫘악 앞으로 뻗어내었다.

차르— 릉!

사기 술잔이 검신(劍身)을 타고 앞으로 쭉 미끄러지며 날아갔다. 칼끝에서 딱 멈춰 선 술잔이 회전을 했다.

술기운에 흔들리는 염재민의 어깨였지만 결코 술잔이 놓인 칼끝은 미세한 흔들림도 없이 내뻗어져 있었다.

야랑이 고개를 들었다.

매서운 야수의 눈매를 가진 이십대 초반의 사내.

타다다닥—!

야랑은 무릎걸음으로 염재민의 칼끝을 향해 달렸다. 그리곤 땅바닥에 양 무릎을 박은 채 두 손으로 회전하는 술잔을 잡았다.

팟—!

순간, 염재민의 입가에 묘한 미소가 빠르게 스치고 지나갔다. 두 손으로 작은 술잔을 잡고 목을 젖혀 한입에 털어 넣는 야랑. 야랑은 표정 없는 얼굴로 빈 술잔을 칼끝에 다시 올려놓고 이마를 땅바닥에 박았다.

쿵—!

염재민은 빈 술잔이 올려 있는 칼끝을 까딱거렸다.

칼끝에서 튕긴 술잔이 뱅글 돌며 식탁 위에 떨어졌다.

탁!

쪼르륵—!

염재민은 빈 술잔에 술을 다시 채웠다.

"떨리지 않는 손끝이 마음에 들고, 의심치 않는 믿음에 흡족해지는군. 북태성엔 언제 들어왔나?"

"사 년쯤 되었습니다."

"사 년이라? 음, 승격이 빨랐다는 건 실력이 그만큼 좋다는 말인데? 비검대로 옮기기 전에 흑무당(黑武黨)에서 얼마나 있었나?"

"예! 흑무당에선 생활한 바가 없습니다. 청무당(靑武黨)에서만 달포 정도 생활했습니다."

야랑의 대답에 염재민의 게슴츠레하던 눈동자에서 파란 불똥이 터져 나왔다. 청무당이라면 북태성에서 가장 낮은 서열이다. 그곳은 무(武)의 기초를 닦는 자들이 모인 곳이다. 그다음 서열이 홍무당(紅武黨)이고, 그다음 거쳐야 할 곳이 흑무당(黑武黨)이다. 흑무당에서 능력이 특출하다고 인정을 받으면 북태성의 핵심 부대에 뽑혀간다. 그 핵심 부대 중에서도 최정예라 할 수 있는 곳이 비검대이다.

염재민의 입가에 묘한 미소가 물렸다.

"후후—! 이거 재미있군. 설마 생 초짜로 들어와 사 년이라는 짧은 기간 안에 비검대에 뽑혔다는 말은 아니겠지? 자신의 능력을 숨기고 북태성에 들어와야만 할 무슨 딱한 사연이 분명히 있었을 게야. 그래, 북태성에 들어오기 전에는 어디 소속으로 있었지? 북태오제후(北太五諸侯) 중 누구 밑에 있었나? 설마 남황성(南皇城)의 무인은 아니겠지? 하하하! 남황성의 사람이라면 자넨 나의 목을 노리고 잠입한 자객이겠군. 하하하! 농담이야, 농담!"

무르팍을 손으로 두드려 가며 웃던 염재민은 급히 안색을 굳히며 야랑을 노려보았다.

"너의 정체가 무엇이냐?"

야랑은 염재민의 날카로운 시선 앞에 얼굴을 들어 올렸다.

한 치도 흔들리지 않는 야랑의 눈동자.

염재민은 야랑의 야수 같은 눈을 지그시 바라보았다. 그리곤 술잔을 입으로 천천히 가져가며 속삭이듯 목소리를 낮췄다.

"야랑, 괜찮다. 아무 걱정 말고 네 과거를 이야기해 봐."

잠시 잠깐, 두 사내 사이엔 함박눈 같은 벚꽃 꽃잎만이 바람을 타며 노닐었다. 그러다가 야랑의 입이 다부지게 열렸다.

"비럭질을 하고 살았습니다."

막 술잔을 입에 대고 술을 머금던 염재민의 입에서 술이 풋하고 뿜어져 나왔다.

"뭐, 뭐야? 비럭질?"

팽팽하게 날 선 신경이 침묵으로 이어졌다.

술잔 속에 꽃잎이 차곡차곡 쌓일 만큼 두 사내는 입을 닫은 채 봄날의 지루한 정물이 되어 있었다.

침묵한 시간이 얼마나 지났을까.

텅—!

염재민은 들고 있던 검을 검집에 되돌려놓았다.

"후후, 비렁뱅이가 출세했군."

"……"

야랑은 여전히 침묵했다. 그것이 최선이란 걸 야랑은 잘 알고 있었다. 그리고 지금 이 자리가 자신에게 얼마나 큰 기회의 자리인지도 잘 알고 있었다.

때론 침묵이 가장 정확한 대답이다.

염재민이 술잔에 내려앉은 꽃잎 하나를 손가락으로 집어냈다. 건져진 꽃잎에 맺혀 있던 물방울이 다시 술잔 속으로 떨어지고, 염재민은 술잔 속에 이는 작은 파문을 내려다보았다.

"비검대에서 어디까지 배웠나? 잡술은 집어치우고 검에 대해서만 말해봐."

"십팔검(十八劍)을 배우는 중입니다."

집고 있던 꽃잎을 손가락을 튕겨 날려 보낸 염재민이 술잔을 만지작거리며 힐끗 야랑을 쳐다봤다.

"십팔검이라? 추엽십팔검(秋葉十八劍)을 말하는군. 그럼 춘풍칠십이수(春風七十二手)와 열하삼십육쾌(熱夏三十六快)도 배웠을 것이고."

"예."

"십팔검을 배우는 중이라면 교본(敎本)을 지니고 다니겠군. 사계검법(四季劍法)을 배울 때 나 역시 골머리를 적잖게 앓았었지. 하하! 오랜만에 한번 보고 싶어지는군."

"지니고 다니지 않습니다."

야랑의 말이 의외였던지 염재민의 한쪽 눈매가 작게 찌푸려졌다. 승격 후 받는 교본은 무인에게 있어선 보물과도 같은 것이다. 새로운 무공을 완성할 때까지 품속에 목숨처럼 지니고 다니는 것이 일반적인 예이다. 또 새로운 무공을 전수받기 위해서 필히 반납해야 할 교본이기도 하다.

"뭐라? 교본이 없다?"

"예. 외운 뒤 반납했습니다."

"그럼 마지막 북빙구검(北氷九劍)은 받았나?"

"아닙니다. 아직."

염재민의 구긴 눈매가 그제야 반듯하게 펴졌다.

"음, 늘 그런 식으로 배워왔나? 그다지 특별한 방법은 아닌데……. 좀 재미있는 이야긴 없어?"

"……."

"이를테면 말이지, 난 출세가도를 달리기 위해 이러한 노력을 했다. 난 너의 그런 것들이 궁금해. 특출하게 잘난 놈들은 한두 가지 구린 구석이 있기 마련이거든. 어디 한번 구린 구석을 이야기해 봐."

"……."

"올해 몇인가?"

"스물하나입니다."

염재민의 입꼬리가 한쪽 눈매와 함께 작게 말려 올라갔다.

"동갑이군. 나랑 동갑이라는 것은 별로 구릴 것이 없지. 야랑, 넌 다른 사람에 비해 야비한가? 가끔 앞서 가는 놈의 뒤통수를 슬며시 까기도 하나?"

눈을 빛내며 묻는 염재민에게 야랑은 막연한 정점을 노려보며 대답했다.

"예."

"오호―! 그럼 배신도?"

"먼저 하지는 않습니다."

"결국 할 수 있다는 이야기군."

"예."

"상대가 누구이든?"

"예."

"협의(俠義)와 양심은? 그리고 의리는?"

"최소한으로 가지고 있습니다."

"뭐? 최소한?"

"예."

빠르게 이어지던 문답의 마침표를 염재민이 찍었다.

"꺼져."

쿵─!

염재민의 입에서 언짢은 소리가 나오기가 무섭게 야랑은 땅바닥에 이마를 찍고 곧장 무릎걸음으로 물러났다. 벚나무에서 두어 장 거리까지 물러났을 때, 야랑은 몸을 일으켜 세우곤 뒤돌아섰다. 그때, 염재민의 목소리가 다시 들렸다.

"야랑!"

털썩.

야랑은 돌아서자마자 바로 부복부터 했다.

염재민이 야랑의 시선 앞에 검지를 까닥여 보였다.

타다다─ 다탁─!

다시 야랑의 두 무릎이 땅을 찍으며 앞으로 나아갔다.

야랑의 무릎걸음 뒤로 벚꽃의 하얀 꽃잎들이 나풀거리며 피어올랐다. 야랑의 부복한 몸이 멈춰졌을 때, 염재민의 목소리가 이어졌다. 취기가 잔뜩 몰려온 목소리였다.

"높은 산이 있지. 그 산 정상엔 나무가 별로 없어. 그건 정상이기 때문이야. 그래서 그곳에 서 있는 자는 늘 외롭지. 폭풍한설이라도 몰아치면 견디기 힘든 자리인 게지. 그래서 많이 적적했다. 이게 내 고민이야. 너의 생각은?"

"더 큰 고민은 약속되지 않은 후계자란 자리일 겁니다."

야랑의 엉뚱한 대답에 염재민의 두 눈이 경직되었다.

그도 잠시,

"하하하―! 그래, 그게 내게 사람이 필요한 이유지. 그래서 비검대 대장 북태검호(北太劍狐) 숙부(叔父)에게 부탁을 했다. 그러한 인연으로 네가 이 자리에 있는 것이고. 어때?"

"준비는 되었습니다."

술잔에 떨어져 있던 마지막 꽃잎이 염재민의 손가락에 건져져 튕겨졌다. 술잔을 들어 입으로 가져가는 염재민은 침울한 목소리부터 깔아내었다.

"나의 과거에 대하여 들은 바가 있나?"

"예."

"그럼 나의 처지도 잘 알겠군. 나의 양아버지가 북태성의 지존이신 북태빙검 염중천이시다. 난 일곱 번째 양자(養子)로 태자궁에 들어왔다. 내 위의 여섯 형님이 차례로 피살당한 후에 이곳 태자궁에 들어왔지. 이곳은 늘 피 냄새가 나. 야랑, 느껴지나?"

"……."

꿀꺽—!

염재민의 술 넘기는 소리가 거칠게 들렸다. 언짢은 속내가 술잔에 고스란히 실려 내려지고.

탁!

"내 바로 위 형님이시던 염고평이 피살당한 모습을 내 눈으로 직접 보았지. 바로 내 뒤에 서 있는 벚나무에서 죽임을 당하셨지. 벚나무 아래, 형님의 가인(佳人)이던 편소화가 목이 잘린 채 누워 있더군. 고평 형님은 귀두환도에 심장이 관통당한 채 저 벚나무에 꽂혀 있었어. 누구 짓이라고 생각하나?"

"내부의 적."

야랑의 말에 염재민은 고개를 주억거려 보이며 등받이 의자에서 몸을 떼어내고 일어섰다. 야랑의 눈이 잠시 염재민의 움직임을 따라가고, 염재민이 야랑을 향해 일어서라는 손짓을 해 보였다.

부복을 풀고 야랑이 일어섰다.

바람은 거세지고 벚나무의 꽃잎이 비바람같이 야랑의 얼굴을 때리고 지나갔다. 염재민은 식탁에 놓인 자신의 애검을 손에 쥐었다.

"하루하루 죽음을 예감하며 산다는 것은 그다지 유쾌한 일이 아니지. 내 주위엔 별로 사람이 없어. 내가 믿을 수 있는 것은 이것뿐이지."

염재민이 야랑의 눈앞에 내밀어 보인 것은 오색 보석이 박힌 화려한 검집의 검이었다.

"어때? 이 검이 마음에 들어?"

"아닙니다."

"왜?"

"너무 눈에 띕니다."

야랑의 말에 싱긋이 웃던 염재민의 눈길이 야랑의 왼쪽 허리춤으로 갔다.

"싸구려 철검이군."

"……."

"가자."

태자궁 뒤뜰에서 빠져나온 두 사내가 향한 곳은 북태성 내에 있는 다섯 야방(冶坊:대장간) 중에 북태성 요인들만이 사용하는 백옹야방(白翁冶坊)이란 곳이었다.

풀무질의 거친 숨소리, 뜨거운 열기와 담금질해 대는 망치 소리가 귀를 때렸다. 염재민이 야방 앞에 나타나자 모든 장인들이 손을 멈추고 허리를 접었다.

종종걸음으로 염재민 앞에 서는 백발의 노인.

첫눈에 백발의 노인이 백옹야방의 야장편수(冶匠片手)란 것을 알 수 있었다. 염재민이 야장편수에게 무어라 지시를 내리자 노인이 야방의 모든 대장장이를 물리곤 야랑의 왼쪽 옆구리를 힐끔 살폈다. 그리곤 무엇이 우스운지 혼자 킬킬거리며 야방 구석에 있는 쪽문으로 사라졌다.

"야랑."

염재민이 부르는 소리에 야랑은 염재민 옆으로 다가섰다.

"원래 이름이 야랑은 아닐 테고……."

"애초에 없었습니다."

"그러니 성(姓)도 없는 게로군."

"……."

"사람으로 태어났으니 가질 건 가지고 살아야지."

염재민은 그렇게 중얼거리며 야방 안으로 들어갔다. 그리곤 쇠모루 위에 엉덩짝 한쪽을 삐딱하게 걸치고 앉았다.

"어때? 내 사람이 되겠어?"

야랑은 화덕 속에 이글거리는 불덩이를 바라보며 잠시 뜸을 들였다. 야랑의 마음속엔 이미 결정이 지어진 일이었지만 급하게 대답할 필요는 없었다. 그러지 않아야 했다.

염재민의 표정이 조금씩 구겨질 즈음 야랑의 입에서 짧은 소리가 새어 나왔다.

"그러죠."

염재민의 구겨지던 얼굴이 피식 하는 웃음과 함께 펴졌다.

"너는 오늘부로 비검이십칠호가 아니다. 그냥 태자궁 호위무사 야랑일 뿐이다. 너의 모든 것을 내가 가진다. 그리고 너에 관한 모든 기록을……."

그때, 쪽문으로 사라졌던 야장편수 백웅이 무언가를 검은 광목으로 둘둘 말아 가슴팍에 품고 나타났다.

백웅이 가슴에 품고 있던 것을 염재민에게 건넸다.

염재민이 백웅이 전하는 것을 잠시 살피곤 다시 야랑에게 건네주었다.

"이것은 돌아가신 여섯 태자 중 셋째 형님이 사용하시던 애검이다. 가져라. 네게 잘 어울릴 것이다."

건네받은 야랑은 검은 광목을 풀어냈다.

그 속에 든 것은 삼 척(尺)이 조금 넘는 장검이었다. 아니, 여느 평범한 장검이라기보다는 보기에도 묵직하고 투박한 한 자루의 철검이었다.

거무칙칙한 검집엔 어떤 문양도 없었다.

야랑은 한 뼘 반 정도 되는 검병에 손을 얹어놓으며 염재민의 눈치를 힐끔 살폈다.

가볍게 고개를 주억대는 염재민.

스르릉!

차가운 금속음에 야랑의 한쪽 눈이 미세하게 꿈틀거렸다.

파르스름한 검신.

투박한 검집과는 달리 검신은 보검이라 할 만치 예리해 보였다. 가뜩이나 비딱하게 말려 올라간 야랑의 입꼬리가 더욱 삐딱하게 말려 올라갔다.

"마음에 드는 모양이군."

속내를 내보인 것에 찔끔한 야랑은 염재민의 물음에 목례를 보이는 것으로 대답을 대신했다. 염재민이 야랑에게서 시선을 돌려 백옹에게 눈짓을 해 보였다. 백옹이 풀무 앞에 쪼그려 앉더니 풀무질을 해대기 시작했다.

화덕의 파란 불길이 백화(白火)로 변할 때쯤, 염재민은 가슴 앞섶에서 무언가를 꺼내 백옹에게 던졌다.

백옹은 노인답지 않게 재빠른 손짓으로 염재민이 던진 장방형의 쇳덩이를 낚아채더니 그것을 화덕 속에 집어넣었다.

그리곤 다시 골 깊은 이마의 주름살을 쪼글쪼글하게 구기며 풀무질을 더욱 거세게 해댔다.

잠시 후, 백옹이 화덕 안에서 집게로 빼낸 것은 노랗게 달구어진 두 치(寸) 정도 되는 정방형의 금속 인장(印章)이었다. 싯누렇게 달구어진 인장을 확인한 염재민이 야랑을 향해 고개를 돌렸다.

"웃통 벗어."

야랑은 백옹의 손에 들린 인장을 지그시 노려보다가 윗옷을 벗어젖혔다. 백옹이 싯누렇게 달궈진 금속 인장을 들고 야랑에게 다가와 작게 속삭였다.

"앉으시지요."

야랑이 두 무릎을 꺾으며 앉았다.

백웅이 철검을 둘둘 쌌던 광목을 바닥에서 주워 입으로 북 북 찢은 후, 찢어놓은 광목을 갓난아기 주먹만 하게 뭉쳐 야 랑의 얼굴 앞에 내밀었다.

"이가 상합니다."

야랑이 고개를 가로저어 보였다.

백웅이 언짢은 표정으로 염재민의 눈치를 살폈다.

작게 고개를 끄덕여 보이는 염재민.

백웅이 달군 금속 인장을 야랑의 오른쪽 등 뒤 어깻죽지에 지졌다.

파— 지직!

살이 타며 역한 냄새가 피어올랐다.

꿈틀거리는 야랑의 등 근육과 바르르 떨리는 야랑의 동공. 작게 숙인 야랑의 이마에서 굵다란 식은땀이 뚝 떨어졌다.

"됐어."

염재민의 말이 떨어지자 백웅은 금속 인장을 야랑의 등짝 에서 떼어냈다. 그리곤 급히 무언가를 찾아와 지진 야랑의 낙 인(烙印)에 부었다.

피시식!

화인(火印)이 찍힐 때보다 더 극심한 고통이 밀려왔다.

야랑은 자신도 모르게 짧은 날숨을 헉—! 하며 토해내고 말 았다. 무슨 약물인지는 몰라도 아주 고약한 냄새가 살이 타 들어간 냄새에 섞여 콧속으로 아리게 들어왔다.

그리고 들리는 염재민의 목소리.

"짐승이 아닌 바에야 번듯한 이름 하나쯤은 가지고 있어야지. 그것이 앞으로 사용할 너의 성(姓)이다. 이름은 그냥 사용해도 좋다."

야랑의 오른쪽 어깻죽지에 깊숙이 낙인찍힌 글씨.

獨孤.

태자궁 독고검(獨孤劍) 염재민의 호위무사.

독고야랑(獨孤野狼).

그리 따갑지 않은 봄볕임에도 야랑은 돌담 아래에 늘어선 그늘을 따라 걸었다. 무언가 이루고 나면 그만한 쾌감이 있어야 마땅할진대, 야랑의 마음은 오입질하다가 무슨 몹쓸 병이라도 얻은 놈처럼 영 개운치가 않았다. 욱신거리는 오른쪽 어깻죽지, 그것이 야랑의 걸음을 멈추게 했다.

"후― 우!"

길게 날숨을 토해낸 야랑은 오른쪽 어깻죽지를 휘적휘적 돌리며 풀어냈다. 그리곤 누가 묻지도 않은 답을 혼잣말로 중얼거렸다.

"변한 것은 없다."

야랑의 발이 다시 앞으로 내디뎌지려고 할 때 야랑의 발뒤꿈치를 물고 늘어지는 목청이 있었다.

왈— 왈—!

앙칼스럽게 짖어대는 잡종 놈의 목청이 야랑의 귀에 익었다. 가만히 뒤를 돌아봤을 때 야랑은 자신의 넋 나간 발걸음이 길을 잃고 잠시 지나쳤다는 걸 깨달았다. 야랑은 태자궁을 빠져나와 비검대 숙사로 향하는 중이었다. 그런데 비검대로 들어서는 중문을 그만 지나친 것이다. 낯이 익은 잡종 개가 그것을 알려주었다.

발길을 되돌렸다.

야랑은 비검대 중문 문턱에서 아는 척을 하며 꼬리를 흔들어대는 잡종 개를 내려다봤다. 야랑의 입꼬리가 삐딱하게 말려 올라가며 무심한 소리가 새어 나왔다.

"꺼져."

야랑은 메케한 연기를 피해 고개를 삐뚜름하게 기울였다.

작게 피워놓은 불길에서 나는 연기가 야랑의 눈과 코를 찝쩍댔다. 야랑의 맞은편에 서 있는 사내는 반백의 수염에 부리부리한 호목(虎目)을 가진 중노인이었다.

비검대 대장 북태검호 양곤.

야랑이 자신의 물품을 챙기려 비검대 숙사로 향할 때 양곤이 야랑의 발길을 막아섰다. 양곤의 양손엔 이미 이런저런 잡다한 야랑의 물품들이 들려져 있었다.

양곤은 불길 위에서 잿빛으로 녹아내리는 한 뭉치의 서류를 보고 있다가 입을 열었다.

"너를 처음 봤을 때가 생각나는군."

야랑은 뻐딱하게 기운 고개로 하얗게 재가 되어버린 자신의 기록을 노려보고 있었다. 양곤의 손에서 또 한 다발의 서류 뭉치가 불길 속으로 툭 던져지고, 입가엔 쓴 미소가 물렸다.

"아마 압록강 언저리에 있는 마을에서였지? 네놈이 길을 묻는 내게 대답은 하지 않고 되레 질문을 던졌지. 그때만 해도 네놈은 참 형편없는 비렁뱅이였어. 흐흐흐, 네놈이 내게 던진 질문이 생각나는군."

"……."

이렇다 저렇다 별 반응이 없는 야랑의 얼굴을 힐끔 살피던 양곤의 눈 속으로 기억의 연기가 가물가물 스치고 지나갔다.

압록강 지류를 끼고 있던 어느 마을 대로에서 십대 중반쯤 돼 보이는 봉두난발의 거지가 마상에 앉은 양곤을 노려보며 이죽거렸다.

"몇 명쯤 죽였습니까?"

양곤은 어린 거지의 당돌한 물음에 어이가 없어 몸을 앞으로 숙이며 말 갈퀴에 팔을 기댔다.

"그건 왜?"

"몇 명쯤 죽이면 아저씨처럼 되냐고요?"

양곤은 철딱서니없는 비렁뱅이의 물음에 미간을 찌푸렸다.

"아주 많이. 근데… 거지 놈이 왜 그게 궁금해?"

"그럼 북태성의 주인은 더 많이 죽였겠네요?"

어린 거지가 입꼬리를 삐죽 말아 올리며 또다시 되묻는 말에 양곤의 심기가 불편해졌다.

"글쎄? 이놈아! 사람을 많이 죽여서 북태성의 지존이 되신 것은 아닐 것이다. 쓸데없는 주둥아리 놀리지 말고……."

"무인이 되려면 뭐가 제일 중요합니까?"

길은 알려주지도 않고 질문만 던져 대는 거지의 생떼에 참다못한 부관이 앞으로 나서려 했다.

"이런! 간덩이 부은 놈!"

양곤이 한 손을 들어 올려 앞으로 나서려는 부관을 제지했다. 어린 거지의 헝클어진 머리카락 속에서 보이는 인광(燐光)을 본 것이다. 양곤은 녀석의 호기에 호기심이 동했다.

"무인으로 산다는 것은 쉬운 일이 아니다."

"거지로 산다는 것 역시 만만찮습니다!"

"하하하—! 그래서?"

"별거 있습니까? 까짓것, 한번 해보려고요."

양곤은 투레질하며 지루해하는 말의 갈퀴를 쓰다듬어 다독거려 놓곤 어린 거지를 향해 이죽거렸다.

"녀석, 무인이 되는 게 꿈인 게로구나?"

어린 거지는 턱을 치켜들고 다부진 목소리를 뱉었다.

"이 꼴로 죽을 순 없지 않습니까?"

"그럼 어떻게 죽고 싶냐?"

어린 거지는 입꼬리를 잔뜩 말아 올리며 대답했다.

"멋지게."

양곤은 그때 그 어린 거지의 대답과 놈의 입가에 물린 사악한 미소를 오래도록 잊지 못했다.

어린 거지의 말이 떨어지기가 무섭게 양곤의 뒤에 늘어서 있던 무인들의 입에서 조롱하는 웃음소리가 터져 나왔다. 양곤이 손을 높이 치켜들어 부하들의 웃음을 틀어막았다. 그리곤,

"멋지게 죽고 싶다? 쉽지 않은 일이지. 근데 네놈이 아주 작정을 하고 나를 기다린 게로구나?"

어린 거지가 고개를 끄덕였다.

"한 달 전쯤 이곳을 지나가실 때부터 기다렸습니다."

"음, 그것만으론 부족하다. 내가 널 기억할 만한 특별한 재주라도 보여라. 그럼 내 기억해 주마."

양곤의 말에 어린 거지는 고개를 작게 숙이고 양곤을 향해

다가섰다. 그리곤 대뜸 뒤춤에서 단도를 하나 뽑아 들고 달려
들었다.

채채— 챙—!

여기저기서 당혹한 발검 소리가 터져 나오고 말이 놀라 앞
발을 치켜들며 울어젖혔다.

히— 이이잉—!

팍—!

어린 거지가 양곤이 탄 말의 목에 단검을 쑤셔 박은 것은
순식간의 일이었다.

"멈춰라—!"

쓰러진 말 위에서 양곤이 두 손을 치켜들고 부하들을 제지
했다. 말의 목에서 뿜어져 나온 핏물이 고스란히 어린 거지의
얼굴에 묻어 있었다. 양곤은 피를 뒤집어쓴 어린 거지에게 굴
곡 없는 목소리로 물었다.

"이름은?"

"들개."

녀석이 하북(河北) 북태성을 찾아온 때는 두 해가 지난 어
느 늦가을이었다.

그 후,

양곤은 청무당 당주와 우연히 마주칠 때 놈에 대해 물었다.
놈이 청무당에 들어간 지 열흘 후의 일이었다.

청무당 당주 서익의 대답은 예상대로였다.

"별난 놈입니다."

애초에 별난 놈이란 건 알고 있었던 터라 양곤은 그다지 놀라지 않았다. 하지만 궁금했다.

"왜?"

청무당 당주의 입에서 나온 이야기에 양곤은 고소를 머금었다. 첫날, 청무당 당주가 들개를 데리고 청무팔조(靑武八組) 조장에게 인계를 했다. 팔조에 소속된 청무무인들이 사용하는 숙소에서의 일이었다.

당주가 조장을 소개하자마자 들개는 미친놈처럼 곧장 팔조 조장의 배를 차버렸다. 결과야 뻔했다.

들개는 죽도록 맞았다. 죽지 않은 게 천운이었다.

그 후 열흘쯤 지나서 양곤은 청무당 당주를 불러 들개의 근황을 궁금해했다. 청무당 당주 서익은 양곤 앞에서 고개를 절레절레 흔들어댔다. 서익의 말로는 들개가 연이어 분란을 만들더니 기어코 며칠 만에 팔조원들의 기를 다 죽여놓았다고 했다. 무공의 우위로 군림한 것이 아니라 독기로 군림했다고 한다. 결국 당주는 분란을 막기 위해서라도 들개를 조장에 앉혀야만 했다. 사실 들개가 비검대 대장의 인맥이라는 것도 적잖게 작용했다. 그리곤 다행히도 청무팔조엔 더 이상의 분란은 없었다.

다만 전 조장이었던 놈이 비명횡사했다는 것 외엔.

거기에 대해 청무팔조원은 누구 하나 입을 열려고 하지 않았다. 청무당 당주 역시 들개의 소행이란 것을 짐작만 할 뿐 더 이상 파고들지 않았다.

들개가 북태성에 들어온 지 달포쯤 지났을 때, 양곤은 청무당 당주 서익과 마주쳤다.

"그 깡패 놈, 요즘 좀 어때?"

"깡패요? 아! 들개 말입니까? 그놈이야 요즘 아주 잘 지내고 있죠."

싱글싱글 웃으며 답하는 서익의 말에 양곤은 의아스러웠다.

"그래? 실력은 어느 정도지?"

놈에 대해 별 기대를 하지 않고 물었다. 들개가 가진 재주가 독기뿐이라고 생각했기 때문이다.

청무당 당주 서익이 엄지손가락을 치켜세워 보였다.

양곤은 서익의 엄지손가락을 노려보며 눈살을 찌푸렸다.

"달포가 지났을 뿐인데? 허허허, 그나마 곧잘 하는 모양이군."

대수롭지 않게 받아들이는 양곤에게 서익은 얼굴을 굳히며 속삭였다.

"그런 게 아닙니다. 지금은 놈이 최곱니다."

양곤은 말없이 서익을 스치고 지나갔다. 그러다가 서익을 향해 몸을 돌려세웠다.

"놈을 데려와."

비검대에 들어온 들개에게 비검이십칠호(秘劍二十七號) 야랑(野狼)이란 이름이 붙여졌다.

한데, 비검대에 들어온 순간부터 놈의 태도가 돌변했다.

때리면 맞고, 시키면 하고, 주면 받고, 안 주면 굶었다. 말 그대로 놈은 있는 듯 없는 듯 죽은 듯이 지냈다. 야랑에게 무언가 잔뜩 기대를 했던 양곤의 실망은 이만저만이 아니었다.

양곤의 실망은 실망으로 끝나지 않았다.

비검대에서 삼 년이란 세월이 지난 후부터 야랑은 예전의 들개로 돌아가기 시작했다.

고대하던 일이라 양곤의 입가에도 묘한 미소가 물렸다.

야랑은 비검대 내에서 조금씩 분란을 일으키고 다녔다.

놈이 삼 년 동안 준비하고 있었다는 사실을 양곤은 뒤늦게 알았다.

야랑의 손에 한 놈, 두 놈 까이기 시작했다.

양곤은 모른 체했다.

사 년째 되자 비검대의 모든 비검수(秘劍手)가 야랑 앞에서 눈을 내리깔았다. 야랑이 가진 무공이 압도적이어서가 아니었다. 무공의 수위만을 따지자면 좀 모자라는 구석도 없지 않아 있었다. 하지만 웬일인지 모두들 야랑 앞에 꼬리를 내려 버렸다. 그제야 양곤은 웃으며 고개를 끄덕였다.

'제대로 건졌어.'

비검대 대장 북태검호 양곤이 손을 툴툴 털어내곤 삐딱하
게 서 있는 야랑을 바라보았다.

"야랑아."

야랑이 양곤을 향해 삐딱한 몸을 바로 세워 보였다.

"예."

"이젠 나도 너를 어찌 못할 곳으로 가야 한다. 알지?"

"……"

"태자궁의 호위무사는 너 외에도 세 명이 더 있다. 전부 대
단한 자들이지. 네놈의 독기도 통하지 않을 것이다. 음흉한
속셈도 부리지 마라. 그러다간 바로 뒈진다."

"……"

"네놈의 소원이 멋지게 죽는 것이라 했지? 바늘 위에 서 있
다고 생각해라. 실수하면 그날 바로 개죽음이 되어 태자궁 담
장 위에 내다 걸릴 것이다. 그렇게 되면 나까지 꼴이 우습게
돼."

"…예."

"태자궁에 새로 온 시녀 하나가 바쁘게 들락거리더군. 아
마도 네놈이 필요한 모든 것이 준비되어 있을 것이다. 가거
라."

야랑이 양곤을 향해 부복으로 인사를 하려 하자 양곤이 고

개를 가로저으며 제지하곤 먼저 돌아서 버렸다.

"그 철검의 이름은 묵혈검(墨血劍)이다."

야랑이 선 곳은 염재민이 기거하는 태자궁(太子宮)의 북향(北向), 현무정(玄武亭)이란 자그만 현판이 걸린 팔각지붕의 정자 앞이었다.

스르륵—!

야랑은 현무정의 돌계단을 밟고 올라가 툇마루 하나 없이 바로 만나는 미닫이문을 양쪽으로 활짝 열어젖혔다.

세 벽면에 큼지막하게 나 있는 창문을 통해 들어온 엷은 빛이 내실 바닥에 깔려 있었다.

깔끔한 목 침상, 식탁과 등받이 의자 두 개, 그리고 식탁 위에 놓인 차제구(茶諸具). 좌식 책장과 여닫이 삼단 문갑 하나, 그리고 한쪽 벽면 아래를 다 차지할 만큼 기다랗게 놓인 장궤 하나. 연붉은 바닥은 방금 닦아놓았는지 먼지 하나 없이 반들반들 윤기가 흘렀고, 높다란 천장엔 화려한 색채의 현무도(玄武圖)가 그려져 있었다.

야랑이 방 안으로 막 발을 들여놓으려 할 때,

"어이—!"

기척도 없이 불쑥 나타난 목소리는 칼칼한 여인의 목소리였다. 야랑이 뒤돌아섰다.

탱글탱글하게 틀어 올린 머리엔 긴 젓가락 비녀가 찔러져 있었다. 이마를 촘촘하게 내리덮은 앞머리. 두 눈만 내놓고 눈 아래의 얼굴을 검은 복면수건으로 감춘 여인.

착 달라붙는 검은 무복. 여인치곤 제법 큰 키였다.

균형이 잘 잡힌 몸매엔 붉은 요대와 붉은 검병의 장검.

여인은 다짜고짜 시비조다.

"야—! 비럭질 깡패새끼라 애당초 예우란 것도 모르나 보다?"

야랑은 돌계단을 밟으며 내려왔다.

"누군데?"

현무정 마당에 땅거미가 어스름하게 깔렸음에도 초롱초롱해 보이는 눈만 내놓고 얼굴의 대부분을 가린 여인이 저잣거리 껄렁패마냥 건들건들하며 야랑을 향해 마주 다가왔다.

"이런 병신새끼를 봤나? 넌 현무고 난 주작이지."

야랑은 어깨 넓이만큼 두 발을 벌리며 뒷짐을 지고 섰다.

"그런데? 어쩌라고?"

"뭘 어쩌긴 어째, 눈까리 깔고 허리를 접어야지."

"다른 건?"

태자궁 호위무사 중 남향 주작정(朱雀亭)을 맡고 있는 남주작(南朱雀) 매검향은 순간 당황했다. 무언가 주객이 전도되어 버렸다는 느낌을 머리에서 지울 수가 없었다. 자신이 상관에게 복명(復命)이라도 하러 온 사람의 처지가 되어버린 것이다. 검은 수건으로 가려진 매검향의 입에서 매서운 짜증이 터져 나왔다.

"뭐 이따위가 있어?"

매검향의 쏘아붙이는 말에도 야랑은 그 자세 그대로 매검향의 눈을 지그시 노려보며 차분한 목소리를 깔았다.

"이제 이따위가 있다는 것은 확인했을 것이고, 다른 거 없으면 그만 가서 쉬어."

"어?"

황당해하는 매검향 앞에서 야랑은 뒤돌아섰다.

매검향은 멀뚱멀뚱 눈만 치켜뜨고 뒤돌아서 가는 야랑의 뒷모습을 노려보았다.

'저, 저런 미친놈.'

짐작은 하고 있었지만 막상 당하고 보니 감당하기 힘들 만치 어이가 없었다. 매검향이 놈에 대해 정보를 얻은 것은 놈이 북태성에 들어온 바로 직후였다. 매검향이 태자궁의 호위무사로 발탁되고 바로 접한 정보였다.

들개. 출신, 무(無). 비겁대 대장 북태검호의 인맥. 무위(武威), 최하(最下). 입성 한 달 만에 청무당 조장 하나를 살해. 관찰대상. 홍무당과 흑무당을 월담하고 비겁대에 차출. 비겁이십칠호, 이름은 야랑. 현재까지의 무위는 의문. 의심스런 구석은 보이지 않지만 필히 요주의.

그것이 태자궁 호위무사로서 매검향이 확인한 야랑에 대한 정보였다. 매검향의 단단히 조여진 앞가슴이 봉긋하게 들썩였다. 제대로 열받은 것이다.

"야이, 개자식아! 이리 안 내려와?"

매검향의 앙칼진 외침에 야랑은 현무정 돌계단을 밟고 올라서 있다가 뒤를 힐끔 돌아보며 히죽 웃음을 보였다.

"들어와."

그리곤 야랑은 활짝 열려진 방으로 들어가 버렸다.

매검향의 초롱초롱한 눈알이 바르르 떨렸다.

탓―!

매검향의 신형이 곧장 열려진 현무정 미닫이 문턱에 내려섰다. 매섭게 돌아가는 매검향의 시선. 야랑은 이미 등받이 의자에 몸을 앉혀놓고 있었다.

"들어왔으면 앉아."

주인다운 인사치례였다. 매검향의 오른손이 붉은 검병에 얹혔다. 그리고 살짝 뽑혀 나온 서슬 퍼런 칼날.

"새끼야, 너 뭐야?"

열이 뻗칠 대로 뻗친 매검향의 입에서 좋은 소리가 나올 리 만무했다. 야랑은 식탁 위에 놓인 찻주전자의 손잡이를 잡았다.

"넌 주작이고 난 현무."

순간, 매검향은 검병을 틀어잡은 손에 힘이 쭉 빠지는 것을 느꼈다. 그것으로 자신의 속내를 숨겼으면 될 일인데, 그만 매검향의 입에서 돌이킬 수 없는 실수가 터져 나왔다. '풋' 하는 웃음이 입 밖으로 새어 나와 버린 매검향은 찔끔 당황하며 흐트러진 마음을 되잡으려 했다.

늦어버렸다.

"어, 없네?"

야랑이 찻잔을 매검향에게 내밀며 따른 찻주전자에선 한 방울의 물방울도 떨어지지 않았다.

또다시 매검향의 감추어진 입가에 어이없는 웃음이 번지고 말았다.

"야, 됐어!"

"미안. 초장부터 안 풀리네."

겸연쩍어하는 야랑의 표정 앞에 매검향은 크게 들숨을 들이키곤 마음을 가라앉혔다.

"형이 오래."

"형?"

"그래. 백호 형이 너 좀 오래. 가자."

그렇게 한결 부드러워진 목소리로 입을 열던 매검향의 두 눈에 다시 작은 불꽃이 일었다. 야랑의 시선이 꽂혀 있는 곳이 자신의 아랫도리란 것을 확인한 것이다.

"이, 이 새끼가 어딜 그렇게 노려봐?"

야랑은 발악거리는 매검향에게 얼굴을 들어 올리며 뚱한 소리를 내뱉었다.

"형이라며?"

잠시 침묵이 흐르고 매검향의 초롱초롱한 눈 속에 실핏줄이 도드라지더니 또다시 낯 붉힌 일갈이 터졌다.

"야아—!"

"에구머니나!"

화들짝 놀라는 소리는 매검향의 등 뒤에서 들려왔다.

십여 권의 책을 두 손으로 받쳐 들고 막 방 안으로 들어서려던 시녀 차림의 조그만 계집애 하나가 매검향의 악 쓰는 소리에 놀라 작게 비명을 지른 것이었다.

매검향의 눈길이 매섭게 시녀에게 돌아갔다.

"누구냐?"

두— 두툭!

놀란 시녀의 손에서 십여 권의 책이 바닥에 떨어졌다.

급히 두 손을 공손히 모아 내려뜨린 시녀는 허리가 부러져라 접으며 떨리는 목소리를 내보였다.

"저, 전 오늘… 현무정으로 배정을 받은……."

"됐다."

자신의 신분을 밝히려는 시녀의 말을 자르며 매검향은 몸을 돌려세웠다. 그리곤 가늘게 떨리는 시녀의 어깨를 스치며 방 밖으로 나섰다.

"태자궁 앞으로 와라—!'

떨어뜨린 책을 쪼그려 앉아 주워 모으는 시녀의 눈 속으로 거무칙칙한 사내의 손이 불쑥 디밀어졌다.

화들짝 놀란 시녀가 황당한 목소리를 뱉었다.

"제, 제가……."

"이름이?"

시녀는 챙긴 책을 가슴에 품고 급히 일어나 허리를 굽혔다.

"예, 소희(小囍)라고 하옵니다."

야랑은 소희라는 시녀가 마저 챙겨 들지 못한 두어 권의 책을 주워 챙기곤 식탁 위에 올려놓았다.

"몇 살이냐?"

"예? 예, 나이는 올해로 열일곱이옵고, 앞으로 무사님을 모실……."

"잘 지내자."

말을 자르며 인사를 건네는 야랑을 향해 소희는 뜻밖이라는 듯이 고개를 급히 들어 올렸다가 다시 시선을 내리깔았다.

"…예."

야랑은 힐끔 뒤를 돌아봤다.

자그마한 키에 아직 젖살도 빠지지 않은 듯 보이는 복스러운 두 볼을 가진 동그란 얼굴.

야랑은 귀여워 보이는 소희의 모습에 자신도 모르게 입꼬리가 한쪽으로 삐딱하게 말려 올라갔다.

"안 무겁냐?"

그제야 소희는 야랑이 식탁 위에 올려놓은 두 권의 책 위에 가슴에 품고 있던 책을 올려놓았다. 그러다가 찻주전자가 제자리에 놓이지 않은 것을 발견하곤 당황한 목소리를 꺼내놓았다.

"어머—! 죄송해요. 다기(茶器)만 갖다 놓고 미처…… 태자궁에서 급히 부르는 바람에……."

"괜찮다. 우선 동경(銅鏡)이 좀 필요한데."

"동경요? 어디에 있더라……?"

소희는 식탁 위에 책을 가지런히 정리해 놓고 급히 방을 휘둘러보다가 생각이 났는지 한쪽 구석으로 쪼르르 걸어가 얼굴 하나 겨우 보일 만한 동경을 찾아 들고 왔다.

야랑은 동경을 힐끔 확인하곤 등받이 의자에 앉았다.

"하나 더 없어?"

"예? 하나 더요?"

잠시 미간을 구기며 생각하던 소희가 뒤돌아서서 부스럭거리더니 되돌아서서 내보인 것은 조잡해 보이는 조그만 손거울이었다.

"이거밖엔……."

"그거면 됐다. 우선 문 좀 닫아라."

소희가 종종걸음으로 가서 활짝 열려져 있는 미닫이문을 닫고 뒤돌아섰다. 뒤돌아선 소희는 무슨 못 볼 것이라도 본 사람처럼 화들짝 놀라며 몸을 잔뜩 움츠렸다.

웃통을 벗어젖히는 야랑.

소희는 순간 눈물이 찔끔 나올 만큼 가슴이 덜컹 내려앉았다.

배정받은 첫날부터 몹쓸 짓을 당하는구나.

그때,

"뭐 해, 이리 안 오고?"

야랑의 목소리에 소희는 양어깨를 들썩거리며 찔끔 놀라 곤 고개를 절레절레 흔들어댔다. 눈살을 찌푸리던 야랑은 그 제야 소희가 괜한 걱정을 하고 있다는 것을 알고 입가에 쓴 미소를 물었다.

"나, 이상한 놈 아니야. 앞으로 그런 걱정은 하지 마. 소희 야, 괜히 겁먹지 말고 이리 와."

잔뜩 움츠렸던 소희의 어깨가 봄볕에 살얼음이 녹아내리 듯 녹아내리며 풀렸다. 야랑의 목소리에 섞인 자신의 이름은 마치 오라버니가 불러주던 그러한 음색의 이름이었다.

소희의 수줍음이 두 볼에 잔뜩 부어올랐다.

"…왜요?"

뚱하게 다가서는 소희의 손에서 작은 손거울을 뺏은 야랑 은 소희에게 등을 보이며 앉았다.

"동경 들고 내 뒤에 좀 서봐."

소희는 야랑이 시키는 대로 동경을 들고 야랑의 등 뒤에 섰다.

"어머—!"

소희의 입에서 작은 소리가 터져 나왔다.

"동경을 그곳에 잘 비춰봐."

그리곤 야랑은 작은 손거울을 통해 자신의 오른쪽 어깻죽지에 찍힌 화인을 확인했다.

獨孤.

야랑은 일어서서 윗옷을 다시 챙겨 입었다.

윗옷을 입고 돌아서는 야랑의 낯빛이 몹시 굳어 있는 것을 확인한 소희가 당황스러워했다.

"어, 어떡해? 많이 아프세요? 약방에라도 다녀올까요?"

야랑은 소희를 향해 고개를 가로저어 보이곤 닫힌 문을 향해 걸어갔다.

"괜찮다. 그리고 본 것은 절대 입에 올리지 마라."

"…예."

야랑의 말에 소희는 죄지은 양 고개를 움츠리며 대답했다.

방문을 열고 나서려던 야랑은 참았던 숨을 길게 내쉬었다.

"후— 우!"

야랑은 자신의 등에 찍힌 낙인을 눈으로 확인하고 자신이

'독고'라는 성을 가진 걸 알았다.

독고야랑이라…….

없는 것보다야 있는 게 낫지.

그렇게 피식 웃으며 나서려던 야랑은 뒤를 힐끔 봤다.

잠시 스치면서 본 한 권의 책이 눈에 거슬렸던 것이다.

뒤돌아서서 그 책을 집어 들었다.

심하게 낡아 보이는 가죽 표지. 그것만으로도 이 책이 필사본이 아닌 원본이라는 것을 알 수 있었다.

표지엔 아무런 제목도, 내용을 짐작할 만한 아무런 흔적도 없었다. 야랑은 책의 겉장을 넘겼다.

북빙구검(北氷九劍).

*　　　*　　　*

"꺼져, 이 거지새끼야! 모른다니까! 몇 번을 말해야 하냐고! 우린 그런 놈 몰라! 안 꺼져?"

북태성 동문을 지키던 수문졸(守門卒) 하나가 손에 들린 창으로 땅을 찍어대며 버럭버럭 소리를 질렀다. 얼굴을 구긴 수문졸 앞에 약관(弱冠)의 나이쯤 돼 보이는 거지 하나가 높다란 성벽 끝을 노려보고 있었다.

중키, 벗어젖힌 웃통에 제법 딱 벌어진 어깨.

봉두난발한 머리에선 머릿니가 꾸물꾸물 보이는 듯했다.

양 무릎 아래가 너덜너덜 떨어져 나간 속곳 같은 바지.

한 손에는 한쪽 귀가 깨어져 떨어져 나간 바가지 하나.

거지의 입에서 구린 소리가 새어 나왔다.

"시벌─! 더럽게 높네."

"뭐야? 이 거지새끼! 어디서 강짜야?"

인상을 험상궂게 지어 보이는 수문졸에게 거지는 침을 퉤 뱉으며 뒤돌아섰다.

"내일 다시 올게. 내일까지 안 알아보면 너 뒈진다."

그리곤 털레털레 뒤돌아 걸어가 버렸다.

북태성 동문 아래로 걸어 내려가는 거지의 입에서 스산하게 들리는 가락이 불려졌다.

휘파람 소리다. 그리고 놈은 악귀다.

저만치 걸어가는 악귀의 뒷모습을 똥 밟은 표정으로 노려보는 수문졸 옆으로 늦은 점심을 먹고 돌아온 수문졸이 다가와 물었다.

"이봐, 왜 그래?"

창을 든 수문졸이 입맛을 다시며 투덜거렸다.

"미친놈의 거지새끼가 아는 형이 있다며 들여보내 달라더군."

환도를 찬 수문졸이 입가에 싱거운 웃음을 물었다.

"그 아는 형이란 놈이 도대체 누구래?"

"들개라나 뭐라나? 하여튼 거지 형다운 이름이야."

"뭐? 들개? 크크— 큭! 똥개가 아닌 게 천만다행이군."

난데없는 거지 때문에 기분을 잡쳤던 수문졸도 환도를 찬 수문졸의 농담이 우스운지 그제야 구긴 낯짝을 폈다.

"흐흐흐, 그러게 말이야. 근데 이상하게 그 이름이 귀에 익어. 안 그래?"

창을 든 수문졸의 말에 환도를 찬 수문졸이 고개를 갸웃거리며 생각에 잠겼다. 그러다가 눈을 동그랗게 치켜떴다.

"어, 들개라면 몇 년 전에……."

"누구?"

"왜 있잖아, 옛날에… 청무당 십팔조에서 생난리를 부리다가… 결국 조장 하나가 비명횡사하고… 그러다가 어딘가로 끌려가 쥐도 새도 모르게 죽었다는… 그… 들개!"

환도를 찬 수문졸의 말에 창을 든 수문졸이 고개를 주억거리며 들개를 기억해 냈다.

"그러고 보니 그 들개가 아까 그 거지새끼가 찾던 들개가 맞네. 다시 오면 뭐라고 하지?"

걱정스러워하는 수문졸의 말에 환도를 찬 수문졸이 이죽거렸다.

"이 사람아, 뭐라고 하긴 뭐라고 해? 죽은 놈 죽고 없다고 해야지. 신경 쓰지 말고 밥이나 먹고 와."

그 말을 들은 창을 든 수문졸의 입 안이 갑자기 쓴 약이라

도 집어넣은 듯 알싸하게 썼다. 수문졸은 입 안에 고인 불쾌
한 침을 동문 아래를 향해 뱉어냈다.

"퉤—! 갑자기 입맛이 싹 가시네."

                    *   *   *

웬만한 도회지 못지않은 북태성은 크게 내성(內城)과 외
성(外城)으로 나뉜다. 외성에 둘러싸인 내성은 북태성의 삼
할(割) 정도 차지하는 크기다. 외성엔 비교적 자유분방함이
있었지만 내성은 철저하게 통제된 곳이며 소수의 요인만을
위한 곳이기도 하다. 북태성의 가장 핵심부인 북존궁(北尊
宮)과 태자궁이 내성에 자리한 까닭에 내성은 북무림의 성
지라 해도 좋을 만큼 신비와 위엄이 공존하는 곳이기도 했
다.

외성엔 청, 홍, 흑무당과 북태성 내의 형부(刑部)를 담당하
는 무계원(武械院)을 비롯한 몇몇 상급 행정 단체와 북태오제
후(北太五諸侯)들의 별채가 있었다.

그리고 북태성 내성엔 경비를 전담하는 수호당(守護黨)과
은밀하고 궂은일만을 위해 만들어진 비검대와 첩보 기관인
암응단(暗鷹團), 대학자들을 모아놓은 무문관(武文官), 북존궁
의 친위대인 북풍무군(北風武軍)이 있었다. 그리고 아직 존재
여부가 확실히 밝혀지지 않은 팔황밀명조(八荒密命組)란 특수

요원들이 북존궁에 존재한다는 소문이 떠돌기도 했다.

소문은 소문일 뿐 확인되진 않고…….

태자궁 북쪽에 있는 현무정은 태자궁과 나지막한 담장 하나를 사이에 두고 있었다. 야랑은 태자궁과 통하는 반월문(半月門) 앞에 잠시 걸음을 멈추었다. 그리곤 반월문의 문턱을 넘기 전에 한 번씩 입버릇처럼 중얼거리던 말을 곱씹었다.

'겁먹지 마라. 별거 아니다.'

후— 우!

야랑은 담장 아래에 큼지막한 매화나무가 있던 태자궁의 후원을 지나 태자궁 앞마당으로 들어섰다.

횃불을 들고 이리저리 배회하며 야경을 서는 수호당의 무인들이 먼저 야랑의 눈에 들어왔다. 드문드문 세워진 석등(石燈)에서 새어 나온 불빛이 제법 태자궁 앞마당을 환하게 밝혀 놓았다. 태자궁의 아흔아홉의 돌계단 위 끄트머리에 돗자리를 깔고 둥그런 소반(小盤)으로 주안상을 차려놓고 모여 앉은 이남일녀(二男一女).

태자궁의 호위무사.

저들이 저렇게 태평하게 모여 앉은 것은 분명 태자궁의 태자 염재민이 부재중이란 뜻일 거다.

야랑이 석단 아래에 서서 높다란 위를 올려다보자 모여 앉아 있던 세 명의 호위무사가 힐끔 밑을 내려다보더니 야랑에겐 관심없다는 듯이 다시 서로 얼굴을 맞대며 이야기를 나누기 시작했다.

야랑은 천천히 아흔아홉 개의 돌계단을 밟으며 올라갔다.

초저녁 밤바람이 시원하게 야랑의 머릿결을 스쳤다.

웅장하게 세워진 태자궁 앞은 잘 다듬어놓은 보석(步石)이 깔려 있었다. 가끔씩 보석들 틈 사이로 머리를 디밀고 자란 잡초들.

"늦었군."

굵직한 목소리였다. 장대한 몸집에 나이는 삼십대 후반. 짙은 눈썹 아래 평범해 보이는 눈. 곧게 내려온 코와 심기 굳어 보이는 입술을 가진 중년 사내였다. 얼굴선은 사내다우면서도 한편으론 유순한 부드러움이 느껴졌다.

책상다리를 하고 앉은 백호정의 우백호(右白虎)다.

"어, 이 새끼 봐라. 잘난 얼굴을 다 까놓고 다니네. 주작아, 아직 안 줬냐?"

좌측에 앉은 사내의 목소리는 생김새답게 예리했다.

갸름한 얼굴에 매섭게 찢어진 두 눈, 왼쪽 눈두덩이 위에서 왼쪽 뺨을 타고 내리그어진 칼자국, 얇은 입술과 매부리코.

나이는 이십대 중후반으로 보였다.

오른쪽 허리에 죽검이 걸려 있는 것으로 봐서 좌수검(左手劍)임이 분명했다.

청룡정의 좌청룡(左靑龍)이다.

"워낙 사람 정신을 쏙 빼놓는 바람에 깜박했네."

남주작 매검향은 얼굴을 가렸던 복면수건을 벗고 있었다.

좀 까무잡잡한 것 외에는 해대던 꼴과는 딴판으로 반반해 보였다. 유난히 초롱초롱하던 두 눈이 곱상한 얼굴의 윤곽과 맞아떨어져 더욱 아삼삼하게 보였다.

매검향은 허리춤에서 검은 복면수건 하나를 꺼내 야랑에게 휙 날렸다. 매검향이 던진 수건이 나풀거리며 날고, 야랑은 왼손으로 복면수건을 낚아채 잡으며 말려 올라간 입꼬리로 이죽거렸다. 야랑의 말은 다분히 기녀들에게나 건네는 인사치레의 냄새가 풍기는 어조였다.

"벗으니 예쁜데!"

남주작 매검향의 미간이 와락 구겨지고, 야랑의 이죽거림에 빠르게 반응을 보인 사람은 좌청룡이었다.

타ㅡ!

좌청룡의 몸이 튕겨 올라오는 동시에 격한 타격음이 터졌다.

퍽ㅡ!

야랑과 좌청룡 사이에 뽀얀 먼지가 작게 폭발했다.

날아온 좌청룡의 발을 오른팔로 막은 야랑은 가공할 충격을 버티지 못하고 왼쪽으로 한 걸음 밀려나고 말았다. 야랑은 오른쪽 팔목에서 전해지는 욱신거리는 통증을 이를 악물며 내색하지 않았다.

"그냥 앉혀라."

우백호의 입에서 무거운 음성이 새어 나왔다.

야랑이 작게 고개를 숙여 보이곤 먼저 앉았다. 그 모습에 좌청룡의 눈에서 파란 불꽃이 튀었다.

"뭐 이런 새끼가 있어?"

"그냥 앉으래두—!"

투덜거리는 좌청룡의 말에 우백호가 나무랐다.

얼굴을 구기며 앉는 좌청룡의 눈은 여전히 야랑을 잡아먹을 듯 노려보고 있었다. 말없이 퍼질러 앉은 야랑을 힐끔 흘겨보던 매검향이 입을 작게 삐죽였다.

"막내가 술을 돌려야지?"

야랑은 매검향을 향해 다시 이죽거렸다.

"술은 계집이 따라야 제 맛이야."

파— 악!

야랑은 자신의 말이 떨어지면 분명 무언가 날아올 것이라 예상했다. 날아온 것은 야랑의 맞은편에서 책상다리를 하고 앉아 있던 우백호의 오른발이었다.

야랑이 두 손을 교차하며 우백호의 한 발을 막았다.

찰나,

빡—!

교차하며 막은 야랑의 두 손목 아래를 비집고 우백호의 왼발이 야랑의 가슴팍에 틀어박혔다. 우백호의 오른발과 왼발은 동시라고 할 만큼 빠르게 이어졌다. 앉은 채 그대로 뒤로 날아가 떨어지는 야랑.

야랑은 태자궁 돌계단 아래로 굴러 떨어졌다.

거친 몸짓으로 돌계단 아래를 구르던 야랑은 한 손으로 돌계단의 모서리를 틀어잡으며 구르던 몸을 세웠다.

울컥―!

야랑은 명치에서부터 무언가가 목구멍으로 치밀어 올라오는 것을 느꼈다.

비릿한 맛.

야랑은 입 안으로 치밀어 올라온 핏물을 되삼켰다. 그리곤 입 안에 끝내 머무는 핏물을 몸을 일으켜 세워 바닥에 뱉었다.

"퉤―!"

돌계단 위에서 우백호의 차분한 목소리가 들려왔다.

"여기는 태자궁이다. 더러운 침을 함부로 뱉을 곳이 아니란 말이다!"

야랑은 발끝으로 붉은 침을 지그시 짓이겨 밟곤 계단을 털레털레 걸어 올라갔다.

"야랑이라고?"

"……."

"대답은 빨리 해라. 그래야 덜 맞는다."

우백호의 말에 야랑은 힐끗 우백호의 얼굴을 살폈다. 몸이 저려올 만큼 강한 눈빛. 야랑은 우백호의 한쪽 눈썹이 삐딱하게 치켜지는 것을 확인한 후에야 입을 열었다.

"…예."

"너에 대한 기록이 모두 불태워졌다지만 따로 소개받지 않아도 될 만큼 우린 너에 대해 잘 알고 있다. 그러니 너에게 필요한 것은 앞으로 형제처럼 지낼 우리와 우리가 해야 할 일들이다. …주작아."

매검향은 자신 앞에 놓인 술잔을 들어 목을 젖혀 입속으로 털어 넣곤 야랑 앞에 빈 술잔을 불쑥 내밀었다.

"야, 우선 한잔 쳐봐."

입꼬리가 다시 말려 올라가는 야랑의 비린 미소 앞에 매검향은 묘한 웃음을 보이며 야랑의 눈을 노려봤다.

잠시 침묵이 흘렀다. 우백호가 싸늘해지는 침묵을 끝내 버렸다.

"현무야, 형제가 달라면 줘라."

야랑은 술병의 모가지를 쥐었다. 그리곤 싱거운 웃음을 입에 물며 매검향이 내민 잔을 채워주었다.

이어, 매검향의 갸름한 목에서 술 넘기는 소리가 났다.

"카아, 좋구나! 술이 제 맛인데?"

매검향이 술잔을 소반 위에 소리가 나도록 내려놓기가 무섭게 야랑이 주작의 턱밑에 자신의 술잔을 불쑥 내밀며 또다시 이죽거렸다.

"형제가 달라면 줘라."

싸늘한 침묵이 다시 빠르게 흐르고, 우백호의 입에서 너털웃음이 새어 나왔다.

"허허허, 반듯하지 않은 놈이라 그나마 다행이군."

우백호의 이름은 관후준, 좌청룡의 이름은 모빈.

태자 염재민은 사신호위들의 회합을 위한 배려에서인지 북존궁으로 들어가 현재 부재중이다. 태자가 북존궁에 들어가면 그때부터 태자의 호위는 북존궁의 북풍무군에서 맡게 된다. 태자 염재민의 호위는 특별한 변동 사항이 없는 한 해시(亥時) 끝을 시작으로 묘시(卯時)까지 우백호 관후준과 좌청룡 모빈이 맡고, 비교적 위험이 덜한 낮 시간대엔 남주작 매검향이 맡아왔다고 했다.

공석이던 북현무(北玄武) 자리가 야랑에 의해 채워졌으니 매검향과 짝이 되어 야랑이 낮 시간대에 호위를 맡게 되었다.

허락없이 자리를 비우지 말 것과 별명(別命)이 없는 한 북존궁에 발을 들여놓아서는 안 된다는 것, 그리고 태자의 곁에서 다섯 장이상 벗어나면 안 된다는 것, 내성을 벗어날 일이 있으면 반드시 허락이 있어야 한다는 것.

지필묵을 가지고 오지 않은 게 후회스러울 만치 지켜야 할 규율이 많았다. 그중 가장 야랑의 신경을 자극하는 대목은 태자 염재민이 땅에 묻히면 이유 불문하고 네 명의 호위무사는 염재민의 주검과 함께 묻힐 것이라는 거였다.

'빌어먹을—! 난 다시 기어나올 거야.'

*　　*　　*

북태성 동문을 지키던 수문졸은 동문 아래로 투덜투덜 내려가는 거지의 뒤통수를 노려보고 있었다.

놈이 다시 찾아와 들개의 존재를 물었을 때, 수문졸은 자신이 아는 사실을 거지에게 들려주곤 그냥 돌아가라고 타일렀다. 친형도 아닌 거지를 찾아와 북태성을 기웃거리는 속 보이는 짓 따윈 이제 하지 말고 그냥 거지 팔자에 맞게 살라는 충고도 잊지 않고 해주었다. 북태성은 아무나 들어와 살 수 있는 곳이 아니다. 북태성에 머물고 있는 친인척을 연줄 삼아 북태성에 들어와 눌러앉고 싶어하는 작자들이 어디 한둘이어야지. 수문졸은 분수도 모르는 거지 놈이 겁도 없이 북태성에 찾아와 그런 개수작을 부린다고 생각했다.

조소를 입에 물고 있던 수문졸의 낯빛이 다시 구겨졌다. 저만치 걸어 내려가던 거지가 무슨 생각에서인지 다시 몸을 돌려세워 동문으로 걸어오는 것이다.

악귀는 휘파람을 입에 물고 수문졸 앞에 섰다.

환도를 찬 수문졸이 짜증 섞인 노성을 버럭 질렀다.

"이 거지 놈아! 또 왜?"

악귀의 입에서 바람이 묻어 있는 휘파람 소리가 멈춰졌다.

천천히 고개를 들어 올리는 악귀.

환도를 찬 수문졸은 악귀의 섬뜩한 눈빛을 보고 자신도 모르게 말을 더듬거렸다.

"왜… 왜 또?"

창을 들고 옆에 서 있던 수문졸은 동료 수문졸에게 귀찮은 일을 떠맡기고 딴청만 피워댔다.

악귀의 까칠한 입에서 조용한 소리가 새어 나왔다.

"봤어? 네 눈으로 봤냐고?"

악귀의 을씨년스런 물음에 환도를 찬 수문졸은 선뜻 대답을 못하고 우물쭈물거렸다. 그러다가 자존심이 상했는지 섬뜩한 악귀의 눈에서 자신의 시선을 슬며시 돌려놓으며 구린 소리를 내뱉었다.

"이, 미, 미친놈! 개지랄 떨다가 쥐도 새도 모르게 끌려가 죽은 놈을 내가 어떻게 봤겠냐고? 그냥……."

"그냥 너도 들은 이야기지? 네 눈까리로 직접 못 봤지?"

악귀가 말을 자르고 끼어들자 환도를 찬 수문졸의 얼굴이 금방 낮술 먹은 놈의 낯짝마냥 불콰해져 버렸다.

"이, 이런 겁대가리없는 거지새끼가? 배때기를 확 갈라놓기 전에 저리 안 꺼져? 어디서……."

"나 들여보내 줄래, 아니면 네 두 눈까리 내게 줄래?"

수문졸은 환도의 손잡이에 손을 올려놓으며 악귀에게 눈을 부라렸다. 대충 그러면 물러나는 게 상례. 옆에 있던 창을 든 수문졸도 그 상례적인 위협을 은근히 거들고 나섰다.

"어이, 이봐! 그러다가 또 사람 죽이겠어."

거드는 수문졸의 말에 환도를 찬 수문졸이 물러나지 않는 악귀에게 이를 드러내 보이며 더 크게 눈알을 부라렸다.

"이 거지새끼, 정말 죽여 버리겠어! 시벌—! 안 그래도 피맛 본 지 오래야!"

환도를 찬 사내의 목소리에는 정말 시퍼런 살기가 서려 있었다. 거지 하나 베어버린다고 해서 무슨 큰 흠이 될까마는 그래도 험한 꼴이 보기 싫은 창 든 수문졸이 동료 수문졸의 충천한 살기를 달래려 들었다.

"에헤이—! 오늘은 참아! 정신 나간 거지새끼 죽여봐야 잘했다는 칭찬은 고사하고 뒤치다꺼리만 귀찮아진다고! 벨 거면 좀 그럴싸한 놈을 베야지. 안 그래? 꼴란 거지 하나……."

창을 든 수문졸의 너스레가 끝나기도 전에 환도를 찬 수문졸의 입에서 갑작스런 비명이 터져 나왔다.

"아— 악!"

악귀가 눈을 부라리며 얼굴을 들이민 수문졸의 두 눈을 겸지와 중지를 빳빳하게 세우고 냅다 찔러 버린 것이다.

너무나 순식간의 일이었다.

창을 든 수문졸이 입을 딱 벌리고 놀랄 즈음 악귀는 비명을 지르며 나뒹구는 수문졸의 배 위에 잽싸게 올라타 걸터앉더니 수문졸의 두 눈을 양 엄지손가락으로 파버렸다. 악귀의 행동은 누가 어떻게 할 수 없을 만큼 거침없고 빨랐다. 창을 든 수문졸이 황급히 정신을 차리고 창끝을 악귀를 향해 돌려놓았을 때는 악귀는 이미 환도를 찬 수문졸의 몸에서 떨어져 나가 있었다.

창을 든 수문졸의 시선이 눈자위를 두 손으로 틀어막고 비명을 질러대는 수문졸에게로 향했다. 틀어막은 손가락 사이를 비집고 새어 나오는 검붉은 핏물.

창 든 수문졸의 시선이 다시 악귀에게로 향했다.

악귀의 입 안에서 씹히는 소름 끼치는 소리.

우두둑─!

입술 사이에서 툭 터져 나오는 핏물.

창을 든 수문졸은 악귀의 입에서 씹히는 것이 무엇인지 확인하려 시선을 천천히 내렸다.

악귀의 한쪽 손아귀에 잡혀 있는 것은 가느다란 탯줄 같은 것을 길게 달고 빠져나와 버린 동료 수문졸의 눈알 하나였다. 수문졸의 창끝이 벌벌 떨렸다.

"이, 이… 아, 악귀 같은 새끼!"

핏물 흥건한 악귀의 입에서 어둔하게 새어 나오는 소리.

"그래, 나… 악귀 맞아."

동문(東門) 앞은 일순 소란으로 시끄러워졌다.

성문을 드나들던 행인들의 놀란 비명과 경악하는 외침이
터져 나오자 성벽 위에 있던 무인들이 성벽 아래를 향해 목을
길게 빼곤 의아해했다.

"무슨 일이냐?"

곧이어, 다급하게 달려나오는 발자국 소리와 두 명의 붉은
인영이 옷자락이 펄럭이는 파공음을 내며 성벽 아래로 신형
을 날렸다. 성벽 아래에 좌판을 벌여놓고 있던 아낙네들이 갑
작스런 소란에 놀라며 좌판에서 뛰쳐나오고,

"저놈 잡아라―!"

창을 든 수문졸이 악귀를 향해 검지를 뻗어 보이며 소리를
질렀다. 악귀는 뒤를 힐끔 살피며 천천히 뒷걸음질을 치기 시
작했다. 창을 든 수문졸은 두 눈자위를 틀어막고 신음 소리를
내는 동료를 들쳐 업고 성문 안으로 내달렸다.

"의, 의원―!"

소란에 놀라 성벽에서 뛰어내린 두 명의 홍의인(紅衣人)은
홍무당 소속의 무인들이었다. 붉은 무복을 입은 한 무인이
뒷걸음치는 악귀를 향해 빠른 걸음으로 다가가며 으르렁거
렸다.

"서라!"

"퉤—!"

악귀의 입에서 씹히던 붉은 핏덩이가 홍의무인의 발 앞에 떨어졌다. 악귀가 힐끔힐끔 퇴로를 살피는 순간,

탓—!

홍무당의 두 무인이 악귀를 향해 신형을 쏘아냈다.

악귀가 두 무인의 기척에 놀라 몸을 튕겨내며 손에 들고 있던 핏덩이가 된 눈알을 집어 던졌다.

"헛—!"

악귀의 손에서 집어 던져진 붉은 핏덩이를 암기쯤으로 착각한 홍무당의 두 무인은 헛바람을 토해내며 급히 방향을 틀어 흩어졌다.

동문 아래로 달아나는 악귀.

내달리는 악귀의 뒷모습을 노려보던 두 무인의 입가에 비린 미소가 물렸다.

타—앗!

날다람쥐 같은 악귀였지만 경공술을 익힌 두 무인의 달음박질을 감당하긴 힘든 일이었다. 댓 장까지 벌어졌던 거리는 두 무인이 펼친 몇 번의 도약으로 두어 장까지 좁혀져 버렸다.

"노— 옴!"

바짝 따라붙은 무인의 일갈에 악귀가 내달리며 뒤를 힐끔

보다가 다리가 그만 꼬여 대로 바닥에 나뒹굴고 말았다.

뽀얀 먼지와 함께 벌떡 일어서는 악귀의 배에 무인의 발끝이 처박혔다.

빠ㅡ 악!

허리를 새우처럼 접고 허공으로 떠올랐다가 쿵 떨어지는 악귀. 뽀얀 먼지가 또다시 악귀의 전신에서 피어올랐다.

탁한 숨을 헉 뱉으며 꿈틀거리는 악귀의 얼굴을 홍무육조(紅武六組) 조장 당칭이 발바닥으로 지그시 밟으며 섰다.

"웬 놈이냐?"

한쪽 뺨이 밟힌 악귀의 얼굴은 토혈된 핏물과 함께 심하게 일그러져 있었다. 악귀의 입에서 힘겹게 새어 나오는 격한 날숨에 땅바닥의 흙먼지가 풀풀 날리고 있었다.

"정체가 뭐냐?"

다시 묻는 홍무육조장 당칭의 나직한 물음에 악귀는 짓이겨져 일그러진 얼굴에 애써 웃음을 보이려 했다. 참혹하게 일그러진 악귀의 얼굴에 기어코 웃음이 지어지고,

"하, 한 푼 줍쇼ㅡ!"

얼마나 얻어터졌는지 악귀의 얼굴은 퉁퉁 부어 이목구비마저 알아보기 힘들었다. 두 홍무당 무인이 축 늘어진 악귀의 팔을 한쪽씩 잡고 질질 끌며 동문을 향해 걸어왔다.

실신한 듯 축 늘어진 악귀는 사냥꾼에게 잡힌 산짐승처럼

끌려오며 뽀얀 흔적을 피워놓았다.

동료 수문졸을 의원에 맡겨놓고 되돌아와선 그간 있었던 사건의 전말을 보고한 창 든 수문졸의 말에 당칭의 눈빛이 묘하게 빛났다.

"오, 그래? 그 들개란 놈의 동생이라고 하더란 말이지?"

"예! 친동생은 아니라지만 동생이라면서……."

"눈알이 뽑힌 그 등신은?"

"다행히 명줄은 붙어 있습니다."

육조 조장 당칭은 건성으로 고개를 주억거리며 실신해 널브러져 있는 악귀를 가만히 내려다보았다.

'들개라?'

당칭은 청무당 조장 시절 같은 조장으로 있던 들개에게 감정이 많았던 자다. 그 좋지 않았던 기억이 새롭게 떠올라 당칭은 회포를 풀고 싶어졌다.

"깨워라."

당칭의 말에 옆에 서 있던 홍무당 소속의 한 무인이 준비해 둔 목통(木桶)을 힘겹게 들어 올려 악귀의 얼굴에 천천히 부었다. 가득한 목통의 물이 반으로 줄 때까지 미동도 하지 않던 악귀가 답답한 기침을 토해내며 의식을 차렸다.

"커— 억!"

흠뻑 젖은 악귀의 입에서 검붉은 응혈(凝血)이 울컥 토해졌다. 그리고 사레들린 듯한 잔기침이 악귀의 입에서 이어졌다.

잔기침이 터질 때마다 악귀의 입에서 뿜어지는 피 분무.

"일으켜 세워."

당칭의 말에 홍무당의 무인 하나와 창을 든 수문졸이 악귀의 겨드랑이를 떠받치고 일으켜 세웠다.

고개가 푹 꺾인 채 일으켜 세워진 악귀.

당칭이 악귀 앞에 마주 섰다.

"들개 놈의 동생이라고?"

당칭의 말에 악귀가 고개를 천천히 들어 올렸다. 가물거리는 악귀의 눈빛. 당칭은 희미한 악귀의 눈동자를 바라보며 이죽거렸다.

"까마귀귀신이 들린 놈도 아니고 눈알을 빼먹다니. 들개의 동생답게 참 독종이군. 재수없는 놈! 그래, 들개새끼의 동생이라니 그만한 대접은 해줘야지. 들개는 먼저 갔다. 알아들었냐? 너도 보내주마."

얼굴이 묵사발된 악귀의 입이 꿈틀거리더니 헛바람이 휙휙 새어 나왔다. 그 모습을 바라보는 당칭의 고개가 갸웃거려졌다. 이어, 악바리 같은 악귀의 입에서 기어코 가락이 되어 흘러나오는 휘파람 소리.

순간, 당칭의 얼굴이 와락 구겨졌다.

"이 미친 새끼—!"

수문졸과 홍무당의 무인에게 양쪽 겨드랑이가 끼어 세워진 악귀의 가슴팍에 몸을 날려 내지른 당칭의 양발이 범종(梵

鐘)의 당목(撞木)처럼 날아와 꽂혔다.

빠ㅡ악!

축 늘어진 몸으로 날려가는 악귀.

쿵ㅡ!

악귀는 동문 아래로 두어 장까지 날아가 떨어졌다.

잠시 널브러진 몸이 꿈틀거리고 입에선 꾸역꾸역 핏물을 게워내던 악귀가 축 늘어져 버렸다.

당칭은 손을 툴툴 털며 성문을 향해 뒤돌아섰다. 그리곤 힐끗 성벽 위를 노려보더니 목을 빼고 구경을 하던 수하들에게 괜한 짜증을 부려댔다.

"구경났냐? 대갈빡 말아 넣어, 이 새끼들아!"

그렇게 욕지거리를 해놓곤 힐끗 수문졸을 노려보며 짜증의 끝을 맺었다.

"거치적거리지 않게 치워놔!"

*   *   *

"별채아기씨, 해 빠졌어요. 그만 들어가요. 이러다가 몹쓸 짐승이라도 만나면⋯⋯."

시녀로 보이는 여인네가 팔오금에 대소쿠리를 끼고 수풀을 헤치고 있었다. 진종일 그러고 다녔는지 피곤에 절어 죽을 상을 하고 걸음을 멈춘 여인네의 눈앞에 쪼그려 앉아 풀숲을 헤치고 있는 방년(芳年)의 여인은 고관대작의 여식으로 보였다.

금박으로 수놓인 화려한 녹의(綠衣)를 입고 단정하게 말아 올린 머리엔 값비싸 보이는 떨잠이 두 개씩이나 꽂혀 작은 바람에도 바르르 떨리고 있었다.

"좀만 더… 어머, 월화(月華)야, 이리 와봐! 고깔제비꽃이야."

별채아기씨의 달뜬 목소리에 월화라는 이름의 시녀는 입을 삐죽이며 마지못해 다가서선 볼멘소리를 내뱉었다.

"아기씨, 그만 좀 따세요. 많이 따면 뭐 한답니까? 내일 아침이면 시들해져서 다 내다 버려야 하는데."

"이것아, 모르는 소리 마. 머리맡에 두고 자면 얼마나 좋다구? 자고 일어나면 숲에서 한숨 푹 자고 일어난 것처럼 몸도 개운하고 꿈자리까지 좋다니까 그러네."

별채아기씨가 연붉은 작은 꽃을 몇 송이 꺾어다가 뒤로 내밀었다. 내미는 고깔제비꽃을 외면한 월화는 입이 뾰루퉁해져선 딴청이다. 내민 꽃을 받지 않자 별채아기씨가 고개를 들어 올리며 뒤를 돌아봤다.

"뭐 해, 안 받고?"

어스름한 해질녘임에도 새뽀얀 얼굴이 주위를 환하게 만드는 듯했다. 오뚝한 콧날에 앙증맞은 콧방울. 조금 커 보이는 두 눈에 이른 샛별이 들어앉아 있는 듯 까맣게 반짝였다.

석류 빛깔처럼 붉고 작은 입술이 달싹였다.

"이것아, 알았다니까. 요것만 넣어둬."

"이러시는 것도 얼마 남지 않았으니 제가 봐드리는 거예요."

생색부터 부린 월화는 고깔제비꽃을 받아 챙겨 대소쿠리에 넣었다. 대소쿠리엔 노란 복수초(福壽草)며 하얀 노루귀꽃이며 자주색 깽깽이풀까지 한가득 들어앉아 있었다.

별채아기씨가 손을 털며 생글생글 웃는 얼굴로 일어났다.

"너 아니면 누가 내 적적한 심사를 알아주니?"

그러다가 별채아기씨는 불현듯 잊은 것이라도 생각이 났는지 화들짝 놀라며 소리쳤다.

"월화야, 아버지랑 오라버니가 언제 오신댔지?"

갑자기 놀라는 별채아기씨의 말에 덩달아 놀란 월화가 미간을 찌푸렸다.

"괜찮아요. 내일 늦게 도착하실 거예요. 어서 성안으로 들어가요. 온종일 아기씨 따라다니느라 배고파 죽겠단 말이에요."

월화의 투정 섞인 말에 별채아기씨는 그제야 가슴을 쓸어내리며 안도의 한숨을 내쉬었다. 그리곤 다시 철부지 계집애마냥 생글생글 웃으며 앞장서 걸어갔다.

"아, 악—!"

별채아기씨의 갑작스런 비명에 매가리없이 뒤처져 있던 월화가 대소쿠리까지 내팽개치고 달려왔다.

"아, 아기씨, 왜요?"

종아리까지 잠긴 풀숲에 멈춰 선 별채아기씨는 무엇에 몹시 놀란 듯 몸을 굳히곤 손가락으로 자신의 발아래를 가리켜보였다.

"여, 여기."

뱀에라도 물렸나 하며 놀란 월화가 급히 별채아기씨의 발아래를 내려다보았다.

별채아기씨의 발목을 틀어잡고 있는 사내의 손.

검붉은 피딱지와 함께 상처투성이가 된 사내의 손이었다.

월화는 대뜸 사내의 손을 발로 걷어차 버렸다.

사내의 손은 맥없이 별채아기씨의 발목에서 떨어져 나가 버렸다.

"아기씨, 빨리 가요."

월화의 손아귀에 손목이 낚아채인 채 끌려가던 별채아기씨는 무슨 생각에서인지 월화의 손에서 손목을 빼내며 멈춰섰다. 당황한 월화가 울상이 되어 아기씨를 나무랐다.

"왜요? 무슨 낭패를 보시려고 이러세요? 빨리 가요!"

월화의 겁먹은 성화에도 별채아기씨는 무엇에 홀린 사람처럼 왔던 길을 되짚으며 걸어갔다. 월화는 자신이 내팽개친 대소쿠리에 별채아기씨가 저런다 싶어 발을 동동 굴렀다.

"꽃은 내일도 진천일 거예요. 그냥 가요. 네?"

"워, 월화야, 이리 와봐!"

별채아기씨가 풀숲을 뒤적이더니 쪼그려 앉으며 외치는 소리에 월화는 오만상이 되어 발만 동동 굴렸다.

"아기씨! 제발!"

도무지 발이 떨어지지 않는 월화의 귓속으로 별채아기씨의 다급한 목소리가 들려왔다.

"월화야, 사, 사람이 죽어가. 이리 와보래도."

별채아기씨의 외침에 월화는 더더욱 어깨를 움츠리며 울먹였다.

"어, 어쩌라고요?"

"이리 오래도! 너, 말 안 들으면 섬서(陝西)로 돌려보내 버린다!"

월화는 입에서 욕이 터지려는 걸 손으로 틀어막고 별채아기씨가 쪼그리고 앉은 곳으로 걸어갔다.

별채아기씨의 발아래엔 죽었는지 살았는지도 모를 비렁뱅이가 널브러져 있었다.

코끝으로 와락 밀려들어 오는 피비린내. 월화는 헛구역질부터 해댔다. 그리곤 메스꺼운 속을 다스리며 어렵게 입을 열었다.

"아, 아기씨, 그냥 가요. 비렁뱅이가 죽은 거예요. 아기씨가 신경 쓰실 일이 아니라고요."

"아냐. 살아 있어."

"그래도요!"

월화는 발을 동동 구르며 소리를 질렀다.

별채아기씨는 월화의 타 들어가는 속을 나 몰라라 하며 주검 같은 비렁뱅이를 이리저리 살펴댔다. 그러더니 벌떡 일어나 몸을 돌려세웠다.

순간, 짧은 시간이나마 월화는 안도의 한숨을 내쉬었다.

"아기씨, 빨리 가요."

하지만 별채아기씨의 입에선 엉뚱한 소리가 나왔다.

"넌 여기 지키고 있어."

"예… 에?"

"난 별채로 가서 마차를 구해와야겠어."

그리곤 별채아기씨는 저만치 보이는 대로를 향해 내달렸다.

멍하게 서 있던 월화의 입에서 비명 같은 외침이 터져 나왔다.

"아, 아기씨! 별채아기씨—!"

*　　　*　　　*

놈은 피에 젖어 있었다.

정오가 조금 넘은 시각에 놈은 한쪽 팔과 한쪽 다리를 베인 채 태자궁 앞마당까지 들어왔다. 놈이 북태성의 사람이 아닌 건 확실했다.

이십대 초반. 놈의 핏기없는 얼굴은 몹시 격앙되어 있었다.

계단 허리에 서 있던 태자 염재민이 들어 올렸던 손을 천천히 내렸다. 자신의 목을 노리고 들어온 자객이 아니란 것을 알았기 때문이다. 놈을 둘러싸고 있던 이십여 명의 수호당 무인들이 물러났다.

"누가 보냈냐?"

태자 독고검 염재민의 목소리는 일상처럼 차분했다.

놈은 칼끝을 땅에 찍어 기우는 몸을 지탱하곤 턱을 치켜들었다. 놈의 눈동자는 흔들리지 않았다.

"전할 것이 있어 왔다!"

놈의 다부진 말에 염재민은 이죽거렸다.

"오랜만에 보는 전령(傳令)이군. 꼴을 보니 그다지 먼 길을 온 것 같지는 않은데? 그렇다면 남황성의 사람은 아닐 테고… 누구냐?"

염재민의 앞 두 계단 아래에 서 있는 야랑과 매검향.

눈 밑을 가린 검은 복면수건에서 야랑은 자신의 뜨거워진 숨결을 느꼈다. 태자궁 호위무사가 된 지 나흘 만에 적(敵)과 마주 선 첫 느낌은 아주 강렬했다. 그리고 놈이 자객이 아니라 무엇을 전하러 온 전령이란 점에 왠지 모를 아쉬움도 있었다.

"넌 무림일통을 이룰 영웅이 아니다!"

"흥—! 그건 하늘의 뜻이고… 넌 누구의 뜻으로 이곳에 왔느냐?"

콧방귀를 날린 염재민은 뒷짐을 지며 놈의 정체를 궁금해했다. 놈이 전하려는 것이 무엇이건 간에 놈은 이미 죽은 목숨이나 진배없다. 설령 회신해야 할 뜻이 있다 해도 놈은 죽을 것이다.

놈이 베인 팔을 천천히 들어 올렸다.

놈의 당당한 눈과는 달리 핏물에 젖은 놈의 손끝은 상처로 인해 가늘게 떨리고 있었다. 놈의 피 묻은 손이 향한 곳은 자신의 가슴 앞섶이었다.

순간, 수호당 무인들이 칼끝을 내보이며 경계했다.

염재민은 입가에 조소를 물며 손을 가볍게 들어 올렸다가 내렸다. 염재민과 놈의 거리는 다섯 장이 넘었다.

빤히 마주 서서 암수를 쓸 만큼 놈은 어리석어 보이지 않았다. 놈의 피 젖은 손에 들린 것은 한 장의 장방형 종이였다.

놈은 꺼내 든 장방형의 종잇장을 자신의 이마에 붙였다.

의아한 눈길이 놈의 이마로 모였다.

이마에 붙은 종잇장 끝이 옅은 바람에 나풀거렸다.

바람이 아니라 놈의 달구어진 숨결인지도 몰랐다.

그것이 무엇이건 간에 놈이 예봉으로 땅을 찍고 있던 칼을 들어 올려 자신의 목을 베어버린 것은 아주 짧은 순간이었다.

스— 걱!

잠시 잠깐 놈은 그 모습 그대로 서 있었다.

놈의 이마에 붙어 있던 종잇장이 놈의 마지막 숨결을 확인시켜 주었다.

팔랑—!

놈의 몸은 놈의 마지막 숨결을 이은 기다란 핏줄기에 의해 떠밀려 넘어갔다.

쿠— 웅!

"현무, 놈의 뜻을 가져와라."

염재민의 말이 떨어지기가 무섭게 야랑의 신형이 돌계단 아래로 내리꽂혔다.

놈의 이마빡에 붙어 흔들리는 종잇장을 가만히 내려다보던 야랑의 눈빛이 멈칫했다. 야랑의 손에 의해 떼어진 종잇장은 튀긴 핏물로 인해 하단 모서리가 붉게 젖어 있었다.

핏기 하나 없는 놈은 눈을 부릅뜨고 주검이 되어 있었다.

야랑은 놈의 장한 죽음이 의아했다.

'무슨 빌어먹을 신념인가?

야랑이 건네는 종잇장을 건네받은 염재민의 얼굴이 와락 구겨졌다.

독고검(獨孤劍).

종잇장에 단 세 자의 글자가 세로로 적혀 있었다.

염재민의 무호(武號)를 자신의 머리에 붙이고 놈은 자신의 목을 그어버린 것이다. 그것이 놈이 전하려는 뜻이었다.

염재민은 종잇장을 구겨 틀어잡은 손으로 뒷짐을 지며 뒤돌아섰다. 뚜벅뚜벅 계단을 오르는 염재민의 언짢은 발걸음.

야랑과 매검향이 말없이 염재민의 언짢아진 발걸음을 따라갔다.

태자궁 안.

용망망(龍蟒望)이라 불리는 태자의 침실 문 앞에 야랑과 매검향이 서 있었다. 속곳이 다 비치는 매미 날개 같은 옷을 걸친 두 명의 시녀가 주안상을 차려 들고 안으로 들어간 지가 한 시진은 족히 지났음에도 침실 안에선 무거운 침묵만이 흘렀다. 그것이 태자 염재민의 암울한 속내였다.

검은 복면의 매검향이 미닫이문 한편에 서 있는 야랑을 향해 힐끗 노려보다가 눈알을 굴리며 작게 속삭였다. 딴엔 지루했던 게다.

"야, 너, 거지였다며?"

"……."

새삼스레 묻는 매검향을 힐끔 노려본 야랑은 말없이 앞만 바라봤다. 잠시 어색한 침묵이 흘렀다.

"누나 말이 말 같지 않냐?"

매검향의 작은 속삭임엔 가시가 돋아나 있었다. 잠시 뜸을 들이다가 야랑이 속삭였다.

"내가 네 오라비일지도 모른다. 그러니 까불대지 마라."

"자슥이, 뭔 소리야? 넌 스물하나고 난 엄연히 스물둘이야. 미친 새끼."

"난 내 나이를 정확히 몰라. 어쩌면 스물셋일 수도 있다는 이야기야. 알아들어?"

"싸가지 하곤."

매검향은 그렇게 작게 투덜거리곤 입을 닫아버렸다.

그도 잠시.

"아까 내가 물으려던 건 거지였던 네가 어떻게 까막눈을 면했냐는 거야. 비럭질하기도 바빴을 텐데, 어쩌다가 까막눈까지 면했대?"

빈정거림이 적잖게 섞인 매검향의 궁금증에 야랑은 쓴웃음을 물다가 입을 가린 검은 복면수건에 작은 숨결을 길게 뿜어냈다.

"후—! 그게 궁금했구나. 내가 열 살쯤 되던 해에……."

순순히 입을 열어주는 야랑을 향해 호기심 가득한 매검향의 눈빛이 돌아섰다.

"응, 열 살쯤 되던 해에?"

사방천의 어린 거지였던 들개가 열 살쯤 되던 해에 사방골의 어느 서당을 지나치다가 아이들의 글 읽는 소리에 걸음을 멈춰 세웠다.

들개는 불현듯 글이 배우고 싶어졌다.

한참을 서당 근처를 떠나지 못하고 어슬렁거리며 배회하던 들개는 돌멩이 하나를 주워 서당 장독대를 향해 냅다 집어던졌다.

와장창—!

장독이 깨어지는 소리가 요란하게 터지고,

"누구냐?"

코흘리개들을 가르치던 훈장이 문을 열고 뛰쳐나왔다. 툇마루에 선 훈장은 문밖에 서 있는 들개와 깨어진 장독 하나를 발견했다. 들개는 자신의 존재를 훈장에게 확인시켜 주곤 곧바로 달아나 버렸다.

다음날,

와장창—!

서당에 똑같은 일이 발생했다.

깨어진 장독 하나와 열 살 남짓한 어린 비렁뱅이 하나.

그 다음날에도, 또 그 다음날에도.

장독대에 장독이 몇 개 남지 않았을 때쯤 서당 훈장은 작정을 하고 그 시간대에 문 앞을 지켰다.

어린 거지 들개가 또 그 시간에 맞춰 나타났다.

"이놈! 무슨 억하심정으로?"

"글을 가르쳐 주세요."

훈장은 어린 비렁뱅이의 뜻밖의 부탁에 묘한 마음이 들어 사납게 구겼던 얼굴을 폈다.

"이놈아, 공짜는 없다."

"장독대에 장독이 다 깨지면 다음엔 글방 안으로 짱돌이 날아들 겁니다."

훈장은 어이가 없었다. 훈장은 어린 거지 들개의 눈을 노려보았다. 그러고도 남을 놈이란 걸 알았다. 방법이야 영 없었던 건 아니지만 훈장으로선 여간 곤혹스런 일이 아닐 수 없었다. 그래서 훈장은 헛기침을 해 보이며 들개에게 은밀한 조건을 제시했다.

들개는 거지 패거리들에게 돌아가 무언가를 부탁했다.

그리고 며칠이 지난 어느 날 밤, 다리 건너 이웃 마을에 사는 수절 과부 하나가 사방골 거지들에 의해 보쌈을 당하는 일이 생겼다. 얼마 후, 서당엔 장독대를 닦는 이웃 마을 과부가 보였고, 글방 한 귀퉁이엔 야랑이 앉아 있었다.

"공자 가라사대……."

야랑의 어린 시절 이야기를 들은 매검향의 입에서 풋—! 하는 웃음이 작게 새어 나왔다. 매검향은 급히 자신의 입을 손으로 막고 무표정한 얼굴로 서 있는 야랑을 향해 힐끗 눈을 흘겼다.

"하여튼 넌 참 별난 구석이 있는 놈이야."

"……."

"하긴, 거지가 글을 배울 생각을 다 했으니 대견하긴 하네."

"거지라고 무시하지 마라. 어떤 거지 놈은 훈장보다 글을 더 잘 읽는 놈도 있어."

"뭐? 거지 놈이 훈장보다도 더? 에이, 설마? 그럼 훈장 하지 왜 비럭질을 하냐? 말도 안 된다, 야!"

"믿든지 말든지……. 하여튼, 그런 떠돌이 거지 놈이 하나 있었어."

야랑의 말에 무어라 면박을 주려던 매검향이 입맛을 다시며 고개를 주억거려 보였다. 별난 세상엔 별난 일도 많으니.

한참 말 없던 매검향이 무슨 생각이 들었는지 다시 심심한 입을 열었다.

"거지 이야기가 나와서 말인데, 며칠 전에 널 찾아온 거지가 있었대."

야랑의 눈이 매검향에게로 돌아섰다.

"날?"

매검향은 심심한 자신의 입이 그만 실언을 했다는 사실을

깨닫고 야랑의 눈길을 급히 외면해 버렸다. 야랑의 눈매가 매
서워졌다.

"무슨 소리야? 날 찾아온 거지라니? 왜 이야기를 꺼냈다가
입을 닫아?"

"으… 웅… 그게……."

마지못한 매검향의 입에서 며칠 전 북태성 동문에서 발생
한 작은 소란에 대한 이야기가 소곤소곤 새어 나왔다.

"죽었대?"

매검향이 조심스럽게 고개를 주억거려 보이곤 기어들어
가는 목소리로 되물었다.

"아는 거지야? 다른 사람 이름 팔아 성내로 들어오려는 족
속들이 워낙 많아놔서……. 그래서 나도 듣고 긴가민가했어.
정말 아는 거지야?"

앞만 뚫어져라 노려보는 야랑의 입에서 엉뚱한 반문이 새
어 나왔다.

"오늘 밤에 동문 밖으로 좀 나갈 수 있어?"

"오늘 밤? 조금 곤란하지만 뭐, 크게 어렵진 않아. 근데 그
죽은 거지가 정말 아는 거지야? 정말 아는 동생이야?"

"확인해 봐야겠어."

갑자기 얼음 조각이라도 베어 문 사람처럼 야랑의 목소리
가 싸늘해지자 제풀에 몸이 저린 매검향이 야랑을 가만히 달

래려 들었다.

"야, 웬만하며 그냥 모른 척하고 넘겨라. 그냥 옛날에 알던 거지일 뿐이잖아."

"웬만하지가 않고, 또 내겐 그냥 거지가 아냐."

"그 거지가 그렇게나 대단한 인연이야?"

"……."

걱정과 비아냥거림이 섞인 매검향의 물음에 야랑은 여전히 앞만 노려보고 있었다. 매검향은 야랑의 굳은 눈빛이 자꾸만 신경에 거슬렸다.

"에이— 씨! 그 거지가 도대체 누군데 그래?"

매검향의 짜증스런 물음에 야랑의 입이 어렵게 열렸다. 야랑의 목소리는 이미 기억 속에 잠겨 있었다.

"후계자."

第二章
쾌검가(快劍家)의 사람들

남북무림

북태오제후 중 섬서제후(陝西諸侯)의 별채는 북태성의 동북쪽에 자리하고 있었다. 커다란 삼층 누각을 중심으로 십여 채의 단층 가옥들로 둘러싸인 별채는 그다지 눈에 띌 만한 구석이 없어 보였다. 돌담을 낀 행랑채 사이에 돌담보다도, 집채보다도 더 높다랗게 솟은 대문이 있었다. 그 솟을대문의 지붕 아래엔 큼지막한 편액 하나가 걸려 있었다.

섬서쾌검가(陝西快劍家).

붓 끝에 기상이 느껴지는 편액의 글씨는 북태성의 지존 북태빙검 염중천이 친히 하필(下筆)한 것으로 알려졌다. 그래서 섬서제후 낙청민의 별채를 북태성의 사람들은 쾌검가(快劍家)라 불렀다.

쾌검가의 대문을 지키는 두 명의 무인은 흑무당 소속의 무인들이다. 오십여 명 되는 쾌검가의 무인들 중에 사십 명이 흑무당 소속이다. 그 나머지 십여 명이 섬서제후의 친위무인들이었다.

그것만 보아도 북태성에서 가지는 쾌검가의 의미를 짐작할 수 있었다. 북태성에 북태오제후의 별채가 존재하는 이유는 북태빙검 염중천이 북태성 내에 안배한 정치적 볼모의 의미일 뿐이었다.

"연일 계속되는 회합에도 염중천은 답을 주지 않고 있어."

굵은 붓으로 찍어 그어놓은 듯한 검은 눈썹은 귀 끄트머리를 향해 비스듬하게 치켜 올라가 있었다. 그 아래, 부리부리한 눈과 굵은 선을 이루며 내려온 코와 제법 두툼한 입술이 자리했다. 넓은 이마에 든든해 보이는 하관(下觀)과 가지런한 반백의 턱수염이 가슴 앞까지 내려와 있는 중년 사내는 천명(天命)을 읽을 망륙(望六:51세)의 나이쯤으로 보였다.

북태오제후 중 일인인 섬서제후 뇌검수(雷劍手) 낙청민이다. 낙청민의 앞에 마주한 노소(老少)는 낙청민의 장남 섬서쾌발 낙화평과 쾌검가의 총관이자 섬서제후의 충복 고두장군(高頭將軍) 막진진이다.

이십대 후반쯤으로 보이는 장남 낙화평이 아비를 향해 그윽한 눈길을 보냈다.

"아무리 천하의 염중천이라지만 그리 오래는 버티지 못할 것입니다."

장남의 말에 낙청민은 주위가 의심스러운지 눈알을 굴리다가 총관 막진진에게 괜히 눈살부터 찌푸려 보였다.

"막 장군, 괜찮겠지?"

고두장군 막진진이 낙청민을 향해 고개를 작게 주억거렸다.

"지붕 위엔 기왓장을 보수한다는 핑계로 아이 둘을 올려놓았고, 누대와 계단 입구에도 우리 쪽 아이 몇을 배치시켜 놓았습니다. 안심하셔도 됩니다."

막진진의 말에 낙청민은 그제야 작게 날숨을 토하며 장남 낙화평에게 매서운 눈길을 돌렸다.

"염중천에게 후계자가 있어선 안 된다. 염중천의 마지막 양자 염재민은 북태빙검 염중천의 발치에도 못 미치는 편협한 위인이야. 만약 염재민이 북태성을 물려받는다면 그날로 북무림은 남황성의 아가리에 들어가는 꼴이 될 것이야. 나를 포함한 북태오제후가 염중천에게 십년지약(十年之約)을 지킬 것을 종용하고 있다. 그러니 화평아."

"예, 아버지."

낙화평이 아비 낙청민의 그윽한 눈길 앞에 비장한 눈빛으로 대답했다. 이어 낙청민의 나지막한 음성이 새어 나왔다.

"가질 수 있을 때 취해야 한다. 무슨 말인지 알겠지?"

"예."

장남의 다부진 대답에 낙청민의 얼굴이 환하게 피어났다.

"하하하—! 역시 하늘은 공평해. 하늘은 무소불위(無所不爲)의 능력을 한 인간에게 주진 않아. 천하의 염중천이 대를 이을 수 없는……. 재미있는 세상이야! 하하하—!"

낙청민의 호쾌한 웃음에 막진진이 이맛살을 와락 구기며 주위를 두리번거렸다.

"주, 주군, 혹시 모르니 언성을 좀……."

늙은 충복 막진진의 걱정스런 표정에 낙청민은 겸연쩍은 미소를 보이며 달뜬 목소리를 낮추었다.

"막 장군, 몇 년만 더 고생해 주게. 머지않아 옛이야기하며 웃을 날이 올 걸세."

가만히 고개를 숙이는 막진진을 흡족한 눈으로 바라보던 낙청민은 불현듯 의아한 얼굴을 해 보이곤 서탁 위에 놓인 한 장의 서류를 펼치며 입을 열었다.

"아참, 막 장군. 이번에 새로 작성한 인명부에 이상한 점이 있던데?"

낙청민의 물음에 막진진이 급히 고개를 들어 올렸다.

"아, 예! 막내아기씨의 몸종으로 새로 기입한 이름을 보시고 그러시는군요. 그게 어찌 된 사연인가 하면……."

쾌검가의 총관이자 섬서제후 낙청민의 충복이기도 한 고
두장군 막진진이 허겁지겁 달려온 막내아기씨를 발견한 것은
닷새 전쯤의 일이었다.

그러잖아도 해질녘까지 돌아오지 않는 아기씨 걱정에 이
층누각 노대에서 막진진이 목을 길게 빼고 있던 차다.

달려온 막내아기씨 낙화비는 다짜고짜 마차를 준비하라며
성화를 부려댔다. 무슨 급한 사단이라도 났나 하며 부랴부랴
이두마차를 대령시키고 동문을 나서서야 아기씨의 전후사정
을 듣게 된 막진진은 어이가 없어 고개를 절레절레 흔들고 말
았다.

기껏 동문 밖 수풀에 버려진 거지 하나 챙기려고 이 낮도깨
비 같은 난리를 친 사실을 알았다. 막진진은 막내아기씨 낙화
비의 여린 심성과 막무가내 고집과 감당 못할 생떼 같은 눈물
을 잘 알고 있었기에 말없이 동문 밖 수풀까지 끌려갔다.

겁에 질려 벌벌 떨며 눈물을 뚝뚝 흘리고 있는 월화라는 막
내아기씨 몸종의 발아래에 죽은 듯 널브러진 거지 하나.

"그래서 그 거지를 예까지 들였단 말인가?"

언짢게 묻는 낙청민의 눈길 앞에 막진진은 쓴웃음부터 보
였다.

"누가 감히 막내아기씨의 뜻을 거역할 수 있습니까? 그 눈

물바다에 북태성이 난데없는 수마에 휩쓸려 버릴 겁니다."

그리곤 막진진은 고개를 절레절레 흔들어 보였다. 그제야 낙청민은 입맛을 다시더니 막진진에게 애써 웃음을 보였다.

"허허! 그래서 그 거지 놈을 섬서 본가에서 새로 데려온 막내의 몸종으로 적어 올렸단 말이지?"

"일단 그렇게 해두었습니다."

막진진의 대답에 떨떠름한 표정이던 낙청민의 눈길이 장남 낙화평에게로 돌아갔다.

"화평아, 염중천이 네 동생 화비를 지목해서 볼모로 잡아둔 속내는 따로 있었다. 염중천은 우리 가문이랑 정략을 맺고 싶었던 게야. 어림 반 푼 어치도 없는 소리지. 처음에는 염재민의 바로 위 형이었던 염고평의 사주단자를 들이밀더니 염고평이 제 계집이었던 편소화와 함께 피살을 당하자 이젠 염재민을 앞세울 모양새야. 화평아, 사정이 그러하니 막내가 경거망동하지 않도록 잘 타일러야 할 게야. 알아듣겠느냐?"

"예."

나지막한 대답을 내놓는 낙화평에게서 시선을 거둔 낙청민은 다시 막진진에게로 걱정스런 음색을 깔아 보였다.

"막 장군, 화비가 데려온 그 거지의 상태는 지금 어떻던가? 혹여 궂은일은 안 생기겠는가?"

"놈은 지금 나뭇광에 있습니다. 삼 일 전에 겨우 의식이 돌아왔고, 어제 놈의 땟국을 벗겨놓았습니다. 허락만 하신다면

잡일이나 시키려고요."

"음, 송장 치룰 일이 안 생긴 것만도 다행이군. 그래, 화비
는 지금 무엇을 하고 있는가?"

"나뭇광에 들락거리시며 애지중지 놈을 살피고 있습니
다."

막진진의 말에 낙청민은 미간을 구기며 혀를 찼다.

"쯧쯧쯧! 그렇게 할 일이 없나? 주워온 강아지도 아니고
원……. 이런, 막 장군, 할 일이 많을 텐데 내가 너무 붙잡아
두었군. 그만 나가서 일보시게."

낙청민의 말에 막진진이 일어나 허리를 접어 보이곤 돌아
섰다. 돌아서 나가려던 막진진이 무슨 생각이 들었는지 뒤돌
아섰다.

"저, 혹시……."

"뭐, 빠진 것이라도 있는가?"

낙청민의 의아한 얼굴을 향해 막진진은 기억을 더듬는 듯
한 눈빛으로 입을 열었다.

"…주군, 혹시 염중천의 세 번째 무후(武后)였던 사마혜령
이라고 기억하십니까?"

낙청민은 뜬금없이 묻는 막진진의 말에 사마혜령이란 이
름이 막진진의 입에서 왜 나온 겐가 하며 고개를 갸웃거렸다.
사마혜령이라면 십오륙 년 전에 죽은 무후의 이름이었다. 염
중천의 세 번째 무후였고, 가장 불명예스럽게 죽은 무후이기

도 했다.

"갑자기 사마혜령은 왜?"

"사마혜령의 배에서 태어난 사생아가 지금 살아 있으면 스물 남짓 되었겠죠?"

낙청민은 기억을 더듬더니 고개를 끄덕여 보였다.

"음, 살아 있다면 그쯤 되었겠지. 그리고 아비가 누구인지도 모르는 그 사생아가 살아 있을 리가 만무하잖은가? 근데 갑자기 그 이야긴 왜?"

막진진은 무언가 생각에 잠기더니 쓴웃음을 베어 물었다.

"아, 아닙니다. 갑자기 생각이 나서요. 그럼."

그리곤 다시 뒤돌아서 나가 버렸다.

막진진의 뒷모습을 의아한 눈길로 바라보던 낙청민의 입가에 피식 하는 작은 웃음이 물렸다.

"허허, 사람, 싱겁기는……."

*   *   *

"얘, 너 이름이 뭐야?"

"……."

"이름 없어? 그럼 나이는?"

"……."

"혹시 너 벙어리니?"

"……."

"야— 이 거지야—! 사람이 물으면 대답을 해야 할 거 아
냐! 아휴! 답답해 죽겠네!"

쾌검가의 막내아기씨 낙화비는 나뭇광에 쪼그려 앉아 앞
에 앉은 악귀에게 연방 질문을 던지다가 답이 없자 잔뜩 독이
오른 목소리로 짜증을 부려댔다. 고개를 푹 꺾고 있던 악귀가
그제야 낙화비 앞에 고개를 천천히 들어 올렸다.

퀭한 눈빛은 여전히 음울해 보였다.

"나 거지 아냐."

"어머! 웃겨! 얘는, 네가 거지지 아니긴 뭐가 아냐?"

"난, 네게 밥 달라 돈 달라 한 적 없다."

"어머머! 얘 너, 정말 웃긴다. 다 죽은 목숨 기껏 살려주고
먹여주고 씻겨서 새 옷 입혀줬더니……."

"나 이제부터 거지 때려치울 거야. 그리고 신세는 꼭 갚겠
어."

신세를 꼭 갚겠다는 악귀의 말에 낙화비는 입을 삐죽거려
보였다.

"니가 무슨 재주로?"

"내가 무엇을 할까?"

반문하는 악귀의 말에 낙화비는 양손으로 턱을 괴며 눈알
을 굴렸다. 낙화비는 참 특이한 거지라고 생각했다. 이쯤 되
면 굽실거려야 옳은 일이 아닌가? 근데 놈은 무슨 똥배짱인지

당당하기만 하다.

"음! 넌 내 몸종으로 적(籍)을 올렸으니까… 우선 내 시종 노릇부터 톡톡히 해야 할걸."

눈빛을 못되게 빛내며 종알거리는 낙화비에게 악귀는 을 씨년스러워 보이는 미소를 입에 물며 이죽거렸다.

"출세했군. 몸종이라……."

"너, 몸종 노릇 하려면 그 못된 말투부터 바꿔!"

그렇게 쏘아붙인 낙화비가 갑자기 무슨 슬픈 생각이 들었 는지 침울한 소리를 꺼내놓았다.

"나… 시녀도 있고 밑에 부릴 종놈들도 많은데, 한 가지 없 는 게 있어. 난 친구가 없어. 예전에 키우던 강아지가 뭘 잘못 먹었는지 죽은 후론 줄곧 친구가 없어. 너, 몸종 말고 친구 할 래?"

"강아지가 죽어서 친구가 없다? 그래서 친구 노릇을 해달 라? 좋지. 근데 내가 친구 하면 밖으로 나가는 순간 바로 맞아 죽을 것 같은데?"

악귀의 말이 수긍이 갔는지 고개를 작게 끄덕이던 낙화비 는 무슨 좋은 생각이 났는지 환하게 웃는 얼굴로 악귀의 얼굴 앞에 제 얼굴을 들이밀었다.

악귀의 콧속으로 낙화비의 몸에서 풍기는 꽃 냄새가 아리 도록 전해졌다.

"둘이 있을 때만 친구 하자. 됐지?"

"…그래라."

악귀의 뚱한 대답에 낙화비는 좋아라 하며 악귀의 머리를 손으로 쓰다듬었다. 순간,

악귀가 낙화비의 손을 매섭게 쳐내 버렸다.

"시벌! 손 치워! 난 개새끼가 아냐!"

악귀의 욕지거리에 놀라고 당황한 낙화비는 얼굴을 찡그리며 쏘아붙였다.

"어머! 어디다가 상소리니?"

악귀가 낙화비의 눈을 노려보며 사악한 미소를 베어 물었다.

"친구끼린 욕해도 돼."

며칠이 지났다.

악귀는 자신의 행랑채 앞마당을 대빗자루로 쓸다가 빗자루질을 멈추고 멍하니 무언가를 바라보며 생각에 잠겨 있었다.

깔끔해 보이는 상복포(常服袍)를 차려입고 봉두난발 산만하던 머리는 광목 끈으로 단정하게 묶고 있었다. 빗자루의 끝머리에 양손을 포개 올려놓고 있던 악귀 앞에 수건으로 바지에 묻은 지푸라기를 털어내며 중년 사내 하나가 다가왔다.

"이놈아, 마당은 안 쓸고 왜 멍청하게 있어?"

악귀와 같은 행랑채를 사용하는 아두 아범이다.

아두 아범은 쾌검가에서 이런저런 잡다한 일을 맡아했고, 그의 아내 아두 어미는 쾌검가의 찬모였다. 열 살 남짓한 아들이 하나 있었는데 그놈의 이름이 아두였다.

"허ㅡ! 이놈이 또 대답을 안 하네?"

아두 아범은 대답 없는 악귀 옆에 서선 악귀가 지그시 노려보고 있는 곳을 향해 시선을 돌렸다.

"뭘 그리 열심히 보고 있어?"

그제야 악귀의 입이 열렸다.

"아저씨, 저곳에 들어가 본 적 있어요?"

"어디?"

악귀가 바라보고 있는 곳이 정확히 어딘지 몰라 아두 아범은 악귀의 얼굴을 힐끔거리며 괜한 까치발까지 해 보였다.

악귀가 손을 들어 올려 검지로 한곳을 가리켜 보였다.

"저기요."

"응?"

악귀가 가리키는 곳은 희미하게 보이는 북존궁의 지붕 한쪽 귀퉁이였다.

"북존궁을 말하는 게냐?"

"예."

"예끼, 이놈아! 내가 저길 무슨 재주로 가봤겠냐? 쓸데없는

데 정신머리 팔지 말고 얼른 마당이나 깨끗이 쓸어놔. 그리고 마당을 다 쓸면 섬서루(陝西樓)에 들어가 봐."

섬서루는 별채아기씨 낙화비와 그의 가족들이 기거하는 쾌검가의 본채였다. 악귀는 북존궁의 지붕에서 시선을 거두며 뚱하게 물었다.

"왜요?"

"왜긴 뭐가 왜야! 별채아기씨가 잠깐 널 보내라고 하시더라. 가거든 각별히 언동을 조심해라. 본가 어르신인 섬서제후께서 와 계시고 큰아드님도 계신다. 그리고 가는 참에 총관어른께 네놈의 살벌한 이름 좀……."

아두 아범의 말이 채 끝나기도 전에 악귀는 들고 있던 대빗자루를 행랑채 앞에 휙 던져 놓고 섬서루를 향해 걸음을 떼어놓았다.

"어라? 이놈아! 마당은 마저 쓸고 가야지!"

"뭐냐?"

"아기씨가 부른다고 해서 왔는데요."

섬서루의 입구를 지키고 선 흑의무인에게 악귀는 턱을 치켜든 채 대답했다.

"생소한 놈인 걸 보니 네가 바로 악귀란 놈이구나. 근데 이름 꼬락서니가 왜 그 모양……."

그렇게 흑무당 소속의 무인이 악귀에게 말을 붙일 때,

"애, 뭐 해? 들어와!"

섬서루 안에서 들리는 낙화비의 목소리였다.

흑의무인이 입맛을 다시며 들어가라는 턱짓을 해 보였다. 그러더니 말없이 누각 안으로 들어가는 악귀의 뒤통수에다 대고 흑의무인이 언짢은 소리를 날려 보냈다.

"악귀야, 앞으로 눈까리는 깔고 다녀라."

악귀가 걸음을 멈추고 흑의무인에게로 몸을 돌려세웠다. 자신의 이름 가지고 트집을 잡는 게 악귀의 속을 긁어놓았던 게다.

"넌 땅만 보고 사냐? 하늘은 안 봐? 시벌!"

"저, 저런……."

흑의무인이 무어라 욕지거리를 쏟아내기도 전에 악귀는 이미 누각 안으로 쏙 들어가 버렸다.

창을 통해 햇살이 들어왔지만 누각 안은 어두워 보였다.

이층으로 통하는 계단 난간에 허리를 걸쳐 놓고 목을 길게 빼고 있던 낙화비는 악귀가 들어오는 것을 확인하고 난간에서 몸을 떼어냈다.

"이리 올라와."

그리곤 먼저 계단을 콩콩 밟으며 이층으로 뛰어올라 가버렸다. 계단을 통해 이층 복도에 들어서자 휑한 일층과는 달리 양편으로 내실이 늘어서 있었다.

악귀가 복도를 들어서 몇 걸음 걸으며 두리번거릴 때 내실 문 하나가 스르륵 열리더니 낙화비의 얼굴이 빠끔히 내밀어졌다.

"여기야."

내실은 규방답게 화려하면서도 깔끔해 보였다.

하얀 면사가 드리워진 침실과 값비싸 보이는 가구들, 그리고 벽면 하나를 다 채운 수많은 서책.

"들어와."

악귀는 낙화비의 방 안으로 들어와선 조심스럽게 문을 닫았다. 그리곤 식탁 위에 팔꿈치를 올려놓고 양손으로 턱을 괴고 앉아서 뚫어져라 쳐다보는 낙화비의 시선을 외면하며 딴청부터 부렸다.

"뭐 해?"

낙화비의 언짢은 목소리가 들렸다. 악귀는 여전히 낙화비에게 눈길을 주지 않은 채 심드렁하게 말했다.

"왜 불렀어?"

"어? 반말이네?"

새치름한 눈길로 노려보는 낙화비를 향해 악귀의 얼굴이 천천히 돌아섰다.

"둘이 있을 땐 친구 하자며?"

"어마, 내 정신 좀 봐. 그랬지?"

"왜 불렀는데?"

악귀의 물음에 낙화비는 무엇이 그리 좋은지 해죽해죽 웃으며 악귀를 향해 손짓했다.

"이리 앉아."

악귀의 눈길이 식탁으로 향하는 동시에 발길이 옮겨졌다. 낙화비가 앉은 식탁 반대편의 등받이 의자를 당겨 악귀가 앉았다. 식탁 위에는 은촛대와 연붉은 초가 하나 놓여 있었고, 다기와 얄팍한 서책이 한 권 펼쳐져 있었다.

의자에 앉은 악귀의 눈길이 펼쳐진 서책 위에 힐끔 얹혔다.

"무서(武書)군."

악귀가 별 뜻 없이 흘린 말에 낙화비의 두 눈이 화들짝 놀라며 커졌다.

"어머나! 너 글도 읽을 줄 아니?"

놀라워하는 낙화비를 향해 악귀는 피식 웃음을 보이곤 펼쳐 놓은 책을 집어 들었다.

"설마 섬서제후가의 독문절기는 아니겠지?"

왕방울만 하게 커진 눈으로 악귀를 바라보던 낙화비가 그제야 정신이 드는지 움찔 놀라며 악귀의 손에 들린 책을 뺏으려 손을 내뻗었다.

"마, 맞아! 이리 내놔."

하지만 악귀가 손에 들린 책을 잽싸게 돌려놓는 바람에 낙화비의 손은 허공을 지나쳐 버렸다. 낙화비의 손을 피해 몸을 삐딱하게 돌린 악귀의 눈은 여전히 책 속에 박혀 있었다.

"쫀쫀하게 굴지 말고 좀 봐. 본다고 해서 무인도 아닌 내가 내용인들 이해하겠어? 안 그래?"

악귀의 말에 낙화비는 미간을 곱게 구기며 경계하는 눈치였다. 하긴, 글 읽을 줄 안다고 해서 난해한 무서를 이해할 순 없다. 낙화비는 한 손으로 턱을 괴며 심드렁한 목소리를 내놓았다.

"얘, 책이나 보라고 부른 거 아니거든. 심심해서 말동무나 좀 하자고 부른 거야."

"시녀 월화는 어쩌고?"

굴곡 없는 목소리로 묻는 악귀의 손은 무서의 첫 장을 펼치고 있었다. 처음부터 보겠다는 뜻이었다.

쾌섬인(快閃刃) 풍편(風編).

낙화비가 첫 장부터 펼쳐 드는 악귀의 손을 불안한 눈길로 흘겨보았다.

"으, 웅! 월화는 심부름 보냈어. 오후쯤에야 올 거야. 너, 고향이 어디야?"

"고향? 어디더라? 기억이 잘 안 나는데?"

성의없는 대답과는 달리 악귀의 두 눈은 무엇에 쫓기는 사람처럼 무서를 빠르게 읽어내려 갔다. 그 모습을 살피던 낙화비의 불안하던 얼굴이 펴졌다. 저렇게 빨리 읽는다는 것은 눈여겨보지 않는다는 것이라고 판단을 했기 때문이다.

"고아니? 거지들은 대부분 고아잖아."

"고아? 그렇지. 고아지."

"몇 살 때부터?"

"으, 응… 글쎄?"

"무슨 대답이 그래?"

"잘 모르겠는걸."

낙화비는 건성으로 대답하는 악귀의 태도에 뾰로통해져 버렸다. 잠시 서먹서먹한 침묵이 흘렀다. 그사이 악귀의 손에서 얄팍한 무서는 반이나 넘겨졌다.

"무가의 여식이니 너도 곧잘 하겠구나?"

악귀의 물음에 심심한 표정으로 턱을 괴고 있던 낙화비가 심통이 난 어투로 되받았다.

"뭐가?"

"무공."

"글쎄? 잘 모르겠는걸."

악귀가 했던 말을 새치름하게 따라 해본 낙화비의 입가에 장난스런 미소가 물렸다. 하지만 그도 잠시뿐이었다.

"응."

악귀의 짧은 대답은 낙화비의 속을 다시 한 번 뒤집어놓았다. 더는 못 참겠는지 낙화비의 입에서 앙칼진 소리가 튀어나왔다.

"그럴 거면 나가! 가서 일이나 해! 여긴 밥을 공짜로 먹여주는 곳이 아냐!"

"나 원래 공짜 밥 먹던 놈이잖아. 내 전직이 비럭질이야.
몰랐어?"

이죽거리는 악귀의 말에 낙화비가 등받이 의자를 밀어내
며 발딱 일어섰다.

"얘 정말 뻔뻔하네. 나랑 놀아줄 거 아니면 내 방에서 나가
라니까!"

악귀는 여전히 무서에서 눈을 떼지 않고 손을 들어 까닥거
렸다.

"앉아. 몸매 자랑하려고 일어선 거 아니라면 그냥 앉아라.
조금만 더 보면 다 봐. 그때까지만 좀 참아줄래? 읽던 건 마저
봐야 할 거 아냐."

낙화비가 독이 오른 얼굴로 의자에 털썩 앉았다.

"너 죽을래?"

"죽일 용기는 있고?"

"그래, 있다. 콱 죽여줘?"

"마저 다 보고."

낙화비는 작게 솟은 가슴을 들썩이며 색색 숨을 몰아쉬곤
악귀를 노려보기만 했다. 무서에서 놈의 손이 떨어지면 놈을
바로 패 죽이리라.

드디어 악귀가 얄팍한 무서를 소리가 나도록 탁 덮었다. 그
리곤 식탁 위에 휙 던져 버리곤 자리에서 일어섰다.

"죽여. 안 죽여? 그래, 차마 아까워서 못 죽이겠으면 난 그만 나가보고."

잡아먹을 듯 인상을 쓰고 노려보는 낙화비의 얼굴을 힐끔 살피던 악귀가 방문을 향해 몸을 돌려세웠다.

"잘 읽었다. 다음엔 쾌섬인 살편(殺編)이나 좀 보여줘."

그렇게 말을 툭 던진 악귀가 방문을 향해 발을 떼어놓았다.

악귀의 등 뒤에서 낙화비의 당혹스런 외침이 터졌다.

"얘! 거, 거기 서봐! 너, 어떻게 풍편 다음이 살편이란 걸 알았니?"

악귀는 고개를 돌려 낙화비에게 히죽 웃어 보이곤 말없이 미닫이문에 손을 댔다.

그때, 거칠게 문이 왈칵 열리더니 악귀 앞에 나타난 사내가 있었다. 놀란 사람은 악귀가 아닌 낙화비였다.

"오, 오라버니."

섬서쾌발 낙화평은 싸늘한 눈길로 악귀를 노려봤다.

"뭐냐?"

"악귀입니다."

"네 이름을 물은 게 아니다. 여기가 어디라고 들어와 있어?"

악귀가 한 걸음 뒤로 물러나며 대답했다.

"불러서 왔습니다."

악귀의 말에 낙화평의 눈이 매섭게 낙화비에게로 돌아가

자 낙화비는 당황스러워하며 눈을 내리깔았다.

"오라버니, 심부름시킬 것이 있어서 제가 불렀어요."

"시킬 일이 있으면 밖에 세워놓고 시킬 일이지, 근본도 모르는 놈을 겁도 없이 방까지 불러들여? 이것아—!'

호되게 나무라는 큰오라버니의 말에 낙화비의 두 눈에 물기부터 맺혔다. 턱이 바르르 떨리는 것이 금방이라도 울음이 터질 기세였다. 언짢아진 낙화평이 악귀를 노려보며 으르렁거렸다.

"다시 한 번 눈에 거슬리는 점이 보이면 네놈의 두 다리를 잘라 버릴 것이다. 알겠느냐?"

악귀는 말없이 고개를 숙여 보이곤 열려진 내실 문으로 걸어나갔다. 이어, 복도를 걷는 악귀의 입에서 작게 휘파람 소리가 흘러나왔다. 휘파람 소리가 몹시 귀에 거슬린 낙화평이 눈을 찌푸리며 복도를 향해 몸을 돌려세웠다. 그때, 급히 낙화평의 뒤춤을 낚아채며 등 뒤에서 안겨 버리는 낙화비.

"오라버니, 그냥 두세요. 아직 예의란 게 몸에 배지 않아서 그래요. 차츰 길들여지겠죠."

막내의 만류에 낙화평은 허리를 안은 낙화비의 손을 떼어내며 다시 몸을 돌려세웠다.

"근데 저놈이 뭘 알았다고 그렇게 소리를 지른 게야?"

오라버니의 물음에 낙화비는 화들짝 놀라며 손사래를 쳐 보였다.

"아, 아무것도 아니에요."

당황해하는 낙화비의 안색을 의아하게 쳐다보던 낙화평의 눈길이 식탁 위에 놓인 얄팍한 무서(武書)로 향했다.

'쾌섬인 풍편?'

터벅! 터벅!

별채라고도 불리는 섬서루 입구를 지키고 서 있던 흑무당 소속의 무인 한견은 밖에서 들어도 들릴 만큼 큰 소리를 내며 계단을 내려오는 누군가의 발자국 소리를 귀 기울여 듣고 있었다.

'요— 놈!'

한견은 그 발자국 소리의 주인이 악귀란 것을 알았다. 그러잖아도 요즘 부쩍 쾌검가 사람들의 힘이 잔뜩 들어간 어깨가 한견의 눈에 거슬리던 참이다. 놈을 빌미 삼아 이참에 구겨진 속내를 시원하게 풀어내리라.

한견은 악귀가 밖으로 나오기만을 기다렸다.

계단을 내려와 입구 쪽으로 이어지던 발자국 소리가 갑자기 뚝 끊기자 한견의 한쪽 눈매가 작게 일그러졌다.

'어— 쭈! 요놈 봐라?'

놈이 자신이 노리고 있다는 것을 눈치 챈 것인가? 해놓은 욕지거리가 있으니 그럴 수도 있겠지. 한견은 오른 손아귀를 힘있게 쥐락펴락하며 악귀가 나오기만을 기다렸다. 그때,

타— 다다닥—!

누각 깊숙이에서 달음박질에 가속을 붙이며 내달리는 소리가 터졌다. 짧은 순간, 한견은 치닫는 달음박질의 거리를 계산하며 입가에 미소를 물었다. 적당한 시간에 몸을 돌려세우고 달아나려는 놈의 뒷덜미를 낚아채면 될 일이다. 그리고 뼈마디가 욱신거릴 만큼 저 종놈 새끼를 패주리라.

'지금이다.'

한견은 몸을 빠르게 돌려세우며 치닫는 악귀의 달음박질을 가로막았다. 한견의 입가엔 이미 잔인해 보이는 미소가 번져 있었다.

"이놈—!"

한견의 입에서 굵은 일갈이 터지고, 한견은 자신의 시야 속에 시커먼 무언가가 빠르게 날아드는 것을 보았다.

팍—!

한견은 순간 앞이 캄캄해지는 것을 느끼며 비틀비틀 몇 걸음 뒷걸음치다가 나자빠졌다. 흠씬 패주리라는 계획이 빗나가며 자신이 당했다는 생각이 빠르게 머리를 스친 한견은 낭패한 몸을 급히 튕겨냈다.

누각 앞마당을 구르다가 몸을 일으켜 세우는 동시에 뒤도 돌아보지 않고 곧장 달아나는 악귀.

한견은 입을 딱 벌리고 달아나는 악귀의 뒷모습을 바라보고만 있었다. 새로 온 몸종 놈이 감히 흑무당 소속인 자신에게 선공을 가하고 달아날 것이라곤 생각도 못했던 일이다.

어이없어 딱 벌어진 한견의 입속으로 미지근한 물기가 스며들었다. 한견은 손을 들어 올려 코밑으로 흘러내리는 물기를 손등으로 쓱 닦아 확인했다.

"시, 시벌! 코피!"

*   *   *

야랑은 나무와 나무를 타며 전진하고 있었다.

뜨거운 날숨은 복면수건에 묻으며 습한 들숨으로 다시 되돌아왔다. 귀밑머리 아래로 날카롭게 곤두선 신경이 싸늘한 땀이 되어 흘러내렸다. 온몸의 말초신경이 살아 꿈틀대며 바람을 느꼈다.

굵은 나뭇가지에 올라서서 잠시 몸을 세운 야랑은 먹이를 노리는 수리처럼 인광을 빛내며 주위를 살폈다.

그리곤 뒤를 돌아보았다.

태자 염재민이 오솔길을 유유자적 걸어오고 있었다. 그 뒤에 붉은 검병에 한 손을 살포시 얹어놓은 채 주작이 뒷걸음질로 후미를 경계하며 따르고 있었다.

태자 염재민이 성 밖으로 나왔다. 성 밖으로 나오면 잠행(潛行)이다. 어디서 누가 살수를 펼칠지 모른다. 잠행은 미리 계획되지 않는다. 어느 순간 불쑥 이루어진다.

봄볕이 계절답지 않게 너무도 뜨거웠다.

이유는 그것뿐이다. 태자 염재민이 향하는 곳은 북태성 북쪽에 있는 칠공산(七公山) 고비폭포(孤飛瀑布)다. 그 아래 네댓 장 되는 고비담(孤飛潭)이 있다. 염재민은 그곳에서 과한 봄볕을 식힐 생각이다. 어쩌면 심란한 마음을 같이 씻어낼 생각인지도 모른다.

후— 우!

야랑은 다시 나뭇가지를 차며 신형을 날렸다.

푸드득—!

놀란 산새 무리가 날아올랐다.

외줄기 비류(飛流), 내리꽂히는 폭포는 그리 크지 않았지만 무척 높았다.

간단없이 낙하한 폭포수가 거침없이 작렬하며 야랑의 귀를 때렸다. 나뭇가지에서 소리를 죽이며 지면에 내려선 야랑의 눈길이 날아가 꽂힌 곳은 폭포 아래 흠뻑 젖어 있는 바위 위였다.

한 사내.

사내는 바짓단을 무릎까지 걷어 올린 채 두 발을 고비담에 담그고 있었다. 벗어젖힌 웃통은 산사람인 양 검고 단단해 보였다.

도실(刀室)도 없는 널따란 파풍도(破風刀) 하나가 사내의 옆에 무심히 놓여 있었다. 지저분하게 헝클어져 길게 내려온 머리카락.

짜릿한 전율 하나가 야랑의 한쪽 뺨을 타고 빠르게 지나갔다. 삐딱하게 말려 올라간 야랑의 입꼬리가 꿈틀거렸다.

적이다.

야랑은 두 팔을 허리만큼 들어 올려 전방에 적이 존재함을 알렸다. 뒤에서 들려오는 미세한 염재민의 발자국 소리는 변함없이 이어졌다.

턱을 가볍게 아래로 당기고 야랑이 빠른 걸음으로 앞으로 나아갔다. 인기척에 사내가 반응을 하며 젖은 바윗돌에서 일어섰다. 사내의 오른손에는 파풍도가 축 늘어져 들려 있었다.

"누구냐?"

야랑의 물음에 사내는 얼굴 아래로 흘러내린 머리카락을 왼손으로 쓸어 올렸다.

삼십대 후반. 평범한 인상에 흐릿한 눈빛.

"봄이 오고부터 줄곧 기다렸다."

사내의 목소리는 그리 크지 않았다. 차분했다.

그 담담한 사내의 목소리가 야랑의 두 귀에 칼날처럼 박혔다.

"누굴?"

"염재민."

"남황성(南皇城)이냐?"

"그렇지."

야랑은 더 이상의 말이 필요없다는 것을 느꼈다.

염재민이 고비담에 발을 담그기 전에 놈을 제거해야 한다.

야랑은 허리 뒤로 비스듬하게 매인 묵혈검을 왼손으로 슬며시 돌려놓곤 내달렸다.

짧은 보폭. 야랑의 발자취가 폭발하며 뽀얗게 피어올랐다.

타ㅡ 다다닥!

탓ㅡ!

젖은 바윗돌을 차며 사내의 신형이 야랑을 향해 마주 쏘아졌다.

일 장 거리.

챙ㅡ!

야랑의 오른손에서 묵혈검이 발검되는 찰나에 피었다가 사라진 칼 무지개.

베어지는 파공음.

날카로운 검풍과 묵직한 도풍이 부닥쳤다.

팟ㅡ!

빠르게 서로를 교차한 두 사내는 뒤를 돌아보지 않았다.

이제 와서 뒤를 돌아본다는 것은 의미가 없었다.

일검일도(一劍一刀).

서로가 필살을 노렸다.

야랑의 왼쪽 어깨가 가늘게 떨렸다.

"후ㅡ!"

입술을 비집고 짧게 터지는 날숨.

왼손 끝을 향해 흘러내리는 비릿한 감촉.

왼팔이 놈의 파풍도에 스쳤다.

털썩ㅡ!

무너지는 소리를 듣고서야 야랑은 깊숙이 들숨을 마시곤
다시 내뱉었다.

"후ㅡ 우!"

파풍도의 칼끝을 거친 돌밭에 박고 무너진 사내 앞에 염재
민이 다가와 섰다.

염재민은 발을 들어 사내의 턱을 치켜 올렸다.

히죽ㅡ!

사내가 염재민을 향해 웃어 보였다.

웃음은 일그러져 있었다.

사내의 배가 횡으로 길게 갈라져 있었다.

"쿨럭ㅡ!"

사내가 기침을 토하자 갈라진 사내의 배에서 희멀건 내장
이 쏟아져 나왔다.

쿵ㅡ!

사내의 얼굴이 돌밭에 무너졌다.

뜨거워 보이는 사내의 마지막 호흡.

"하— 아!"

물보라가 자욱한 고비담 앞에 선 염재민이 주작 매검향을 향해 손을 불쑥 내밀었다. 매검향이 가슴 앞섶에서 하얀 손수건을 꺼내 염재민에게 건넸다. 염재민은 건네받은 손수건을 코에 댔다. 그리곤 숨을 깊숙하게 음미하듯 들이켰다.

"좋군."

염재민은 손수건으로 이마를 톡톡 가볍게 두드리며 배어나온 땀을 닦았다. 윗옷을 훌훌 벗으며 염재민은 혼잣말처럼 중얼거렸다.

"여인의 향기는 늘 사내의 마음을 다독거려 주지."

매검향이 야랑의 옆을 스치며 속삭였다.

"야, 괜찮아?"

야랑은 말없이 매검향의 어깨를 스쳐 걸음을 이어갔다.

야랑이 향한 곳은 폭포수 위쪽이었다.

단단히 묶은 왼팔이 저려왔지만 그나마 상처가 깊지 않아 피는 이내 멎었다.

고비폭포 주위를 세심하게 훑어보던 야랑은 잠시 눈을 들어 올려 하늘을 보았다. 바람이 시원하게 야랑의 머릿결을 스쳤다.

야랑은 아랫입술을 앞니로 물었다.

짧은 순간, 생사의 갈림길에 서보았다.

짜릿한 경험이었다.

그 짜릿한 기억은 저 먼 기억 너머에서 또 하나의 닮은 기억을 불러들였다.

자신을 찾아 북태성으로 온 거지는 악귀가 분명했다.

동문 수문졸을 앞장세워 거의 주검이 된 악귀를 버려놓았다는 수풀까지 들어갔었다. 놈의 주검은 어디에도 보이지 않았다. 산짐승 짓이라는 당황한 수문졸의 변명을 야랑은 믿지 않았다.

그렇게 쉽게 죽을 악귀가 아니다.

살아 있을 것이다. 놈은 분명 어딘가에서 음울한 눈빛을 빛낼 것이다. 그렇게 끝날 악귀였다면 야랑은 느끼지 못했을 것이다. 놈을 처음 봤을 때 야랑의 몸을 빠르게 스친 그 알 수 없는 전율. 그것은 악귀 같은 전율이었다.

그래서 야랑은 놈에게 악귀라는 이름을 붙여주었다.

분명 놈은 악귀다.

*   *   *

해질녘.

악귀는 자신이 묵고 있는 행랑채의 토벽(土壁)에 등을 기대
고 고개를 푹 숙인 채 앉아 있었다.

대빗자루가 악귀의 한쪽 어깨에 비스듬히 기대져 있었고,
행랑채 앞마당은 바람에 쓸려온 지저분한 쓰레기로 어지러웠
다.

악귀의 머릿속엔 수많은 영상들이 흘러가고 있었다.

악귀의 머릿속에서 칼바람을 물고 이어지는 것은 또 다른
칼바람이었다. 토벽 그늘에 앉아 고개를 숙이고 있는 악귀의
이마에서 난데없는 땀방울이 송골송골 맺히더니 땅바닥에 비
꽃을 피워내며 떨어졌다.

경련을 일으키듯 꿈틀거리는 악귀의 손가락.

…어머니.

"이것아! 아직도 못 외웠어? 죽고 싶어서 게으름을 피
우는 거야? 살아남고 싶으면 외워라! 외우라 하지 않았느
냐!"

어머니는 악귀를 모질게도 때렸다.

하루에 한 권. 모두가 필사(筆寫)된 무서들이었다. 어머니
와 악귀의 등엔 늘 무거운 괴나리봇짐이 매어져 있었다. 무엇
엔가 쫓기어 이리저리 사방팔방으로 마냥 달아나던 시절. 그
무거운 괴나리봇짐이 악귀는 저주스러웠다.

잠시 잠깐 눈을 붙일 때 외에는 늘 악귀의 조막만 한 손엔 책이 들려 있었다. 험한 산길을 헤매고, 사나운 강을 건널 적에도 악귀의 어린 손에는 늘 지긋지긋한 무서가 들려져 있었다.

더 이상 달아나지 않아도 되었다.

"흐, 흑좌인(黑左刃)! 저 애는 당신 평생지기(平生知己)의 아들이에요. 용후(龍逅)만은 사, 살려……."

어느 날 어머니가 그렇게 절규하다가 목을 베이고 죽었기 때문이다.

어머니의 주검 앞에 무릎을 꿇고 통곡하던 중년 사내.

그 사내의 손에는 피 묻은 칼이 들려져 있었다.

댓 살 남짓하던 악귀는 불에 타 재가 되는 어머니의 삶을 말없이 지켜보았다. 울지 않았다. 공포에 파랗게 질린 악귀는 울 수도 없었다. 괴나리봇짐 속의 그 저주스럽던 무서들이 불타는 것을 악귀는 가만히 노려보고 있었다.

중년 사내는 어린 악귀의 텅 비어 있는 눈을 노려보며 이를 갈았다.

"너만 아니었으면… 너만 아니었다면… 나와 너의 어머니, 그리고 나의 친구가 이 참혹한 일을 겪진 않았을 것이다! 가라! 머릿속에 외운 것을 다 지우고 살아라! 외운 것을 몸 밖으로 내보이는 순간, 너에겐 저승사자들이 몰려올 것이다! 아니, 너의 모든 기억을 이 순간부터 지우고 살아라! 이 저주스

러운 놈! 가라! 나의 유일한 친구의 죽음을 위해, 그리고 잠시
나마 사랑했던 너의 어머니를 위해 너만은 살려줄 것이다! 가
라, 이 저주스런 놈아! 가라―!"

"흐흐흐―! 기껏 달아난 곳이 여기냐?"

갑자기 불쑥 끼어든 목소리에 악귀는 숙였던 고개를 급히
치켜들었다.

악귀의 턱에서 뿌려지는 싸늘한 땀방울.

물을 한 바가지 뒤집어쓴 듯 땀에 흠뻑 젖은 악귀의 얼굴
앞에 흑무당 소속의 무인들로 보이는 사내 셋이 서 있었다.

"후― 우!"

악귀는 자꾸만 거칠게 일렁이는 숨결을 다스리려 길게 날
숨을 뿜어냈다.

악귀의 입에서 뿜어지는 작은 물안개.

어깨에 기대놓은 대빗자루를 들고 천천히 일어서는 악귀
의 입에서 음울한 목소리가 새어 나왔다.

"이젠 달아나지 않아. 난 돌아왔어."

"이 새끼, 뭐라는 거야?"

악귀는 욕지거리를 섞는 사내의 얼굴을 힐끔 노려보았다.
삼십대 중반의 나이. 뚜렷한 이유 없이 적의를 느끼게 하는
이목구비였다. 그 옆에 콧등이 시퍼렇게 부어오른 사내는 오
전에 섬서루 앞을 지키고 서 있던 그 무인이다. 흑무당 소속

의 한견은 교대를 하자마자 동료 무인 둘을 대동하고 악귀를 찾아온 것이다.

"꿇어!"

한견의 독 오른 외침에 악귀는 입을 쫑긋하게 모았다.

휘파람.

휘파람은 악귀가 세상에 홀로 남겨질 때부터 시작되었다.

어머니의 흘러가는 말을 악귀는 잊지 않았다.

"용후야, 네 친아버지는 내가 그리워지면 담벼락에 기대어 휘파람으로 노래를 부르셨단다. 참 멋들어지게 잘 불렀었지. 그 휘파람 소리를 들으면 난 그만 정신을 잃고 밖으로 뛰어나가곤 했다. 그땐 정말 몰랐다. 난 이렇게 될지 모르고… 미쳐 있었지."

"이 새끼 이거 완전 또라이네."

한견 옆에 서 있던 무인이 난데없는 휘파람 소리에 어이가 없다는 듯이 피식 웃으며 이죽거렸다. 한견은 악귀의 얼굴만을 노려보며 잡아먹을 듯 으르렁거렸다.

"새끼야, 죽기 싫으면 꿇으랬잖아!"

"그냥 죽여."

악귀의 말에 한견의 오른쪽에 서 있던 더러운 인상의 사내 소덕출이 옆구리에 찬 장검에 손을 얹고는 삐죽 검신을 뽑아

냈다. 죽여도 별문제가 되지 않을 일이라 판단했던 것이다.

한견이 소덕출의 가슴 앞에 팔을 들어 올려 가로막곤 한 발 앞으로 나섰다.

"네놈이 쌈박질을 좀 하는 모양인데, 어디 한번 그 간덩이 부은 솜씨를 좀 볼까?"

그렇게 이죽거린 한견은 허리에서 검대를 풀어내곤 동료에게 내밀었다. 한견은 동료들이 보는 앞에서 무참하게 구겨진 자존심부터 우선 회복하고 싶었던 것이다.

들고 있던 대빗자루를 행랑채 토벽에 기대놓고 앞마당으로 휘파람을 불며 걸어나간 악귀와 마주 선 한견. 한견은 양 손가락을 깍지 끼곤 손가락 마디에서 뼈 으스러지는 소리부터 내보였다.

우두둑—!

"똥개처럼 꼬리를 말지 않는 용기가 가상하여 목숨은 살려주마. 그 대신 보름 정도 누워 있어야 할 만큼 손을 봐주겠다."

그렇게 대인다운 척 목소리를 깔아놓은 한견이 작게 휘파람을 불고 있는 악귀를 향해 다가갔다.

악귀의 입에서 흘러나오던 음산한 가락이 끊어지고 악귀의 두 발이 지면을 가볍게 차며 깡충거리기 시작했다. 그 모습에 한견과 두 동료 무인의 입에서 웃음이 터져 나왔다.

"하하—! 이놈아, 저잣거리에 굴러먹다가 배운 쌈박질은 너무하잖느냐? 이런, 이런! 하하하! 너의 유치함에 벌써 재미가 없어지려고 하네."

한견은 동료들에게 함박웃음을 보이며 어이없다는 듯 고개를 절레절레 흔들어 보였다. 이어 한견의 입에서 일갈이 터지며 악귀를 향해 발이 뻗어나갔다.

"요— 놈!"

파꽉!

악귀의 얼굴 앞에서 작게 먼지가 폭발하는 것과 동시에 허리를 뒤로 꺾으며 악귀는 깡충거리는 뜀박질로 물러나 버렸다.

한 발을 날려 연속 두 번 찬 발길질이 어이없게 빗나가 버리자 한견의 웃음 가득하던 얼굴은 순식간에 싸늘하게 굳어졌다. 지켜보던 두 무인들도 의외라는 듯 놀라워하며 악귀를 노려봤고, 한견의 입가에 어색한 웃음이 번졌다.

"오호! 제법 운이 좋은 놈이구나. 하지만 그 좋은 운은 매번 오는 게 아니야—!"

깡충거리며 다가오는 악귀의 얼굴을 향해 다시 한견의 오른발이 날아갔다. 동시에 한견의 왼 주먹이 뻗어졌다.

파— 빡!

"큭—!"

왼팔로 한견의 공력 실린 발길질을 막은 악귀가 옆으로 튕겨나며 발을 내뻗었다. 악귀가 왼팔로 막고 몸을 비스듬히 날리며 오른발을 빠르게 내뻗은 것은 거의 동시였다. 악귀의 오른 발끝이 한견이 내뻗은 왼팔 겨드랑이 속에 박혔다.

전광석화 같은 악귀의 대응이었다.

탁한 신음을 짧게 토해낸 한견은 왼쪽 겨드랑이에 손을 집어넣고 삐딱하게 몸을 기울인 채 얼굴이 경악으로 일그러져 버렸다.

"너……?"

지면에서 몸을 굴리고 일어선 악귀의 표정은 담담했다. 무공을 배우지 않은 자의 반격이라곤 믿기 힘든 상황이었다. 설사 무인이라고 할지라도 고수가 아니고선 미리 한견의 다음 수를 파악하고 발을 내뻗을 순 없지 않는가?

한견이 펼친 권각법을 완전히 꿰뚫고 있지 않은 다음에야 불가능한 일이었다. 그것도 북태성 외성에선 알아준다는 흑무당 소속의 무인인 한견을 낭패시킨 악귀의 반격이었다. 한견과 동료들은 악귀가 무언가를 숨기고 있는 섬서제후가의 무인이라 생각했다. 그렇게 빠른 판단이 서자 비켜나 있던 두 무인의 손에서 장검이 뽑혀 나왔다.

채— 쟁!

"네놈의 정체가 무엇이냐?"

악귀가 두 무인의 장검 앞에 새파랗게 독기가 오른 눈빛을 뿜어낼 때 앙칼진 여인의 목소리가 들려왔다.

"이게 무슨 짓이에요?"

저만치에서 걸어오고 있는 녹의(綠衣)의 여인 하나와 시비 차림의 여인은 낙화비와 낙화비의 시녀 월화였다.

낙화비가 나타나자 한견과 두 무인은 낯빛을 와락 구기며 허리부터 접었다. 악귀는 입가에 히죽 웃음을 물며 행랑채 토 벽에 기대놓은 대빗자루를 집어 들었다. 그리곤 장난스럽게 먼지를 풀풀 날리며 앞마당을 쓸기 시작했다.

"무공도 모르는 하인에게 칼을 뽑아 들다니? 북태성의 무 인답지 않군요!"

낙화비의 매서운 질타에 한견이 눈을 내리깔며 빈정거렸 다.

"아기씨, 설마 우리가 무인도 아닌 종놈에게 칼을 보였겠 습니까? 저놈의 정체가 무엇인지부터 설명을 해주셔야 합니 다."

한견의 말에 낙화비의 의아한 눈길이 악귀를 향해 휙 돌아 갔다.

"애, 이자들이 지금 무슨 뚱딴지같은 말을 하니?"

앞마당을 휙휙 쓸어대던 악귀는 손을 멈추곤 한견을 향해 비아냥거렸다.

"무공이 뭐 별거 있나? 이기면 장땡이지. 지들이 변변찮은 걸 나보고 왜 뭐라고 해? 그래, 섬서 본가에서 마당 쓸다가 어 깨너머로 좀 배웠다. 왜? 꼽냐?"

순간, 한견과 두 명의 흑무당 소속의 무인은 얼굴이 화끈 달아오르는 걸 느꼈다. 마당 쓸다가 어깨너머로 배운 악귀의 무공에 당한 꼴이 되고 만 것이다.

낙화비가 잽싸게 얼굴을 돌려 한건을 노려봤다.

"당신들이 궁금해하는 정체는 이제 파악되었겠죠? 당신들은 우리 쾌검가의 사람들을 보호하라고 있는 무인들이에요. 쾌검가의 종놈이나 괴롭히라고 파견된 무인들이 아니란 말이에요. 알겠어요? 망신살 뻗친 일을 동네방네 소문내기 전에 썩 물러가요!"

흑무당의 세 무인이 낙화비에게 건성으로 포권을 해 보이곤 똥 씹은 얼굴로 뒤돌아섰다. 당한 것이 분하고 괘씸했지만 더 이상 뻗대다간 득보단 실이 더 많을 것 같았기 때문이다.

"다 봤어."

"……."

악귀는 새치름하게 흘겨보는 낙화비의 눈길을 슬며시 피하며 애먼 대빗자루만 거칠게 다루었다.

"얘, 도대체 정체가 뭐니? 자꾸만 숨기려 들지 말고 말해 봐. 널 행랑채에 머물게 하는 것도 너의 신분이 아직 확실하지가 않기 때문이야. 네가 믿을 만한 인간이란 것만 밝혀져도 내가 너를 섬서루 안으로 불러들일 수가 있어. 그러면 이런 궂은일은 안 당해도 돼. 무슨 말인지 알겠니?"

낙화비의 어르고 달래는 말에도 악귀의 표정은 영 심드렁하기만 하다.

"아기씨, 정체가 무어라뇨? 섬서 본가에서 마당 쓸던 잡놈이잖습니까! 뭘 새삼스럽게."

"얘!"

뾰족한 목소리를 터뜨리는 낙화비에게 악귀는 쓴웃음만 물며 구시렁거렸다.

"젠장! 쓸어도 쓸어도 어째 안 쓸었을 때랑 똑같냐? 에라이, 빌어먹을! 모르겠다."

그렇게 언짢은 소리를 중얼거리곤 대빗자루를 행랑채 앞에 휙 던져 버렸다. 몸을 돌려 행랑채로 들어가려는 악귀를 낙화비가 불러 세웠다.

"얘, 잠깐만 기다려 봐. 그냥 지나치다가 이쪽으로 온 게 아냐. 물어볼 게 있어서 일부러 왔단 말이야."

낙화비의 목소리엔 초조함이 묻어 있었다.

악귀가 낙화비의 초조함에 의아해하며 행랑채 문을 열고 들어가려던 몸을 멈추어 세웠다.

"뭔데요?"

"우리 아버지와 큰오라버니가 내일 본가로 떠나시거든. 그래서 네가 원한다면 너를 섬서 본가에 보내주려고. 이곳보단 그곳이 좋아. 가서 너만 잘하면 필요한 걸 배울 수도 있고, 또……."

악귀는 쓴웃음을 보이며 낙화비의 종알거리는 입을 가로막았다.

"아기씨 곁이 좋아요."

악귀의 뜻밖의 대답에 시녀 월화는 와락 얼굴을 구기며 악귀를 노려보았고, 낙화비는 괜히 얼굴이 발개져선 청산유수처럼 종알거리던 말까지 더듬거렸다.

"그, 그래? 내, 내 곁이 좋아? 왜에?"

"사람이 사람을 좋아하는 게 딱히 이유가 있나요? 남들이 다 싫어하는 저를 챙겨주시는 아기씨 마음이랑 제가 아기씨 곁이 좋은 건 비슷할 겁니다."

악귀의 대답에 월화의 입에서 거친 소리가 새어 나왔다.

"이게 어디다 대고 개수작이야? 기생오라비같이 생긴 놈이 꼴값을 한다고 상전에게 추파를 던지는 게냐? 주제도 모르는 녀석 같으니라고!"

괜히 심통이 난 월화의 독설에 악귀가 빈정거렸다.

"그래, 넌 평생 시녀 노릇이나 하렴. 난 개수작 부려 출세 좀 해보련다."

"이 새끼, 뭐야? 산짐승 득실거리는 곳에서 오밤중까지 발발 떨며 지켜주고 살려줬더니 뭣이 어째?"

달려들어 한입에 잡아먹을 듯 도끼눈을 치켜뜨는 월화를 낙화비가 나무랐다.

"월화야, 그러기에 가는 말이 고왔어야지. 네가 먼저 속을 긁어놓았잖아."

"아기씨!"

섭섭하고 분한 마음에 울상이 된 월화의 얼굴을 외면한 낙화비가 악귀를 향해 차분한 목소리를 꺼내놓았다.

　　"삼경(三更)쯤에 우리 쪽 사람이 널 데리러 올 거야. 큰오라버니가 널 좀 만나고 싶어하신다. 내가 이렇게 먼저 찾아와 귀띔을 해주는 것은 제발 쥐뿔도 없는 뿔따구 내밀지 말고 처신을 잘해달라는 거야. 그래야…… 알겠지?"

　　악귀가 무어가 시답잖은 소리를 내뱉으려다가 낙화비의 진지한 눈빛을 보곤 구린 입을 물리며 짧은 대답만 내뱉었다.

　　"…예."

　　야경꾼들의 발자국 소리가 어둠을 물길 삼아 철벅거리며 들려왔다. 삼경이 채 되기도 전에 섬서제후의 친위무인 하나가 악귀가 묵고 있는 행랑채로 찾아왔고, 악귀는 그 무인을 따라 걸어갔다. 섬서루 앞에서 야경을 서고 있는 흑의무인의 곱지 않은 시선을 받으며 섬서루 안으로 들어갔고, 친위무인의 멈춘 걸음에 맞춰 악귀가 멈춰 선 곳은 섬서루의 이층, 별채아기씨의 내실에서 좀 더 지난 어느 내실 앞이었다.

　　"들여라."

　　엷던 촛불 불빛은 내실의 문이 열리자 눈이 부실 만큼 짙어졌다. 조용히 문을 닫고 내실 안으로 들어선 악귀의 눈에 제일 먼저 띄는 것은 벽에 걸린 액자의 문구였다.

쾌로무적(快路無敵).

액자에서 시선을 거둔 악귀의 눈에 언짢은 표정으로 노려보고 있는 낙화평의 얼굴이 들어왔다. 그제야 악귀가 작게 허리를 접어 보였다. 낙화평이 뒷짐을 지고 서 있다가 악귀의 시선이 스친 액자를 바라보며 입을 열었다.

"강함도 유순함도 빠름 앞엔 이길 수 없다. 사생결단은 찰나의 순간에 갈린다. 만화만우(萬華滿雨)의 화려함도, 일점살수(一點殺手)의 정교한 일검(一劍)도 한 치 앞선 빠름 앞엔 목을 내어주고 말지. 너는 어찌 생각하느냐?"

갑작스런 낙화평의 물음에 악귀가 머뭇거리며 낙화평의 저의를 살폈다. 낙화평은 애초에 악귀의 대답엔 관심이 없었다는 듯이 식탁으로 걸어가 의자를 당기고 앉아 찻주전자의 주둥이를 찻잔에 기울였다. 낙화평이 찻잔을 들어 입으로 가져갈쯤 그제야 악귀의 입이 떨어졌다.

"제가 뭐 알겠습니까?"

낙화평은 굴곡 없는 악귀의 목소리에 피식 웃어 보였다.

"몰라?"

"쾌(快)고 강(强)이고 유(柔)고 정(靜)이고 간에 그냥 이기는 게 장땡이지요. 뭐, 그냥 저라면 잔대가리 굴려 아가리 놀릴 시간에 한 방 더 먹이겠습니다. 까짓것, 죽기밖에 더 하겠습니까? 싸움은 단순무식이 최고지요. 좋지도 않은 대갈빡에 이런저런 잡념이 들어가면 몸이 말을 듣지 않아요."

악귀의 대답을 듣기나 하는지 낙화평은 입 안에 고인 차를 음미하다가 삼켰다. 그리곤,

"태생이 거지인데 글을 깨우쳤다고 하더군. 쉽지 않은 일인데 누구에게 어떻게 배웠느냐?"

"태생이 거지라고 해서 못 배울 게 있겠습니까? 적어도 불알 두 쪽은 차고 나왔으니 가질 건 다 가지고 나온 셈이죠. 눈까리가 있고 아가리가 있으니 읽고 읊조리는 것이야 큰일은 아니었습니다."

"녀석, 쓸데없이 사설이 길구나. 글은 누구에게서 배웠느냐?"

"이내 몸이 이래 봬도 북망산천 높디높은 대궐궁궐 자제로서……."

주절주절 읊어대는 악귀의 각설이 가락에 낙화평은 주먹으로 식탁을 내려쳤다.

쾅—!

"이— 놈! 반죽도 좋구나! 감히 누구 앞에서 잡소리를 자꾸 늘어놓느냐!"

넉살 좋게 시부렁거리던 악귀가 입을 닫곤 쓴웃음만 입에 물었다. 잠시 노한 낙화평의 눈길이 집요하게 악귀의 얼굴에 박혀 있었다. 그리곤 지루한 침묵을 물리며 누그러뜨린 목소리로 말문을 열었다.

"앉아라."

악귀는 낙화평의 맞은편에 놓인 의자를 당겼다.

"건방진 놈! 감히 나랑 합석을 하겠다는 뜻이냐? 바닥에 앉으랬다."

악귀는 당겨놓았던 의자 다리를 발로 툭 차며 다시 밀어 넣었다.

"그냥 서 있겠습니다."

낙화평의 두 눈이 곧추서 있는 악귀의 몸을 빠르게 훑고 지나가더니 입술을 비집고 침음이 새어 나왔다.

"으음—! 바닥에 앉느니 그냥 서 있겠다? 대단한 놈이군. 그래, 의자를 당겨 앉아라. 녀석, 그만한 배짱이면 앉을 만하다."

악귀가 밀어 넣었던 의자를 당겨 말없이 앉았다.

잠시 서먹한 침묵이 식탁 위에 머물렀다.

낙화평은 촛불에 드리운 자신의 손 그림자를 내려다보며 한결 부드러워진 음색으로 입을 열었다.

"남녀가 유별하다는 고리타분한 생각으로 내가 오전엔 언성이 좀 높았다. 너무 마음에 두지 마라. 그리고… 아침녘에 막내의 식탁 위에 놓인 쾌섬인의 풍편을 우연히 읽었다지?"

악귀는 은근한 목소리로 물어오는 낙화평에게 시치미를 딱 떼며 의아해했다.

"무슨……?"

얼굴까지 내밀며 '난 모르는 일인데요' 하는 악귀의 표정을 낙화평은 실눈을 뜨며 노려보았다.

"그럼 아냐?"

"뭐가요?"

"……!"

악귀의 얼굴을 지그시 노려보던 낙화평은 싱거워 보이는 웃음을 입가에 물며 고개를 작게 주억거렸다.

"아니었군. 혹시나 해서 물어본 것이니 신경 쓰지 마라. 그건 그렇고, 네가 동문(東門)에서 험한 일을 겪은 사연은 내 들었다. 들개란 녀석의 이야기도 들은 바……."

"들개 형을 아십니까?"

관심을 보이며 빠르게 묻는 악귀를 향해 낙화평은 고개를 가볍게 흔들어 보였다.

"내가 알 턱이 있나. 한 가지 말해줄 수 있는 것은 가끔 특별한 재주를 가진 놈을 북태성 내성으로 데려가서 훈련을 시키고 외부에는 죽은 것으로 소문을 낸다는 것쯤은 말해줄 수 있다. 그러니 외성에서 떠도는 소문은 그다지 믿을 게 못 된다는 거야."

"그럼 내성엔 어떡하면 들어갈 수 있습니까? 생존 여부를 어찌하면 알 수 있겠습니까?"

조르듯이 묻는 악귀에게 낙화평은 눈빛을 빛내다가 고개

를 절레절레 흔들어 보였다.

"외성 사람들은 특별한 계기가 없이는 내성에 발을 들여놓을 수 없어. 괜한 호기심에 발을 들였다가 죽은 놈이 아마 몇은 되지. 그리고 내성의 무인으로 발탁되었다면 '나 여기 있소' 하고 스스로 모습을 나타내지 않는 한은 확인할 방법은 거의 없다고 봐야겠지. 그나저나 내가 너를 부른 것은……."

"……"

"이것도 인연인데… 한번 배워보겠느냐?"

"무엇을 배울까요?"

"북무림에서 제일가는 쾌검."

"왜 저에게?"

"그만한 독기와 배짱은 보석으로 쳐줄 만하지."

악귀는 비틀린 아랫입술을 앞니로 잘근 깨물었다가 작게 눈을 내리깔았다.

"그냥 여기에 남겠습니다."

낙화평은 악귀의 대답에 적잖게 실망했는지 잠시 입을 닫곤 빈 찻잔에 다시 찻주전자를 기울였다. 낙화평이 차를 한 모금 입에 물고 있다가 소리없이 목으로 넘겼다.

"이런저런 고초와 섭섭한 점도 많았을 줄 안다. 그래서 내가 은자 몇 개를 줄 테니 기루에서 기분이나 풀며 다시 한 번 생각해 보아라."

"술은 주루면 족합니다."

"그냥 주루면 족해? 자고로 술이란 무희가 춤을 추고 악공들이 가락을 타며 지분 냄새 짙은 계집이 따라야 제 맛인데…… 흐흐흐, 혹시 아랫도리가 부실한 건 아니고?"

"여인의 지분 냄새는 독주보다 더 사내의 정신을 흐려놓죠."

악귀의 대답에 낙화평이 다시 실눈을 뜨며 악귀의 눈을 노려보았다.

"그래서 기루는 싫다? 이거 의외군. 눈 밑 그늘이 깊어 적잖게 계집질은 할 것 같다고 생각했는데. 그리고 영웅호색이란 말도 있지. 그런 의미에서 보면 넌 결코 큰 그릇은 못 되겠군."

비아냥거리는 투로 묻는 낙화평의 말에 악귀는 입꼬리를 삐딱하게 돌려놓으며 이죽거렸다.

"여색을 밝혀 영웅이 될 것 같으면 무인이 왜 칼을 손에 쥐겠습니까? 계집질 잘해 영웅이 될 거면 저도 식전 식후 삼시 세 끼, 합이 여섯 번, 거르지 않고 용두질이나 치며 사타구니 공력이나 쌓아둘 걸 그랬습니다."

반짝 빛나던 낙화평의 두 눈에 짧은 침묵이 지나갔다. 그리곤 낙화평의 입에서 앙천대소가 터져 나왔다.

"푸— 하하하—! 그렇지! 사타구니 공력으론 영웅이 될 수 없지. 그러나……."

"그러나?"

"툭 까놓고 이야기하지. 그것만으론 부족해. 너를 여기에 남겨두면 분명히 막내가 너를 이곳 누각 안으로 불러들일 텐데. 철딱서니없는 여동생을 둔 오라버니 된 자로서 영 불안하단 말이야. 무슨 뜻인지 알겠어?"

"구명지인(求命之人)을 몰라볼 만큼 막돼먹진 않았습니다."

악귀의 말에 낙화평은 비릿한 웃음을 보였다.

"그걸 어찌 믿어?"

"제가 사내의 몸이라 걱정이신 게지요?"

악귀의 말에 낙화평이 등받이에 몸을 깊숙이 기대며 고개를 주억거려 보였다. 악귀가 자리를 털고 일어섰다.

"소도(小刀)가 있으면 하나 빌려주시지요."

"소도? 뭐 하게?"

"못 믿으신다니 보여 드릴 것이 있습니다."

낙화평이 잠시 악귀의 얼굴을 찬찬히 노려보더니 왼쪽 허리춤에서 한 뼘 반 정도 되는 단검을 빼서 악귀를 향해 휙 던졌다. 단검을 낚아챈 악귀가 바로 바지춤을 풀고 단검의 칼날을 사타구니 속으로 푹 쑤셔 넣었다.

낙화평의 놀란 외침이 짧게 터지고.

"뭔 짓이냐?"

"이게 걱정이시라면 잘라서 좀 맡겨놓으려고요."

"쿨럭—!"

악귀의 대답에 낙화평은 앞으로 허리를 접으며 사레들린 기침을 토해냈다. 그리곤 급히 손을 내뻗어 손사래를 쳤다.

"됐다, 됐어! 맡길 걸 맡긴다고 해야지. 하나 있는 내 것도 번거로운 참인데, 남의 것은 사양하겠다."

악귀는 그제야 바지 속으로 찔러 넣었던 단검을 빼내곤 식탁 위에 소리가 나도록 탁 올려놓으며 다시 자리에 앉았다.

"이제 됐습니까?"

악귀의 물음에 낙화평은 쓴웃음을 보이며 고개를 끄덕여 보였다.

"좀 지저분한 방법이었지만 그 정도의 마음이라면 믿어보지. 좋다! 여기에 남아라. 이곳의 총관인 고두장군에게 부탁을 해두겠다. 앞으로 배울 것이 많을 것이야. 모난 돌이 정을 맞는다. 매사에 명심하렷다. 따로 부탁할 것은 있냐?"

"없습니다."

"그럼 됐어. 그만 나가봐."

악귀가 다시 일어서서 몸을 돌려세웠다. 돌아선 악귀를 향해 마저 하지 못한 무슨 미련이 남았는지 낙화평이 악귀를 불러 세웠다.

"참! 악귀란 이름은 너무 날카롭고 괴기스러워. 비렁뱅이 패거리에선 멋들어지게 통할지 몰라도 이 바닥에서 생활하기엔 좀 불편해 보이더군. 그래서 말인데, 원한다면 개명을 시켜줄 수도 있어. 과거를 청산하고 새로 태어나는 기분으로 한

번 바꿔봐. 악 씨 성(姓)도 좋지만 원한다면 우리 가문의 성을 빌려줄 의향도 있지. 어때?"

악귀가 다시 돌아섰다.

"개명을 해도 악귀는 악귀입니다. 그냥 악귀로 남겠습니다."

악귀의 말에 낙화평은 어이없는 웃음을 보이며 알았으니 그만 나가보라는 손짓을 해 보였다.

악귀가 문을 열고 나간 후, 낙화평은 애먼 내실의 문을 향해 이죽거렸다.

"똥고집 하곤."

*   *   *

야랑은 현무정 돌계단 위에 올라서서 문고리에 손을 걸치다가 깊은 숨부터 몰아쉬었다.

"후— 우!"

어깨에 내려앉은 달빛의 무게를 느낄 만큼 피곤했다.

온종일 말초신경을 서슬 퍼렇게 세워놓아야 했다. 제 몸보다 더 큰 돌덩이를 등에 지고 종일토록 서성이다가 돌아온 사람처럼 피곤했다. 진종일 신경을 날카롭게 세우고 쉴 새 없이 눈알을 굴려야 하는 것이 중노동을 젖값처럼 치르고 온 사람만큼이나 야랑의 몸을 파김치로 만들어놓았다. 이경(二更)이

끝날쯤, 임무를 마치고 돌아와 한 시진 정도는 북빙구검을 연공했는데 오늘 밤은 그럴 여력도 남아 있지 않았다.

갈증이 났다.

스르륵.

밑바닥까지 남김없이 제 몸집을 다 태운 고촉(孤燭) 하나가 썰렁한 식탁에서 가물거리고 있었다. 침상 밑에 책상다리를 하고 두 팔을 침상에 걸쳐 놓곤 그 위에 얼굴을 눕혀 깜박 잠이 든 시녀 소희.

야랑은 조심스럽게 자신의 방 안으로 들어가 소리를 죽이고 방문을 닫았다. 은근한 달빛이 물러나자 외롭던 촛불이 희미하게 눈을 감았다.

어두웠다.

다가가 홑이불이라도 하나 걸쳐 주려던 야랑은 잠든 소희에게서 뒷걸음으로 물러나 조심조심 등받이 의자에 깊숙이 몸을 기댔다. 기다려 준 사람의 단잠을 깨우고 싶지 않았다.

등받이 깊숙이 몸을 기댄 채 힐끔 소희의 단잠을 살피던 야랑은 가만히 눈을 감았다. 갈증은 사라지고 졸음만이 몰려왔다.

왼쪽 팔에서 느껴지는 자그마한 통증에 설핏 잠에서 깬 야랑이 조용한 목소리를 꺼내놓았다.

"깼어?"

"깨우시지 그랬어요?"

"응."

의미없는 대답을 한 야랑은 다시 눈을 감았다. 잠시 후, 식탁 위에서 작게 달그락거리는 소리가 났다. 감은 눈꺼풀에 스며들어 오는 연붉은빛으로 소희가 몸을 다 불태운 초를 새것으로 갈아놓았음을 알았다.

"피곤해."

"그렇게 보여요."

"응."

"침상으로 가서 주무세요."

"……"

야랑은 괜찮다는 대답도 하지 못한 채 다시 잠이 들었다.

잠든 야랑은 자신의 반대편에서 자신을 들여다보는 눈길이 있음을 알았다. 그 눈길이 꿈이라 생각했다.

"입 안이 까칠해도 억지로라도 드세요."

소희의 아침 인사가 그러했다.

야랑은 눈곱도 떼지 않은 채 젓가락을 들었다. 야랑이 젓가락을 드는 것을 확인한 소희가 뒤돌아섰다. 그리곤 무언가 중요한 것이라도 잊은 듯이 다시 몸을 돌려세우곤 부끄러운 목소리를 꺼내놓았다.

"참 좋으신 분 같아요."

젓가락으로 밥알을 들어 올리던 야랑의 눈길이 소희에게
로 들려졌다. 풋사랑 고백을 한 계집애처럼 두 볼이 발그레해
진 소희가 다시 뒤돌아서 방문을 열었다.

개운한 아침 공기가 와락 밀려들어 와 야랑의 입 안을 먼저
채웠다.

"네가 날 몰라서 그래."

야랑의 말에 문을 열고 막 나가려던 소희가 몸을 돌려세웠
다. 야랑은 소희의 얼굴을 훔치듯 힐끔 살폈다.

소희의 얼굴엔 아침 공기만큼이나 깔끔한 슬픔이 보였다.

"필요한 게 있으면 부르세요."

"나……"

고개를 작게 숙이고 물러날 기색이던 소희가 무슨 반가운
것이라도 발견한 사람처럼 수선스럽게 고개를 들어 올렸다.

"네? 뭐 필요한 게 있으세요?"

야랑은 반가워하는 소희의 물음에 미안했다.

"며칠 자리를 비울 것 같다."

"네. 태자님 모시고 어디 가세요?"

야랑은 몇 개 되지도 않는 밥알을 입에 넣었다.

"응."

야랑의 무심한 대답을 듣고 소희는 아침 속으로 사라졌다.

방문 창호지에 스며든 아침 햇살은 텅 비어 있었다.

"이놈아, 젊은 놈이 벌써 수전증(手顫症)이라도 걸렸냐?"

악귀는 사납게 나무라는 목소리를 들으며 손에 들린 목검을 내려다보고 있었다. 목검 끝이 바르르 떨리는 것을 진정시키지 못하고 있었다. 볕 하나 들지 않는 밀실에서 악귀의 이마엔 식은땀이 송골송골 맺히고 있었다.

"어허! 이런, 변변찮은 놈! 소문과는 달리 이름값도 못할 놈이로세! 진검도 아니고 목검이다! 학질에 걸린 놈처럼 벌벌 떨지만 말고 일러준 대로 목검을 휘둘러 보란 말이다! 어—허! 그렇게 간덩이가 작아서야! 에라이, 소심한 놈아!"

고두장군 막진진의 노성이 까마득하게 들렸다. 악귀의 귓속엔 정작 먼 기억이 날아와 귀청을 때리고 있었다.

살기와 저주가 실린 그 목소리.

"…머릿속에 외운 것을 다 지우고 살아라. 외운 것을 몸 밖으로 내보이는 순간, 너에겐 저승사자들이 몰려올 것이다. 아니, 너의 모든 기억을 이 순간부터 지우고 살아라! 이 저주스러운 놈!"

악귀는 부들부들 떨리는 목검의 예봉을 노려보며 이를 갈았다.

"멈춰라! 이제 저주라 말하지 마라! 내가 선택한 게 아니었다! 그러니 더 이상 나에게 죄를 묻지 마라! 이제 내가 죄를 물을 차례다!"

장정 못지않게 당당한 몸을 가진 선풍도골의 노인 막진진은 칼끝을 노려보며 으르렁거리는 악귀를 이상히 여기며 이죽거렸다.

"허—! 이놈, 제대로 미친놈일세."

순간,

팟—!

악귀의 목검이 막진진의 허리를 노리고 섬전처럼 뿌려졌다.

탓—!

막진진은 악귀의 목검을 빠르게 막아서며 짧게 외쳤다.

"느려!"

뒤로 한 걸음 물러나며 빈정거리는 막진진을 향해 악귀의 사나운 눈빛이 달려들었다. 악귀는 목검의 검병을 양손으로 틀어쥐고 가슴 앓는 야수처럼 괴성을 지르며 목검을 휘둘렀다.

타— 타— 타타탁—!

마구잡이로 휘갈기는 악귀의 목검을 막진진은 여전히 한 손은 뒷짐을 진 채 다른 한 손에 든 목검으로 여유롭게 막아서며 이죽거렸다. 작렬하듯 부닥치는 목검 소리에 섞여 나오는 막진진의 음성은 차분했다.

"이놈아, 마음만으로 다 되는 것이 아니다. 치고자 하는 마음만으론 되지 않는다니까."

"후— 우!"

악귀가 길게 날숨을 토하며 목검을 멈춰 세우고 뒤로 물러났다. 막진진은 어깨까지 들썩이며 거친 숨을 몰아쉬는 악귀를 향해 의아한 눈길을 던졌다.

"무슨 분노가 그러하냐? 말해보아라. 다스릴 수 없는 공포와 분노가 함께하니 칼끝이 길을 찾지 못하고 시정잡배의 주먹질처럼 난잡하지 않느냐!"

"비, 비럭질하며 살아온 놈이라 그렇습니다. 그런 놈이라 가슴에 남아 있는 것이라곤 미움과 두려움뿐입니다."

악귀의 말에 막진진은 고개를 절레절레 흔들며 들고 있던 목검을 밀실 구석에 휙 던져 버렸다.

"아냐. 그게 아냐."

식은땀을 흘리며 목검을 양손으로 틀어쥐고 있는 악귀 앞으로 막진진이 다가섰다. 잠시 악귀를 노려보던 막진진이 굳은 표정으로 악귀에게 손을 내밀었다.

"우선 너의 맥부터 확인해 봐야겠다."

툭!

악귀는 손에 쥐고 있던 목검을 바닥에 떨어뜨리곤 벽을 등지며 몸을 주르륵 내려앉혔다. 오랫동안 악귀를 금제하던 저주는 질기고 질긴 가죽 허물처럼 쉽사리 악귀의 마음에서 벗어지지 않고 악귀를 혼란스럽게 만들었다.

악귀는 양 무릎을 세우고 앉아 벽에 등을 지고 밀실의 천장을 멍하니 바라보았다. 뚜렷한 초점도 없이 어수선하게 흔들리기만 하는 눈빛.

"으음—!"

막진진은 깊은 신음 소리를 내며 지그시 눈을 감았다. 악귀의 혈류를 살피던 중 단전으로 흘러가야 할 기운이 무언가에 의해 억지로 틀어막혀 있다는 사실을 알았기 때문이다.

막진진은 그러한 까닭으로 악귀의 내부에서 갈무리된 선악(善惡)과 음양(陰陽)을 파악할 수도 없었다. 단전으로 향하는 기운이 타의에 의해서든 자의에 의해서든 차단되었다는 것은 악귀가 애초에 무인의 길을 걷고 있었다는 가능성을 보여주는 증거로 여겨졌다. 그리고 또 보통 사람보다 혈류의 굵기와 속도가 이상하리만큼 과하다는 걸 감지했다. 그것은 흔하지 않은 현상이었다. 무가(武家)에서 후일을 기약하기 위해 어린아이의 몸에 무언가를 안배해 두는 일이 있기도 하다지만 그것은 아주 위험천만한 사술과도 같은 것이었다.

막진진이 아무리 꼼꼼히 악귀의 몸을 살펴도 해괴망측한 점혈법이 가해진 흔적이나 귀하디귀한 영약을 복용시켜 놓은 기운은 그 어디에서도 찾을 수 없었다. 그것이 무엇인지 알아내기 위해 막진진은 한동안 인중에 땀이 송골송골 맺히도록 몰입하며 매달렸다.

얼마나 시간이 지났을까.

고개를 저어대는 막진진의 입에서 탄식과도 같은 한숨이 토해졌다.

"하아—!"

막진진은 그렇게 날숨을 길게 꺼내놓은 후 고개를 가만히 들어 올렸다. 자신의 얼굴을 빤히 바라보는 깊고 깊은 악귀의 두 눈동자. 막진진은 알 수 없는 기운이 손끝을 차갑게 만드는 걸 느꼈다. 가만히 고개를 숙이는 악귀를 향해 막진진은 무릎에 앉혀놓은 손자 녀석에게 말을 붙이듯 음색에 정감을 실어 물었다.

"고향이 어디냐?"

"없습니다."

"원래 이름이 무엇이냐?"

"모릅니다."

"그럼… 혹시 양친이 무엇을 하시던 분이었는지는 기억할 수 있느냐?"

"기억이 안 납니다."

막진진은 악귀의 간단명료한 대답에 허물 수 없는 벽을 느꼈다. 그 마음의 벽을 허물기만 한다면 절세의 보물이라도 얻을 수 있을 것만 같아 막진진은 내심 애가 탔다.

"마음을 열어라. 세상을 사노라면 꼭 마음을 열어놓고 대해야 할 사람들이 있다. 자신의 짝이 된 연인(戀人)과 세상 그 무엇으로도 떼어놓을 수 없는 혈육이 그 첫째이고, 둘째가 허물없는 친구이며, 그다음 셋째가 사제지간이다. 내가 너에게 그중 아무것도 아니어서 마음을 열어 보여주지 않는다면 내 지금이라도 그중 하나가 되고 싶다. 첫째는 하늘이 내린 인연이라 인력으론 불가한 것이고, 둘째와 셋째는 가능할지도 모르겠구나. 어떠하냐?'

끝끝내 고개를 들지 않는 악귀 앞에 막진진은 입 안이 마르도록 지루한 시간을 지켜보며 기다렸다. 기다림에 지쳐 욕이 와락 튀어나올 것 같은 답답함에 막진진은 애써 곪아터지려는 속내를 억누르며 언짢은 소리를 조용히 내뱉었다.

"이놈아?"

그제야 악귀가 푹 꺾어놓았던 고개를 절레절레 흔들어 보였다.

악귀의 도리질에 막진진은 보물이라도 손끝에서 놓친 양 어깨에서 힘이 쭉 빠져나가는 걸 느꼈다. 상심한 막진진의 귓속으로 그늘진 가락이 들려왔다.

휘파람 소리.

고개 숙인 채 악귀가 작게 내는 휘파람 소리는 폐가(廢家)에 내리는 빗소리처럼 을씨년스럽게 젖어 있었다. 막진진은 악귀의 마음속에 둘러싸인 벽을 허물 수 없다는 것을 느끼며 마주한 자리를 털고 일어서선 못내 섭섭한 속내를 내비쳤다.

"참으로 괘씸한 놈이지 않느냐?"

작게 새어 나오던 휘파람 소리가 멎고 섭섭해하는 막진진을 향해 악귀의 얼굴이 들려졌다.

"어르신."

악귀가 부르는 소리에 막진진은 하얀 턱수염을 손으로 쓸어내리며 골난 아이처럼 뚱한 대답을 했다.

"왜에?"

"어르신은 무엇을 가장 소중히 여기며 평생을 사셨습니까?"

뜬금없는 악귀의 물음에 막진진은 두 눈을 가만히 내리깔아 쪼그리고 앉은 악귀를 살피다가 입을 열었다.

"신의(信義)라고 할 수 있지. 그러는 넌?"

"전 생존이었습니다."

"생존?"

"그것을 위해 마음을 열어 보일 수가 없습니다."

악귀의 말에 막진진은 잠시 말을 잃고 생각에 잠기더니 고개를 작게 끄덕여 보였다.

"그래, 무슨 말 못할 사연인지는 모르겠지만 생존 때문이라니 그나마 덜 섭섭하구나. 내가 너를 인정해 주는 대신 너 또한 나의 신의를 인정해 줄 수 있겠느냐?"

"…예."

"그럼 너에게 의구심을 가지는 것 중 하나를 풀어다오."

막진진의 말에 악귀는 바닥에 떨어뜨려 놓았던 목검을 다시 챙겨 들고 일어섰다. 목검을 들고 선 악귀의 눈이 간 곳은 막진진이 구석에 던져 놓은 목검 쪽이었다. 막진진이 밀실 한 구석에 던져 놓았던 목검을 다시 챙겨 들고 마주 섰다.

악귀의 두 발이 바닥을 짓이기며 움직였다. 악귀의 두 발을 지그시 노려보던 막진진의 눈빛이 이색을 발했다.

밟은 듯, 떠 있는 듯 지면 위에 얹힌 악귀의 보폭은 처음에 보았던 엉성한 자세가 아닌 오랫동안 훈련으로 몸에 익은 반듯한 무인의 자세였다. 막진진의 시선이 천천히 악귀의 얼굴로 향하는 순간, 악귀의 목검이 막진진을 향해 뿌려졌다.

찰나의 순간이었다.

타— 탁!

악귀가 뿌린 목검의 검풍이 먼저 막진진의 하얀 턱수염을 스쳤다. 당혹한 걸음으로 두 발자국 뒤로 물러난 막진진.

막진진의 놀란 두 눈과 딱 벌어진 입.

악귀가 빠르게 한 수를 펼쳐 보이곤 목검을 물리며 물러섰다. 물러선 악귀를 향해 막진진의 입에서 신음 소리 같은 의아함이 새어 나왔다.

"네… 가, 네가… 어, 어떻게 섬서제후가의 독문절기인 쾌섬인을……?"

툭—!

막진진의 손에 들린 목검이 손아귀에서 스르륵 빠져나와 바닥에 떨어졌다.

"뭐, 뭣이라?"

"……."

"저, 정말 막내아기씨의 식탁 위에 놓인 쾌섬인의 풍편을 한 번 쭉 훑어보고 펼쳤단 말이냐?"

"……."

"세상엔 천재라 불리는 괴물이 가끔 있긴 하다마는… 정녕 네가 그 난해한 쾌검법을 일체의 움직임도 없이 상상만으로 연공한다는 몽환무(夢幻武)로 익혔단 말이더냐?"

"확인할 기회가 없었습니다. 쾌섬인을 제가 익혔다고 말할 수 있습니까?"

악귀가 눈을 빛내며 묻자 막진진은 자신의 표정을 감추기 위해 악귀 앞에서 급히 몸을 돌려세우곤 길게 숨을 몰아쉬었다. 막진진은 악귀의 물음 앞에 어떻게 대답을 해야 할지 몰라 당황스러웠다. 컴컴한 골목길 모퉁이를 막 돌아서다가 불쑥 눈앞에서 도깨비라도 마주친 기분이었다. 벽을 보고 돌아선 고두장군 막진진의 머릿속은 말 그대로 오만 가지 생각이 한꺼번에 스치고 지나갔다.

주군 뇌검수 낙청민과 그의 장남 낙화평이 아침나절에 북태성 쾌검가를 떠나 섬서에 있는 본가로 이미 향해 버렸다. 당장 뒤쫓아가서 이 사실을 고하고 놈을 처단해야 옳은 일인가, 아니면 그냥 묵과하며 놈을 좀 더 지켜봐야 할 것인가에 대해 판단이 선뜻 서지 않아 막진진은 타는 목구멍으로 마른침만 자꾸 집어삼켰다.

그때, 막진진의 뒤통수에 악귀의 나지막한 목소리가 날아와 꽂혔다.

"어르신은 신의를 제일 중요하게 여긴다고 하셨죠?"

순간, 막진진은 노안을 와락 구겨야 했다.

'저, 저런 악귀 같은 놈!

막진진은 어금니를 잘근 씹다가 억지웃음을 보이며 뒤돌아섰다. 그때, 막진진의 억지웃음에 사악해 보이는 미소를 마주 지어 보이던 악귀가 대뜸 막진진을 향해 구배지례(九拜之禮)를 올리는 것이 아닌가. 이에 놀라고 당황한 막진진이 화들짝 노성을 질렀다.

"이놈아! 갑자기 무슨 짓이냐?"

막진진의 벼락같은 노성에도 악귀는 묵묵히 삼배(三拜)까지 하곤 다시 사배(四拜)를 이어가며 입을 열었다.

"어르신께서 사람이 마음을 열고 지내야 할 사람 중에 둘째와 셋째가 있다고 하시면서 먼저 원한 일이잖습니까?"

악귀의 말에 막진진의 얼굴이 울걱울걱거렸다.

"이, 이놈—! 그때는 네놈이… 날도둑놈이란 걸 내 모르고……."

그렇게 노성을 질러대는 막진진 앞에 악귀는 번갯불에 콩

볶아 먹듯 마지막 구배(九拜)를 하는 중이었다.

다급해진 막진진이 목에 시퍼런 핏대를 세우며 악을 썼다.

"이— 놈! 그, 그만 멈춰라!"

목에 세운 핏대가 무색하게도 악귀는 마지막 구배를 마치고 일어서면서 비릿한 미소를 막진진에게 보였다.

"사부님."

"뭐라? 사부? 누구 마음대로 사부냐, 이 날도둑놈아?"

막진진의 말에 악귀가 그늘 깊은 눈에서 독기를 보이며 으르렁거렸다.

"사람의 마음이 이러쿵저러쿵하여 첫째는 어찌어찌한 관계로 안 되겠고, 둘째와 셋째는 또 어찌어찌하다시며 저에게 하신 말씀은 말짱 도루묵 감언이설이었습니까?"

"그거야……."

"그렇게 어르고 달래며 친구 하자, 사제지간을 맺자 하시더니 이제 와서 이게 웬 말씀입니까? 그리고 날도둑놈이라뇨? 별채아기씨가 바쁜 저를 불러다가 잠시 말동무하자시며 앉으라 하시기에 전 앉아서 펼쳐 놓은 책 한 권 읽고 나온 죄밖엔 없습니다. 감히 눈도 못 마주칠 귀한 아기씨 앞인지라 황망하고 당황하여 잠시 눈을 돌려놓을 곳을 찾다가 펼쳐 놓은 책이 한 권 있기에 몇 자 읽었더니……."

막진진은 악귀가 해대는 말이 한편으로는 수긍이 가는 것 같기도 하고, 어찌 생각하니 어이가 없는 말 같기도 해서 산만한 정신으로 주절거리는 악귀의 입을 그만 거들고 나섰다.

"그래, 몇 자 읽었더니?"

"예! 천한 것이 글을 다 읽는다 하시며 하도 재미있어하시고 과하게 예뻐하시기에 읽는 참에 쭉 읽은 죄뿐입니다. 그리고 사부님께서 제게 사부님의 대쪽 같은 신의를 인정해 달라시며 먼저 조르시기에 제 머릿속에 저절로 들어온 쾌섬인 풍편의 한 수를 믿고 펼쳐 보인 것뿐입니다. 신의를 믿어달라면서요? 제가 어째서 날도둑놈입니까? 그리고 나랑 친구 먹자, 사제지간 먹자 하시기에 그래도 나름 예의를 지켜 어르신을 사부님으로 모신 게 그리 불만이십니까?"

악귀의 입이 닫히고 고두장군 막진진의 입은 딱 벌어졌다.

그렇게 짧은 침묵이 노소(老少) 사이에 횅하게 지나갔다.

"쿨― 럭!"

막진진이 사레들린 기침을 터뜨리더니 밀실 문을 향해 황급히 걸음을 옮겼다.

"내일 다시 이야기하자. 네놈이랑 길게 이야기하다간 아무래도 오늘 밤에 풍사(風邪)라도 올 것 같다. 정신 맑은 내일 보자."

막진진은 그렇게 바쁜 걸음으로 밀실 문을 나서며 한 손으론 무슨 몹쓸 것이라도 들었다는 듯이 연방 손가락으로 귀를 파댔다.

'저런, 악귀 같은 놈.'

해질녘.
막진진은 섬서루 앞마당을 서성거리고 있었다.
교대 시간이 가까워 온 흑무당 소속 한견의 눈알이 불안스레 좌우로 움직이며 막진진의 서성거림을 따라다녔다. 어제 악귀와 얽혀 작은 소란이 있었던 한견은 제풀에 어깨를 움츠렸다. 서산 위에서 툭하고 빨리 떨어지지 않는 붉은 해를 한견은 원망해야만 했다.

'인연인 게야.'
그렇게 악귀를 받아들이려 노력했건만 막진진의 마음은 영 개운치가 않았다. 섬서제후가의 무인 중에 아주 특별한 계층의 사람들에게만 전수되는 독문절기를 악귀가 허락도 없이 익힌 것은 쉽게 넘길 일이 결코 아니었다.
그렇다고 문제 삼자니 놈의 재능이 너무나 아까웠다.
그만한 재능을 찾기가 어디 쉬운 일인가? 한평생 독신으로 살며 아직 변변한 제자 하나 거두지 못한 막진진에게 악귀는 굴러들어 온 호박 덩이나 마찬가지였다. 그렇다고 얼씨구나 좋다 하며 넙죽 품에 안으려니 구린 구석이 적잖게 많은 놈인지라 쉽게 팔을 벌릴 수도 없었다. 어차피 쾌검가에 적(籍)을 올려놓았고, 가르쳐 다듬어놓으라는 장남 낙화평의 언질이 있었다지만 독문절기를 몰래 익힌 것은 아무래도 문제였다.

속을 태우며 끙끙 앓던 막진진은 이 궁리 저 궁리 하다가 악귀가 해대던 말이 얼마나 신빙성이 있는지 우선 확인부터 해봐야겠다는 생각이 들었다. 그리고 잘만 하면 책임을 막내 아기씨에게 은근슬쩍 떠넘기고 악귀를 받아들일 명목을 찾을 수도 있겠다 싶어 서성이던 발길을 급히 섬서루를 향해 돌려놓았다.

한견의 움츠린 어깨가 움찔거렸다.

똥 마려운 강아지처럼 자신의 시야 앞에서 떠나지 않고 서성거리던 막진진이 급히 몸을 돌려세우고 바쁜 걸음으로 자신 쪽으로 다가오자 한견은 제풀에 찔끔 놀라 두 눈이 왕방울만 하게 커져 막진진의 얼굴을 경계하며 쳐다보았다.

막진진이 누각의 문 앞으로 다가서다가 놀란 토끼마냥 쳐다보는 한견의 눈길을 발견하곤 얼굴을 찌푸렸다.

"이놈아!"

평소 같으면 소가 닭 보듯 말없이 지나쳤을 막진진이 언짢은 목소리로 부르자 한견은 걱정했던 것이 현실이 되어버렸다며 스스로 지레짐작하곤 조마조마하던 간이 덜컹 내려앉아 버렸다.

"…예?"

"눈 내리깔아라."

"예? 아, 예."

막진진은 당황하는 한견의 대답을 듣곤 바삐 누각 안으로 들어가 버렸고, 한견의 입에선 안도의 한숨이 길게 새어 나왔다.

"휴— 우!"

고두장군 막진진이 별채아기씨 낙화비의 내실로 들어서자 식탁 앞에 앉아 있던 낙화비가 발딱 일어서며 무언가 기대에 찬 눈빛을 반짝였다.

"어머! 오셨어요?"

막진진은 낙화비를 향해 작게 목례를 보인 후 달뜬 표정으로 서 있는 낙화비에게 은근한 목소리를 꺼내놓았다.

"저를 기다렸습니까?"

"아, 아뇨. 우선 앉으셔야죠?"

막진진은 낙화비가 권하는 등받이 의자에 앉아 괜히 내실을 이리저리 살피며 잠시 딴청부터 피웠다. 자신이 먼저 속내를 보이지 않아도 분명 아기씨가 먼저 자신의 불편한 속내를 살피리라는 얄팍한 계산에서였다.

마주 앉은 낙화비는 마시지도 않는 찻잔을 괜스레 만지작거렸다. 맞선이라도 보러 나온 남녀처럼 두 사람은 식탁을 사이에 두고 한참을 그렇게 어색한 분위기로 앉아 있었다.

"저어……."

먼저 말문을 튼 사람은 낙화비였다.

이제나저제나 아기씨의 말문이 열리기만을 기다리던 막진진의 입에서 급한 대꾸가 터지듯 나왔다.

"예, 아기씨."

너무 갑자기 답하는 막진진의 태도에 낙화비는 잠시 당황하며 우물쭈물했다. 그것마저 답답한 막진진이 재차 낙화비의 입을 궁금해하며 재촉했다.

"예, 아기씨……?"

"어때 보여요?"

"무엇을 말씀하시는지……?"

막진진이 알면서도 모르는 척 반문하자 낙화비의 표정이 새치름하게 변해 버렸다. 막진진은 그제야 딴청이 과하면 해가 될 것 같아 겸연쩍은 표정으로 낙화비의 궁금증에 반응을 보였다.

"아, 예. 악귀 놈을 말씀하시는군요? 그렇죠?"

낙화비가 쑥스러운 눈길을 다른 곳으로 슬며시 돌려놓으며 고개를 까닥여 보였다. 막진진의 입가에 묘한 미소가 물렸다.

"내일 아침 일찍 행랑채에서 섬서루로 짐을 옮길 것입니다."

"아니, 왜요? 왜 오늘 안 옮겼대요?"

낙화비가 얼굴을 돌려놓은 채 눈을 살며시 흘기며 묻는 말에 막진진은 헛기침부터 터뜨렸다.

"흐— 흠! 몇 가지 먼저 살펴야 할 것이 있어서 하루 미루어 두었습니다."

"무슨 미심쩍은 구석이라도 있나요?"

낙화비가 미간을 좁힌 얼굴로 막진진의 시선을 마주했다. 막진진은 잠시 뜸을 들이다가 어렵게 입을 열었다.

"저… 아기씨?"

"네?"

"악귀란 놈이 아기씨의 내실에 들렀던 적이 있지요?"

막진진의 물음에 낙화비는 못된 짓을 하다가 들켜 버린 아이처럼 뾰로통해지며 잠시 마주해 놓았던 시선을 급히 외면했다.

"뭐…그냥 말동무나 하려고……. 내가 살려놓은 사람, 어떻게 지내나 뒤가 궁금한 건 인지상정이잖아요. 그게 무슨 문제라도 되나요?"

"뭐, 문제될 거야 있겠습니까마는… 근데 녀석이 이곳에 들어와서 책을 한 권 읽고 나갔다면서요?"

막진진이 얼굴을 가만히 내밀고 묻는 말에 낙화비의 뾰로통하던 입이 그만 쏙 들어가 버렸다.

"그, 그랬죠."

"그 책이 무서인 쾌섬인 풍편이었고요?"

"아, 아마도……."

"쾌섬인은 섬서제후가의 독문절기란 것을 잘 알고 계시지 요?"

낙화비는 심문하듯 묻는 막진진의 질문에 끝내 짜증을 부렸다.

"제후가의 여식이니 당연히 알고 있겠죠. 근데 왜요?"

막진진은 쓴 입맛을 다시며 작게 낙화비를 나무랐다.

"아기씨, 그 책이 어떤 무서인데 아무에게나 보였습니까?"

"비렁뱅이 출신이 글을 읽는다는 게 하도 신기해서요. 신기하잖아요? 그리고 무서를 읽는다고 해서 그 어려운 무공을 어떻게 해석하고 알아먹겠어요? 그렇게 쉽게 배울 수 있는 거라면 애초에 독문절기도 아니었겠죠. 안 그래요?"

새치름하게 대답하던 낙화비를 향해 막진진은 얼굴을 와락 구겨놓았다.

"아기씨, 그놈이 깡그리 알아먹었으니 문제죠."

"…예에? 그게 무슨 말씀이세요? 깡그리 알아먹다니?"

"그놈이 쾌섬인의 풍편을 목검으로 펼치는 걸 제 눈으로 목격하고 오는 길입니다. 이제 어쩌실 겁니까? 만약 이 사실을 제후님이 아시기라도 한다면 놈은 이미 죽은 목숨이나 다를 바가 없습니다."

그제야 낙화비의 초롱초롱하던 두 눈망울이 당혹감으로 인해 심하게 흔들렸다. 행랑채 앞에서 흑무당 소속의 무인 하나를 악귀가 공권만으로 내친 것이 낙화비의 머리를 스치고 지나갔다. 낙화비는 그러잖아도 악귀가 무언가 숨기고 있다는 사실에 내심 의구심이 많았던 차다. 그 호기심에 가까운 의구심이 극악한 현실이 되어 낙화비의 발등에 떨어진 것이다.

"어, 어쩌죠? 이 일을 어쩌죠? 고두 아저씨, 어쩌면 좋죠?"

막진진은 한 손으로 이마를 짚고 짐짓 난처한 모습을 보이다가 고두 아저씨라며 부르는 호칭에 웃음이 터질 뻔했다.

바짝 애가 달고 다급할 때만 고두 아저씨라는 애칭으로 부르며 매달리던 낙화비이다. 막진진은 애써 곤혹스런 목소리를 식탁 위에 내리깔았다.

"에휴, 어쩌긴요. 아기씨가 책임을 지셔야죠."

막진진의 말에 낙화비가 화들짝 놀라며 소리를 빽 질렀다.

"아니, 제가 왜요? 이곳에서 벌어진 모든 대소사는 총관께서 책임을 지셔야죠? 그래야 되잖아요!"

낙화비의 앙칼진 소리에 막진진은 화난 듯 벌떡 자리를 털고 일어섰다.

"그래요? 그럼 지금 당장 놈을 처리하고 오겠습니다."

낙화비의 몸이 어정쩡한 모양새로 따라 일어섰다.

"처리하겠다니요? 어, 어떻게요?"

"지금 당장 내려가서 염치없는 악귀란 놈의 목을 싹둑 베어 올리겠습니다. 아기씨, 너무 걱정 마시고 잠시만 기다려 주십시오."

그렇게 이를 가는 소리를 내며 돌아서는 막진진의 뒤춤을 낙화비가 급히 붙잡아 세우곤 울음 섞인 소리를 터뜨렸다.

"아저씨ー! 그, 그렇다고 목을 벨 것까진……."

"목을 베지 않으면요? 후일 책임은 누가 지려고요? 제가요? 어허, 안 됩니다. 저의 조부님 때부터 지금의 저까지 삼대를 충복으로 지낸 이 몸입니다. 어찌어찌해서 후대(後代)를 남기지 못한 못난 몸이 되어 불충스런 이 마당에 전대에 없었던 허물을 제가 남겨서야 되겠습니까? 이거 놓으십시오! 아저씨는 무슨 얼어죽을 아저씨입니까? 모든 책임을 져야 할 총관인 제가 놈의 목을 싹둑 자르고 오겠습니다."

막진진의 노성에 낙화비가 발을 동동 구르며 울음 섞인 악을 써댔다.

"제가 책임질게요! 제가 다 책임지면 되잖아요, 아저씨이ー!"

그제야 막진진은 뒤돌아섰다. 그리곤 두 눈에 눈물이 가득 맺혀 있는 낙화비의 얼굴 앞에 한결 누그러진 얼굴을 내보였다.

"어떻게요? 아기씨가 놈을 어떻게 책임을 지시려고요? 아무리 주군의 금지옥엽이신 아기씨지만 이 문제만큼은 어려울 것입니다. 무슨 방도라도 있습니까?"

낙화비는 축 처진 어깨로 의자에 털썩 몸을 내려앉혔다.

"갑자기 무슨 방법이 있겠어요? 이제부터 생각을 해봐야죠."

막진진이 슬며시 의자를 당겨 앉으며 지나가는 말처럼 목소리를 흘렸다.

"제가 그 낮도깨비 같은 악귀 놈에게 잠시 홀려 놈을 제자로 받아들이긴 했습니다만……."

눈자위에 촉촉하게 묻은 물기를 닦아내던 낙화비의 얼굴이 번쩍 들려졌다.

"어머! 그래요?"

놀라는 낙화비에게 막진진은 뚱한 소리를 내놓았다.

"왜 그리 좋아하십니까?"

"그럼 됐네요! 아저씨가 악귀를 제자로 받아들이고, 제가 아저씨의 제자에게 우리 가문의 독문절기를 허락한 것으로 하면 되겠네요. 독문절기는 친족밖엔 허락할 수 없는 것이니 제가 허락하고 아저씨께서 가르친 것으로 하면 되겠네요. 어머! 그러면 되겠다!"

섬서제후가의 독문절기는 섬서제후가의 직계가족 외엔 배우지 못했다. 섬서제후가에서 대를 이으며 충복으로 인정받은 고두장군 막진진은 혈육이나 다름없다 하여 독문절기를 배울 수 있었지만 그것을 남에게 전수할 자격까진 없었다.

막진진은 별채아기씨 낙화비의 입에서 내심 고대하던 대답이 나왔음에도 심드렁한 표정을 보였다.

"혹시 있을 뒷일은 아기씨가 책임을 지신다면야……."

"딴 방법이 없으면 그러죠 뭐. 설마 외동딸을 죽이기야 하겠어요? 안 그래요, 아저씨?"

자신만만하게 응대하는 낙화비를 힐끔 살피던 막진진은 옷에 묻어 있지도 않은 먼지를 툴툴 털어대며 찜찜한 소리를 내놓았다.

"그런데 문제는 그놈이 알고 있는 것이 쾌섬인 풍편뿐이라는 겁니다. 풍편의 후편인 살편은 그렇다 쳐도 놈이 풍편의 전편이자 쾌섬인의 입문서 격인 발심편(拔心編)을 배우지 않고 중간만 뚝 떼어내어 풍편만 배웠다면 도둑질한 것으로 의심받지 않을까요?"

낙화비의 얼굴이 곱게 찌푸려졌다.

"그거야 아저씨께서 제자인 악귀에게 가르쳐 주시면 되잖아요. 아저씬 이미 쾌섬인을 다 배웠잖아요?"

낙화비의 의아한 말에 막진진은 겸연쩍은 웃음을 보였다.

"허허허, 제가 알고 있긴 하죠. 그런데 제가 알고 있는 것을 그냥 가르치는 것과 상세하게 기록된 무서를 미리 읽고 파악하여 배우는 것과는 엄연한 차이가 있죠. 근본을 알지 못하고 배우면 변형된 모습으로 나타나는 데… 그렇게 되면……."

"아, 알았어요. 그럼 전편인 발심편과 후편인 살편을 제가 내드리면 되죠?"

막진진은 낙화비의 말이 떨어지기가 무섭게 얼굴을 급히 돌려세우며 고개를 끄덕여 보였다.

"예. 그러면 되죠."

순간, 낙화비의 눈이 가늘게 떠지는 동시에 쏘는 듯한 눈빛이 좋아라 하는 막진진의 얼굴에 날아가 꽂혔다. 그 눈길 앞에 막진진은 환하게 피어놓았던 얼굴색을 급히 굳히며 괜한 헛기침을 토해냈다.

"어— 흠! 뭐, 다른 뜻은 없습니다."

"뭐가 다른 뜻이 없어요? 그렇게 해서 책임을 완전히 제게 떠넘기려는 속셈이시잖아요. 도랑 치고 가재도 잡겠다는 심보가 아니고 뭐예요?"

막진진은 매서운 낙화비의 시선을 슬며시 피하며 구시렁거렸다.

"그럼 지금 가서 놈의 목을 베어 올릴까요?"

"제 손으로 드린다고 했잖아요!"

낙화비가 소리를 빽 지르자 막진진은 금방이라도 뛰어나갈 듯 슬쩍 들어 올린 엉덩이를 의자에 다시 내려놓았다.

잠시 냉랭한 침묵이 두 사람 사이에 흐르고 난 뒤, 새치름한 표정으로 낙화비가 먼저 입을 열었다.

"저어… 악귀란 애, 믿을 만하긴 하던가요?"

"못 믿을 놈에게 그렇게 안달이십니까?"

"어머! 제가 언제 안달이었어요?"

"허허허! 아님 말고요."

너털웃음을 보이던 막진진이 진지한 표정으로 낯빛을 바

꾸고 낙화비를 마주했다.

"믿을 만하냐고요? 그야 믿을 만하니까 제자로 받아들인 것 아닙니까. 언동이 예의가 없다는 것은 나쁘게 이야기하면 무식한 놈처럼 보일지는 몰라도 시도 때도 없이 굽실거리며 제 살길부터 찾아다니는 속물들보다야 믿음이 가죠. 그리고 쾌섬인 풍편을 도둑질한 것도 놈에게 나쁜 꿍꿍이셈이 있었다면 죽임을 당할 것을 걱정하여 제 스스로 내보이지는 않았을 것입니다. 쾌섬한 구석이 없지 않아 있지만… 제겐 과분할 만큼 참 흡족한 제자 놈입니다."

"그렇죠?"

막진진의 말에 낙화비는 묵혀놓은 근심을 툴툴 털어낸 듯 화사하게 개인 얼굴로 맞장구를 쳤다. 싱긋이 웃던 막진진이 자리에서 일어날 기색을 보이며 낙화비에게 손을 내밀었다.

"그럼 전 나가봐야겠습니다."

"예, 아저씨. 나가보세요."

낙화비의 인사치레에 막진진은 자신이 내민 손과 낙화비의 얼굴을 번갈아 쳐다보았다.

"……?"

낙화비 역시 막진진의 내민 손바닥과 막진진의 어색한 얼굴을 번갈아 바라보며 의아해했다.

"왜요? 뭐 빠진 것이라도?"

"…주셔야죠?"

"뭘요? 아하! 쾌섬인의 전편과 후편을 말씀하시는 거군요?"

막진진은 줄 것을 깜빡 잊은 낙화비의 얼굴을 보며 최대한 부드러운 미소를 보였다.

"예, 아기씨. 전편과 후편을 주셔야죠."

하지만 막진진의 부드러운 미소 앞에 몸을 홱 돌려놓은 낙화비는 쌀쌀맞은 목소리로 막진진에게 쏘아붙였다.

"왜 총관 어른께 직접 드려야 하나요? 제가 악귀를 불러다가 직접 주겠어요."

고두장군 막진진은 쩝쩝 입맛을 다시며 뒤돌아섰다.

'이런, 콩깍지가 제대로 씌었구먼.'

"별채아기씨, 저 악귀입니다."

내실의 미닫이문을 열어주는 여인은 낙화비의 시녀 월화였다.

"오셨어요?"

월화는 악귀를 그렇게 예전에 없이 귀하게 맞으며 반겼지만 표정은 그리 밝아 보이지 않았다. 악귀가 내실 안으로 들어가자 화장대에 놓인 동경 앞에서 머리 손질을 하던 낙화비가 동경에 비친 얼굴을 갸웃거리며 악귀를 확인했다. 그리곤,

"월화야, 그만 나가서 일봐."

낙화비의 말에 월화가 잔뜩 부은 얼굴로 뚱한 소리를 내놓

왔다.

"아기씨, 나가서 일볼 게 아무것도 없는데요."

"그래? 그럼 나가서 볼일이라도 좀 만들어봐."

"아기씨이ー!'

섭섭해하며 발을 굴리는 월화에게 낙화비는 짐짓 매섭게 눈을 흘겨 보았다.

"섬서 본가까지 심부름이나 다녀올래?'

낙화비의 말에 입이 닷 발이나 튀어나온 월화가 허리를 접으며 뒷걸음질쳤다.

"차라리 나가서 없는 볼일이나 만들어볼게요. 아기씨, 조심하세요."

월화가 문을 열고 나간 후, 낙화비는 머리 위에 장식한 떨잠을 한 번 더 매만지며 화장대에서 뒤돌아 앉아 이미 나가버린 월화의 흔적을 향해 그제야 언짢은 소리를 중얼거렸다.

"조심은 무슨?'

그렇게 혼잣말을 종알거린 낙화비는 식탁 의자에 앉아 있는 악귀를 향해 배시시 웃는 얼굴을 돌려놓았다.

"왔어?'

"왔으니까 여기 앉아 있지."

악귀의 심드렁한 대답에 낙화비가 미간을 찌푸리며 쏘아붙였다.

"얘, 무슨 대답이 그래? 멋대가리없게."

"그러게. 좀 조심하려고 긴장을 하다 보니 말투가 요상하게 꼬여 버렸네."

낙화비는 악귀의 말에서 월화가 해놓은 말을 기억하며 의아해했다.

"조심? 조심은 내가 해야지 네가 뜬금없이 무슨 조심을 해?"

"화장대 앞에서 치장하고 돌아서는 걸 보니 마음이 뒤숭숭하고 조마조마해서 그래."

낙화비는 악귀의 말에 가만히 눈알을 굴리다가 입가에 은근한 미소를 베어 물었다.

"그렇게 내가 예뻐 보여? 그래서 마음이 뒤숭숭하고 조마조마한 거야? 응?"

"그래. 예뻐. 근데 예쁘면 뭐 하냐?"

"왜— 에? 예쁘면 좋지."

식탁 위에 한쪽 팔을 올려놓고 삐딱하게 턱을 괸 악귀의 눈길이 낙화비의 화사하게 핀 얼굴을 힐끔 스치고 지나갔다.

"여자가 예쁘면 팔자만 사나워져. 내가 아는 여자 중에서 제일 예뻤던 여인이 하나 있었는데 팔자만 더럽게 사납더라."

악귀가 빈정거리듯 던진 말에 낙화비의 그 곱던 미소가 악귀의 턱 괸 얼굴만큼이나 삐딱하게 구겨졌다.

"너 참 낯가죽 두껍다. 기껏 챙겨주고 감싸준 내게 그런 악담이나 해대고. 그게 될 말이니?"

"낯가죽이 안 두꺼웠으면 비럭질도 못해먹고 진작 굶어 죽
었을 거야. 근데 바쁜 사람을 왜 불렀는데?"

낙화비가 화장대 앞에서 발딱 일어났다.

"바쁘기는 개뿔!"

그리곤 연방 악귀에게 눈을 흘겨가며 방 한쪽으로 걸어가
더니 작고 붉은 목곽 하나에서 두 권의 서책을 꺼내 들고 악
귀에게로 다가왔다.

"전번에 부탁하던 거 여기 있어. 보여주는 대신 가져가면
안 돼. 여기서만 봐야 해. 알았지?"

다가와 선 낙화비의 몸에서 풍기는 은은한 향기가 악귀의
코를 자극했다. 여인을 꽃이라 함은 참으로 지당한 표현이다.
그 꽃다운 여인의 향기가 때론 사내의 오감을 잠시 마비시켜
놓기도 한다.

"뭐 해, 안 받고?"

"으, 응. 고마워."

"어머! 그런 입에 발린 소리도 할 줄 아니?"

"아까도 했었잖아."

낙화비는 악귀가 앉은 반대편의 의자를 당기고 앉다가 뒤
늦게 악귀의 말뜻을 이해하곤 새치름하게 눈을 흘겼다.

"자꾸 그러면 동문 밖 수풀에 다시 내다 버린다?"

"……"

낙화비의 심통난 협박에도 대꾸하지 않고 악귀는 이미 두 권의 무서 중 전편 발심편을 찾아 들고 읽고 있는 중이었다.

두 손으로 턱을 괴고 악귀를 한참 바라보던 낙화비는 심심해져 볼멘소리를 내놓았다.

"얘, 또 책만 볼 거야?"

"왜? 또 심심해?"

"응, 심심해."

"……."

"얘?"

"그럼 차(茶)라도 한 잔 줘."

아무런 거리낌도 없이 내뱉는 악귀의 말에 낙화비의 두 볼이 치밀어 오른 화로 발갛게 부어올랐다.

"내가 이젠 네 시종으로 보이니?"

"시종이 아니고 상전이라 차 한 잔 못 주냐?"

"이만큼 잘해준 것만 해도 미친년 소릴 들을 판인데 내가 너에게 왜 또 그래야 하는데?"

"여자란 자고로 챙겨주는 맛이 있어야 시집가서 사랑받는 거야."

"얼씨구! 나 참, 기가 막혀서."

"그래, 시집가서 소박이나 맞고 살아라."

빈정거리는 악귀의 말에 낙화비는 책에만 눈을 박고 있는 악귀의 얼굴을 한동안 노려보다가 찻주전자를 들고 슬며시 자리에서 일어서 문 쪽으로 걸어갔다. 악귀가 밖으로 나가려는 낙화비를 힐끔 살폈다.

"찻주전자 들고 어디 가?"

"차 한 잔 달라며? 차가 다 식었어. 따끈하게 데워서 주려고."

악귀가 책을 식탁 위에 가만히 내려놓고 처음으로 사람 같은 웃음을 낙화비에게 내보였다.

"괜찮아. 그냥 줘."

낙화비는 악귀의 입가에 보인 미소를 바라보며 한동안 발을 떼지 못했다. 악귀의 입가에 번진 미소가 낙화비의 눈엔 참으로 낯설고 이상해 보였다. 그러한 악귀의 웃음은 그리 오래가지 못했다.

"뭐 해?"

그제야 무엇에 홀렸다가 깨어난 사람처럼 낙화비가 화들짝 정신을 차리고 악귀에게 다소곳이 다가와 찻잔에 차갑게 식어버린 차를 따라주며 볼멘소리를 작게 꺼내놓았다.

"어머머. 내가 미쳤지. 내가 네게 왜 이러는지 모르겠어."

악귀가 조심스럽게 찻잔을 집으며 입꼬리를 말아 올렸다.

"사람에게도 천적(天敵)이란 게 있어."

"어머, 그래? 난 처음 듣는 소린데?"

악귀 옆에 서 있던 낙화비는 의아해하며 악귀를 내려다보았다. 악귀가 차가운 찻잔을 들고 김이 모락모락 피어오르는 뜨거운 차를 마시듯 후후ー! 날숨을 불어가며 차가운 찻잔을 입술에 조심스럽게 댔다. 그리곤 정말 뜨거운 차를 목으로 넘기듯 조심스럽게 삼키곤 입을 열었다.

"사람에게도 천적이 있어. 내가 너의 천적인 듯."

낙화비는 악귀의 행동과 말에 잠시 두 눈과 마음을 잃어버렸다. 그러다가 스스로를 추스른 낙화비는 웃음보에 바람이 들어간 사춘기 계집애마냥 웃어젖혔다. 깔깔거리며 웃던 낙화비는 악귀의 어깨를 주먹을 말아 쥐곤 툭툭 때려가며 웃어댔다. 잠시 잠깐의 시간이 그렇게 요란스럽게 지나갔다.

"아파. 이러다가 나 맞아 죽겠어."

찻잔을 든 채 책에서 그제야 눈을 떼고 슬며시 올려다보는 악귀의 눈길과 마주친 낙화비는 웃음을 급히 멈추고 물러났다.

"어머! 내가 경망스럽게 왜 이래? 나 정말 미쳤나 봐."

"괜찮아. 아직 안 맞아 죽었으니 됐어."

악귀는 그렇게 굴곡 없는 음색을 내뱉고는 다시 무서에 코를 박았다. 갑자기 심란해진 얼굴이 되어버린 낙화비는 뒷짐을 지고 어깨를 작게 흔들어가며 내실을 서성거렸다.

그리 짧지만은 않은 시간이 지났다. 낙화비는 종아리가 사르르 아파오는 것을 느낄 만큼 적지 않은 시간을 쉬지 않고 서성거렸다. 근 반 시진은 족히 흐른 듯했다.

낙화비는 가만히 이맛살을 찌푸리며 투정조로 입을 열었다.

"아직 덜 읽었어? 전번에는 눈 깜짝할 사이에 다 읽어놓곤."

"오늘은 자꾸 정신이 산만해져서."

"내가 너무 시끄럽게 굴어서 그래?"

"아니. 네가 내게 무어라 말을 붙일 때보다 조용한 네가 더 신경이 쓰여."

낙화비는 악귀를 가만히 흘겨보며 뚱한 소리를 내놓았다.

"그건 또 왜 그래?"

"글쎄? 나도 모르겠는걸."

"피— 이!"

악귀의 알 수 없는 대답에 낙화비는 입술로 작게 바람을 뿜아내곤 다시 서성거렸다. 잠시의 시간이 더 흘렀다.

악귀의 손에서 쾌섬인의 전편인 발심편이 다 읽혀지고 식탁 위에 조용히 내려졌다. 서성거리던 낙화비의 걸음 또한 멈춰졌다. 악귀에게서 무언가를 기다리던 낙화비가 기다리던 그 무언가가 눈에 들어오지 않자 의아해하며 입을 열었다.

"왜 후편은 안 읽어?"

"좀 앉아봐."

"그래. 그러고 보니 다리도 아프네."

낙화비가 악귀의 반대편에 앉자 악귀는 예전에 없이 그윽한 눈길로 낙화비의 얼굴을 바라보았다. 얼굴을 꿰뚫을 듯한 악귀의 집요한 시선을 받은 낙화비는 은근히 당혹스러워했다.

"왜, 왜 그래, 갑자기? 너 지금 날 꼭 잡아먹을 듯 본다?"

"천적이잖아."

"어머, 얘는?"

낙화비가 힐끔 흘겨본 악귀의 얼굴은 바라보는 두 눈이 시려올 만큼 싸늘하게 경직되어 있었다. 마치 만지면 바사삭 깨어져 버릴 것만 같은 살얼음 진 얼굴이었다. 그런 차가운 얼굴의 악귀가 입을 열었다.

"나 어릴 적에, 아주 어릴 적에 내가 책 읽을 때 늘 내 옆에 있던 사람이 있었어."

"누, 누구?"

"어머니."

"으, 응. 전번에 물을 땐 아무것도 모르는 바보처럼 말해놓곤."

"내 어머니도 너처럼 예뻤어."

악귀의 얼굴은 여전히 녹아내리지 않고 얼어 있었다. 낙화비는 그 싸늘하게 굳어 있는 악귀의 얼굴을 힐끔거려야 했다.

"피, 정말?"

"뭘 해줄까?"

갑작스런 악귀의 물음에 낙화비는 어색한 미소를 입가에 물었다.

"갑자기 무슨 소리니?"

"네게 갑자기 꼭 무언가는 해줘야 할 것 같아서."

낙화비의 어색한 미소가 그만 피식 웃음이 되어 새어 나왔다.

"얘, 친구해 주기로 했잖아. 그러면 다 된 거야."

"네가 원하지 않아도 난 친구야. 그러니 다른 것을 원해봐."

낙화비는 악귀의 얼음 조각처럼 굳은 얼굴과 말에 덜컥 겁이 났다.

"얘, 바라는 건 아무것도 없다니까. 뭘 바라고 이러는 거아냐. 기분 나쁘게 그러지 마."

낙화비의 당황스러워하는 말에 악귀의 얼음 조각 같은 얼굴에서 물기가 되어 흘러내리는 것은 젖어 보이는 미소였다.

"내가 가진 것 중에 가장 하찮은 걸 네게 줄게."

"가장 하찮은 거? 치, 주려면 좀 좋은 거 주지. 사내가 쫀쫀하게……. 그래, 줘! 근데 그게 뭔데?"

낙화비의 물음에 악귀는 말없이 쾌섬인의 후편인 살편의무서를 집어 들곤 더 이상 말이 없었다. 다만 악귀의 입술 사이를 비집고 조용히 새어 나오는 휘파람 소리.

내실을 가득 채운 휘파람 소리에 식탁에 놓인 은촛대의 연붉은 화촉에서 하얀 촛농이 가만히 흘러내렸다.

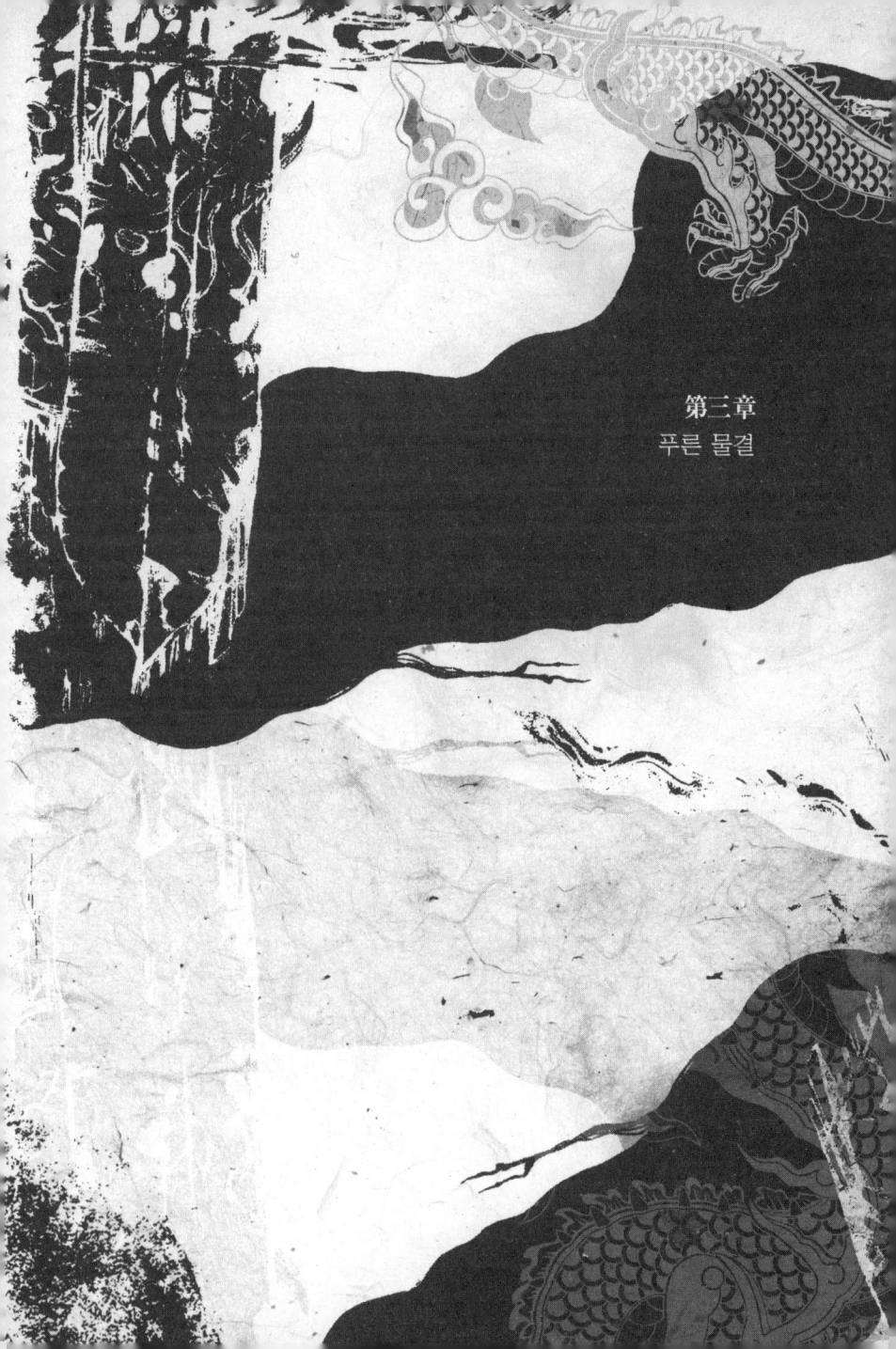

第三章
푸른 물결

남북무림

북태성이 있는 하북의 남쪽 경계를 넘어 하남(河南)으로 들어서자마자 하남의 북문(北門)이라 할 수 있는 안양(安陽)이란 도시가 있다.

안양의 북쪽 외곽지.
정오를 막 넘긴 늦봄 볕은 초여름의 햇살만큼이나 지루하고 뜨거웠다. 땅은 바짝 말라 퍼석퍼석했다. 그 위에서 날 더운 줄 모르고 뛰노는 동네 아이들의 얼굴에 땀으로 씻겨 내린 땟국이 조르르 흘러내리고 있었다.
아이들이 흙먼지와 어우러져 뛰어노는 뒤편엔 큼지막한

장원 하나가 제법 웅장한 모습으로 자리하고 있었다. 대궐이 부럽지 않은 본채의 맞배지붕이 높다랗게 솟아 먼발치에서도 본채 삼층의 덧창문이 다 내다보일 정도였다.

장원의 대문 양쪽으로 높이 세워진 두 개의 깃발.

바람 하나 없어 꾸벅꾸벅 졸 듯 축 늘어진 깃발엔 하남제일 검가(河南第一劍家)라는 붉은 글씨가 종서(縱書)되어 있었고, 그 두 개의 깃발 아래에 있는 기와 대문엔 일송장(一松莊)이라 적힌 현판이 색 바랜 모습으로 걸려 있었다.

북쪽 외곽에 자리한 일송장으로 이어지는 솔숲의 샛길에서 말울음 소리가 아련하게 들려왔다. 그리곤 희미한 말울음 소리와 함께 작게 이어지던 말발굽 소리가 점점 커지더니 다섯 필의 흑마가 일송장 앞에 모습을 드러냈다.

마상(馬上)에 앉은 다섯 명의 무인.

하나같이 착 달라붙은 흑의 무복을 차려입고, 눈 밑 아래를 흑색 복면수건으로 가린 모습이 사뭇 예사롭지 않아 보였다.

먼지를 풀풀 날리며 뛰어놀던 아이들의 시선이 일제히 다섯 마상 무인들에게로 향했다. 까마득하게 보이는 마상 무인들이었지만 그 기세가 범상치 않은 모습을 확인한 동네아이들은 잠시 한데 모여 수군거리더니 하나둘 뿔뿔이 흩어지며 달아나 버렸다.

"마지막으로 확인해 봐."

다섯 필의 말 중 제일 중앙에 있던 마상인, 북태성 태자 독고검 염재민이 입을 열었다. 우백호 관후준이 가슴 앞섶을 뒤적거려 얇은 종잇장 하나를 꺼내 읽고 다시 품속으로 갈무리했다.

"확실합니다. 하남제일검가 일송장입니다."

우백호 관후준의 복명을 끝으로 염재민은 잠시 침묵했다.

여름 한철 땡볕만큼이나 뜨겁게 내리쬐는 봄볕을 즐기듯 지그시 앞만 바라보던 염재민의 입이 다시 열렸다.

"좌청룡 모빈."

"예."

모빈이 오른손으로 말고삐를 틀어잡은 채 짧게 대답했다. 지루한 흑마 하나가 투레질을 하고.

히— 이잉!

염재민의 목소리가 작고 나직하게 새어 나왔다.

"현무, 야랑을 데리고 가라."

염재민의 말이 떨어지기가 무섭게 염재민의 양편에서 일갈과도 같은 외침이 터졌다.

"이럇—!"

야랑과 나란히 달리던 모빈이 야랑을 향해 수신호를 보냈다. 야랑은 흑마의 배를 발뒤축으로 모질게 차며 말을 더욱 거세게 몰았다.

"후— 우!"

스치는 열기와 입에서 토해지는 날숨 모두 후끈 달아올라 있었다. 급한 말발굽이 바싹 마른 땅을 갈겨대고.

두두두— 두!

일송장 대문 앞을 지키는 수문졸은 없었다.

지루한 오후.

조용하던 안양 북쪽 외곽에 지축을 두드리며 치닫는 말발굽 소리만이 요란했다. 흙먼지를 뽀얗게 피워 올리며 말을 몰아 내달리던 야랑은 일송장 대문에서 두어 장 거리쯤 도달한 것을 확인하고 바로 마상에서 몸을 날렸다. 야랑이 탄 흑마는 주인을 잃고 앞발을 사납게 치켜들며 투레질을 했다.

히— 이힝—!

쾅—!

야랑의 양발이 일송장 대문에 처박히며 굉음을 냈다.

대문이 부서지며 동시에 산산이 흩어지는 나뭇조각들.

그 아래 야랑이 한 번 몸을 굴리며 내려섰다.

"후—!"

입을 가린 복면수건이 뜨거운 날숨에 꿈틀거렸다.

작은 운무처럼 피어올랐던 흙먼지가 가라앉고, 야랑의 두 눈에 제일 먼저 들어온 것은 엉덩방아를 찧고 내려앉은 젊은 사내놈이었다.

급박하게 달려오는 난데없는 말발굽 소리에 의아해하며 확인차 대문으로 향하다가 대문을 부수고 들어온 야랑의 신형에 놀라 나자빠진 것으로 보였다.

"웬 놈이냐?"

쉰 듯한 목소리에 야랑의 고개가 들려졌다.

이십여 명의 무인들이 땀을 뻘뻘 흘리며 연무를 하던 중 야랑의 난입에 놀라 멍한 눈길로 서 있었다.

단층으로 된 큰 집채의 대청 위. 중노인 하나가 눈알을 부라리며 야랑을 노려보고 있었다. 쉰 목소리의 주인이었다.

"웬 놈이냐고 묻지 않았느냐?"

그때, 야랑의 어깨를 스치며 앞서는 흑의사내.

좌청룡 모빈이다.

모빈은 쉰 목소리의 중노인을 향해 왼손을 들어 올려 검지를 까닥여 보였다. 그제야 중노인은 사태의 심각성을 느꼈는지 고급스러워 보이는 태사의에서 몸을 일으켜 세웠다.

"어디에서 무슨 목적으로 온 자들이냐? 여긴 하남제일검가인……."

칼날만큼이나 날카로운 모빈의 목소리가 쉰 목소리의 중노인의 말을 잘랐다.

"하남제후가의 충견(忠犬) 송무검(松武劍) 운막서! 아가리 닥치고 내려와!"

"저, 저런!"

어이없어하던 일송장의 장주 송무검 운막서의 입에서 벼락같은 노성이 터져 나왔다.

"뭣들 하느냐?"

채— 재쟁—!

"쓸어!"

모빈의 입에서 짧은 소리가 새어 나오는 동시에 그의 몸은 대청을 향해 쏘아져 나아갔다. 넘어질 듯 비스듬하게 앞으로 기운 몸, 오른쪽 허리에 매인 거무칙칙한 죽검(竹劍).

죽검의 검병엔 모빈의 왼손이 가볍게 얹혀 있었다.

야랑은 묵혈검을 과하게 소리가 나도록 뽑아 들었다.

챙—!

푸르스름한 철검 묵혈의 검신이 태양광을 쪼개며 번쩍였다.

이어 터지는 비명과 뿌려지는 핏물.

＊　　　＊　　　＊

"아기씨, 끝물이라니까요. 정말 성 밖에 안 나가실 거예요?"

월화는 낙화비가 누운 침상 곁에 붙어 서서 봄의 끝물을 아쉬워하며 졸라댔다. 하얀 면사로 가려진 침상에서 낙화비의 기력 없는 목소리가 새어 나왔다.

"안 나간다니까 왜 그래?"

오후가 넘도록 침상에 누워 빈둥거리며 일어나지 않는 아기씨를 옆에서 지켜보고 있는 것도 월화에겐 고욕이었다.

"어디 아프세요? 사람이 안 하던 짓 하면 죽을 때가 가까워 온 거래요. 그 좋아하시던 꽃이 곧⋯⋯."

"월화야, 삼층으로 목검 다발이 몇 묶음이나 올라갔지?"

종알거리는 월화의 입을 가로막은 낙화비의 물음에 월화는 눈알을 위로 치켜뜨며 잠시 생각에 잠기더니 뾰루퉁한 입을 열었다.

"오전에만 두 다발 올라갔다죠. 외성에 있는 목검을 죄다 그러모아도 모자라서 이젠 성 밖으로 사람을 내보내 목검을 따로 구해왔다고 하던데요. 에고고—! 삼층 밀실 안에서 무슨 짓을 하기에 목검을 하루에 네다섯 다발씩 부러뜨려 먹느냐고요? 아기씨, 그리고요⋯ 지금 외성에서 입소문이 장난이 아니랍니다. 섬서 별채에 목검 먹는 요물이 하나 들어앉아 성안의 목검이란 목검은 다 씹어 먹어치운다고 다들 난리예요. 다른 제후가들도 갑자기 바닥이 난 목검을 구하지 못해서 우리 쪽으로 곱지 않은 말이 오고 가곤 한데요. 그뿐인가요? 외성 무인들도 우리 쪽에 의심스런 눈치를 보내고 있다고요. 덕분에 팔자가 늘어진 사람이 딱 한 사람 있는데, 땔감 구해오던

삼봉이 아비가 땔감 걱정이 없어져서 니나노 하며 놀고 있다지요. 기가 막힐 일이죠. 안 그래요, 아기씨?"

"시끄럽다, 이것아! 네가 뭘 안다고?"

오랜만에 주둥아리가 신바람이 나서 조잘거리던 월화에게 맞장구는 못 쳐줄망정 오히려 면박부터 주는 아기씨가 미워 월화는 댓 발 나온 주둥이로 몸을 획 돌려세웠다.

"제가 뭐 틀린 말 했습니까요?"

침상에서 부스럭거리는 소리가 났다. 그 소리에 월화는 침상 안을 힐끔 고개 돌려 살폈다. 이제야 침상에서 일어나 앉은 낙화비.

월화가 좋아라 하며 다시 침상 쪽으로 얼굴을 내밀었다.

"나가시려고요? 그래요. 오랜만에 성 밖 공기도 좀 쐬고……."

하지만 월화의 기대와는 달리 낙화비의 입에선 엉뚱한 소리만 새어 나왔다.

"점심때는 지났으니… 중참은 꼬박꼬박 올리고 있겠지?"

"…삼층 밀실에요?"

"응."

낙화비의 대답에 월화의 얼굴이 와락 구겨졌다.

"어이구! 이젠 중참 갖다 바치지 않을까 그게 걱정이 되세요? 정말 열녀 나셨네요. 그러다가 혹시 안 좋은 소문이라도 나면……."

"이것이 그 못된 주둥아리 못 닥칠까? 소문은 무슨 소문? 친구 사이일 뿐이라고 하지 않았느냐!"

낙화비의 노성에 월화가 찔끔 놀라며 목을 움츠리곤 구시렁거렸다.

"그거야 아기씨 생각이죠. 남녀지간에 무슨 친구랍니까? 그리고 거지 노릇 하고 지내던 작자를 아기씨 같은 분이 뭐가 답답해서……."

쫑알거리던 월화는 아기씨가 침상의 면사를 손으로 걷어내며 나오는 기척에 제풀에 놀라 급히 입을 닫고 후닥닥 뒤로 물러났다. 그리곤 나불거렸던 주둥이를 얼른 손으로 가려놓고 새치름하게 눈을 내리깔았다.

뭐라도 한 대 날아올 거라고 생각했던 거완 달리 낙화비는 헝클어진 머리를 단정하게 간추리며 문밖으로 나서고 있었다.

의아한 월화가 등을 보이고 내실 문을 나서는 낙화비에게 기어들어 가는 목소리를 꺼냈다.

"아기씨, 어, 어디 가시게요?"

*　　　*　　　*

핏물에 흠뻑 절어버린 복면수건은 거친 야랑의 날숨에도 흔들리지 않았다. 몇 번이나 목구멍을 타고 비릿하게 치밀어

오르는 구토를 되삼켰는지 모른다. 피에 젖어 코와 입에 딱 달라붙은 복면수건을 확 집어 떼어내고 싶었지만 그럴 수도 없었다. 칼에 맞아 죽는 것보다 거칠어진 호흡과 함께 코와 입으로 끝없이 밀려들어 오는 피비린내에 숨통이 막혀 죽을 것만 같았다.

야랑의 사계검법 중 추엽십팔검에 목이 베인 일송장 무인 한 놈이 야랑의 얼굴을 향해 침을 뱉듯 피를 뿌리며 뒤로 넘어갔다.

쿠— 웅!

"푸— 우!"

입술을 떨며 길게 피 분무를 한 야랑은 묵혈검을 회수하는 동시에 뒤로 칼끝을 내뻗었다.

푹—!

야랑의 등 뒤에서 칼끝을 대각으로 그으려고 팔을 들어 올렸던 장검을 든 한 사내가 뒤도 돌아보지 않고 빠르게 내지른 야랑의 묵혈검에 배가 관통당하곤 눈을 부릅떴다. 장검이 부르르 떨리는 놈의 손에서 맥없이 떨어지는 순간, 야랑은 놈의 배에서 묵혈검을 빼내는 동시에 몸을 회전시켜 놈의 가슴을 한 번 더 갈라 버렸다.

휘— 익!

야랑의 뒤틀리는 허리를 감으며 횡 도는 핏줄기.

놈은 비명도 지르지 못하고 널브러져 버렸다.

다시 한 번 둔탁한 주검의 소리가 터지고,

쿵—!

"멈춰라—!"

염재민의 목소리에 그제야 야랑은 어지러운 정신을 집중
하며 주위를 살폈다. 수십 구의 주검이 그 주검의 무게와 부
피보다 더 많은 핏물을 땅바닥에 게워놓았다.

강한 햇살과 주검들이 퍼질러 놓은 참혹한 혈향.

목구멍이 갈라지는 듯한 갈증.

야랑은 입술 속으로 스며드는 핏물을 가만히 삼켰다.

두 눈에 맺힌 핏발이 툭 터져 버릴 것 같은 심한 구역질.

우백호 관후준도 남주작 매검향도 피에 절어 있었다.

그나마 핏물이 몸에 덜 배인 사람은 태자 염재민과 대청으
로 올라가 일송장의 장주인 송무검 운막서를 발로 지그시 밟
아 제압해 놓고 떡하니 버티고 서 있는 좌청룡 모빈뿐이었
다.

"너, 너희 놈들은 누구냐?"

죽검에 두세 군데 몸을 베이고 모빈의 발아래 짓밟힌 운막
서가 떨리는 목소리로 물었다.

모빈은 말없이 한쪽 발로 운막서의 가슴팍을 짓밟고 서선
왼손에 들린 죽검의 예봉을 운막서의 울대 위에 올려놓고 있
었다. 모빈은 태자 염재민이 대청으로 올라오기만을 말없이
기다리고 있었다.

"누, 누구시오? 누구시기에 저희 무관을 이 지경으로……."

죽음의 공포에 질려 버린 송무검 운막서의 목소리는 애절하게 바뀌어 있었다. 사시나무 떨 듯 떨리는 운막서의 낯가죽 앞에 염재민이 다가와 섰다. 염재민의 입에서 차갑고 굴곡 없는 목소리가 삐져 나오듯 새어 나왔다.

"누구냐고?"

염재민은 그렇게 운막서에게 묻고는 대답도 듣지 않고 얼굴을 가린 복면수건을 벗어버렸다. 그리곤,

"나 알겠어?"

운막서는 염재민의 얼굴을 떨리는 두 눈으로 한참을 살피곤 고개를 절레절레 흔들어 보였다.

"모, 모르오! 누구시오? 일면식도 없는 내게 무슨 원한이……."

"흥! 모르는 나를 죽이려 한 네놈은 그럼 무엇이냐?"

"이, 이보시오, 젊은이. 그게 무, 무슨 소리요?"

염재민의 입꼬리가 작게 말려 올라갔다.

"흐흐―! 네놈을 찾아내기 위해 암응단(暗鷹團)에게 은자 한 궤를 내려야만 했다."

염재민의 입에서 암응단이란 이름이 나오자 운막서의 눈동자가 딱 굳어져 버렸다. 암응단이라면 북태성의 첩보 기관이다. 포상으로 은자 한 궤씩이나 내리며 자신의 존재에

대해 조사시켰을 사람은 오직 한 사람, 북태성의 태자 염재민.

"하— 아!"

모든 것을 포기하고 나니 운막서는 죽음의 공포마저 잊을 수 있었다. 더 이상 죽음을 두려워하며 몸을 떨 필요도 없었다. 입에서 허망한 웃음이 실실 새어 나왔다.

"흐흐흐—! 그래서 날 찾아왔구나. 이런 꼴로 너를 면식하게 되어 유감이다. 흐흐—! 비검대 놈들을 시켰어도 될 일이었는데, 직접 나를 찾아온 것은 너무 과한 대접이 아니냐? 으— 하하하!"

운막서의 입에서 웃음과 함께 핏물이 파편처럼 튀어나왔다. 염재민은 운막서를 지그시 내려다보며 이를 갈았다.

"이젠 더 이상 분노를 숨기고 살지 않기로 했다. 그래서 내가 왔다."

그렇게 작게 으르렁거린 염재민은 품속에서 한 장의 장방형 종잇장을 꺼내 보였다. '독고검(獨孤劍)'라고 세로로 적힌 종잇장 하단 모서리는 검게 변한 혈흔이 묻어 있었다.

태자궁에서 자신의 목을 베고 자결한 무인이 자신의 이마빡에 붙여놓았던 그 협박장. 염재민은 그 피 묻은 협박장을 손에 들고 운막서의 눈 위에 가만히 흔들어 보였다.

팔랑—!

"네놈의 필체가 맞으렷다?"

염재민의 물음에 송무검 운막서는 히죽 웃으며 대꾸했다.

"암—! 그만한 명필은 나뿐이지."

운막서의 이죽거림에 염재민이 가만히 고개를 주억거리며 뒤돌아섰다. 뒤돌아선 염재민을 향해 운막서가 악을 써댔다.

"북무림을 위해 너는 기필코 제거되어야 한다! 죽고 싶지 않으면 후계자 자리를 넘보지 말고 초야에 묻혀 살아라! 영웅은 개나 소나 다 되는 것이 아니다!"

뒤돌아선 염재민이 오른손 엄지를 치켜세우더니 엄지손가락 끝을 바닥으로 찍듯 돌려놓았다.

순간, 좌청룡 모빈의 죽검이 운막서의 목에 깊숙이 틀어박혔다.

푹—!

＊　　　　＊　　　　＊

한때 악귀와 함께 같은 행랑채를 썼던 찬모 아두 어미가 나무 쟁반에 간단한 중참을 차려 들고 섬서루 삼층 계단을 밟고 올라서다가 멈칫 멈춰 섰다.

삼층으로 이어지는 계단 허리에 앉아 있는 별채아기씨.

"아… 아기씨?"

"중참이야?"

"예, 아기씨."

낙화비는 아두 어미의 대답을 듣곤 계단에서 일어섰다.

"내가 갖다 줄게. 내게 주고 그만 내려가 봐."

"예? 아, 예."

아두 어미는 처음엔 별채아기씨 낙화비의 의중을 몰라 잠시 어리둥절하다가 이내 작게 고개를 숙이며 들고 있던 나무 쟁반을 낙화비에게 내밀었다. 아두 어미에게서 건네받은 쟁반을 들고 삼층으로 몸을 돌려세우던 낙화비가 아두 어미를 향해 목소리를 낮췄다.

"나가서 쓸데없는 소리는 하지 말고."

"…예."

똑똑!

한 손으로 나무 쟁반을 아슬아슬하게 받쳐 들고 밀실의 두꺼운 목재 문을 두드린 낙화비는 가만히 기다렸다.

짧았지만 지루한 시간이었다.

밀실 안에선 아무런 반응이 없었다.

낙화비는 자신도 모르게 고개가 가만히 숙여지는 것을 어찌할 수 없었다. 아랫입술을 잘게 씹던 낙화비는 쟁반을 밀실의 문 앞 아래에 조심스레 내려놓곤 작게 한숨을 쉬었다.

여자가 속없이 이게 무슨 낯부끄러운 짓인가?

낙화비는 열리지 않는 밀실의 문짝에 등을 지고 기대어 애먼 마룻바닥을 발끝으로 톡톡 찼다.

나쁜 놈.

보름이 다 되도록 그 잘난 낯짝 한 번 보여주지 않고 처박혀 나올 생각을 하지 않다니. 까마귀보다 더 재수없는 거지새끼. 네가 얼마나 잘났는지 내가 여기서 꼼짝도 하지 않고 지켜볼 거야. 어디 한번 그 반질한 낯짝 내밀기만 해봐. 귀싸대기를 왕복 연타로 갈겨주고 바가지 하나 달랑 손에 쥐어 성문 밖으로 내쫓아 버릴 거야. 그때 잘못했다고 손이 발이 되도록 빌어도 소용없어. 거지발싸개 같은 나쁜 놈.

보름이 되도록 기생오라비 같은 낯짝만 믿고 얼굴에 물 한 방울 찍어 바르지 않은 속까지 지저분한 놈, 양치 한 번 하지 않고 중참에다가 야참까지 하루 다섯 끼니 꼬박꼬박 다 챙겨 처먹는 염치없는 아귀(餓鬼) 새끼. 꼴에 그 잘난 이름값한다고 악귀 짓만 해대는 악귀 새끼.

그렇게 있는 욕 없는 욕까지 다 갖다 붙여가며 낙화비는 속내로 욕을 퍼붓다가 그 욕만으로는 억울하고 분한 마음이 풀리지 않았는지 몸을 돌려세워 발로 밀실의 문짝을 쿵쿵 찼다. 그 사납고 시끄러운 발길질에도 안에선 죽었는지 살았는지 도통 반응이 없었다. 제법 볼록한 가슴이 작게 일렁이도록 가쁜 숨을 몰아쉬며 쌕쌕거리던 낙화비는 불현듯 겁이 덜

컹 났다.

죽었나? 뭐가 잘못돼서 뒈져 버린 거 아냐?

애가 비럭질해 먹던 버릇 못 고치고 아침밥, 점심밥 허겁지겁 입 안으로 쑤셔 넣다가 목이라도 막혀 질식해 버렸나? 아니면 쾌섬인의 난해한 묘용을 풀다가 머릿속이 결국 곪아 터져 버렸나?

어머! 그럴 수도 있겠다.

낙화비는 급하고 불안한 마음에 밀실의 무거운 미닫이문을 양손으로 잡아당기듯 왈칵 열어젖혔다.

쿵—!

거칠게 열리는 밀실의 문소리.

쪽창 하나 없는 밀실은 어두웠다.

"어?"

"…어머?"

낙화비는 열려진 문 앞에 멍하니 서 있어야 했다.

어둠 속에서 반듯하게 서 있는 짙은 그림자 하나.

멀쩡하게 목검 하나를 들고 서 있는 악귀. 그렇게 멀쩡한 것이 오히려 낙화비의 화를 치밀게 만들었다.

"왜 대답도 안 해, 이 망할 놈아?"

"왔으면 그냥 들어오지, 왜 문은 두드리고 발로 차고 난리법석이야?"

낙화비는 악귀의 뚱한 대답에 잠시 멍해졌다.

'그러게?

악귀가 짙은 그림자를 벗고 희미하게 얼굴을 보이며 다가왔다. 웃통을 벗은 상체는 땀에 젖어 있었다. 깡총하게 뒤로 묶은 단정한 머리. 보름 동안 물 한 방울 묻히지 않은 얼굴이 왜 저다지 곱상할까?

대면 못한 보름이란 세월이 그렇게 길게 느껴졌던지 낙화비는 괜한 낯가림부터 해야 했다. 낙화비는 슬며시 악귀의 벗은 웃통에서 눈길을 돌려놓으며 혼잣말처럼 구시렁거렸다.

"중참 가지고 왔어."

"중참? 힘들게 네가 왜 챙겨왔어?"

"…그냥."

"근데 중참은?"

중참이 어디에 있느냐는 악귀의 물음에 낙화비는 괜스레 수줍어 삐딱하게 기운 몸으로 손가락만 내뻗어 가리켜 보였다.

"저기."

악귀는 말없이 낙화비가 검지로 가리키는 곳으로 다가가서 문턱 앞에 놓인 나무 쟁반을 들곤 밀실 안으로 들어갔다. 그리곤 쟁반을 바닥에 내려놓곤 퍼질러 앉아 수저를 챙겨 들었다.

"뭐 해? 그냥 주고 갈 거면 얼른 가고 나 보고 싶어서 온 거면 들어와. 이마에 딱 쓰여 있네. 보고 싶어 안달이 났다고."

악귀의 쾌씸하고 무심한 말에 낙화비는 와락 자존심이 상했다.

"나쁜 놈아! 먹고 뒈져라! 난 간다!"

그렇게 쏘아붙이곤 문턱을 밟고 서 있던 몸을 돌려세웠다.

"그냥 갈 거야?"

돌아선 낙화비의 등 뒤에서 악귀가 인사치레처럼 붙잡는 말에 낙화비는 그만 몸을 멈춰 세우고 말았다.

"그럼 그냥 가지, 시녀처럼 밥 먹는 네 옆에 서 있을까?"

"누가 서 있으래, 와서 앉으랬지?"

악귀의 말에 낙화비는 계단으로 향하려던 발길을 차마 떼지 못했다. 그 발길은 상심한 마음과는 달리 부끄럽게도 뒤돌아서 버렸다.

"그, 그래. 조금만 앉았다가 갈까?"

그렇게 뒤돌아선 낙화비의 얼굴은 보일 듯 말 듯 구겨졌다.

'미친년.'

"문은 닫고 와."

막 문턱을 넘어 들어서던 낙화비의 걸음이 다시 멈칫 멈춰졌다.

"어머, 얘는? 이 컴컴한 데서 문 닫고 있으면 괜한 오해 사.

밥이 네 목구멍으로 들어갈지 콧구멍으로 들어갈지 걱정도 되고……. 무, 문 닫을까?'

악귀는 낙화비의 은근한 불안을 외면한 채 입 안에 쑤셔 넣은 밥만 열심히 우걱우걱 씹어댔다.

"예뻐졌네?"

마주 앉은 낙화비에게 밥그릇을 다 비울 때까지 말 한마디 붙이지 않던 악귀가 수저를 내려놓고 물로 입 안을 게워 꿀걱 삼키고 나서야 한마디 툭 던지는 말에 낙화비는 피식 웃고 말았다.

"웃겨! 이렇게 깜깜한데 그동안 내가 예뻐졌는지 더 못나졌는지 네가 어떻게 아냐?"

"흥! 네 눈에 붙은 눈곱도 다 보여."

"콱─!"

그렇게 악귀를 쥐어박을 듯 들어 올렸던 낙화비의 손은 슬며시 내려오며 자신도 모르게 눈 안쪽을 살피고 있었다.

손가락 끝에서 느껴지는 작은 이물질.

그제야 낙화비는 오전 내내 침상에서 구르다가 미처 세안도 하지 않고 나왔다는 사실을 알았다. 그러잖아도 낯부끄러워지려는 순간, 악귀가 다 알고 있다는 듯이 이죽거렸다.

"너, 그렇게 게으르다간 비렁뱅이 마누라 되기 십상이다."

"으─ 음! 팔자라면 까짓것 되지 뭐."

그렇게 당황한 대답을 한 낙화비는 자신이 한 말에 얼굴이 화끈 달아올랐다. 악귀 역시 낙화비의 대답이 의외이고 분위기를 어색하게 만들었는지 잠시 말을 잃고 가만히 있었다. 그 악귀의 짧은 침묵이 낙화비는 바늘방석이었다. 그래서 무어라도 생각나는 대로 입을 열어야만 했다.

"얘, 여긴 등불이나 촛불도 없니? 예전엔 벽에 등잔도 있었고 저쪽 한 귀퉁이에 촛불도 몇 개 있었는데. 없었어?"

"있어."

"그런데?"

"응. 깜깜한 게 연공하기에 더 좋아. 정신 집중도 더 잘되고, 잡생각도 없어지고, 감각도 새파랗게 살아나고."

"…응."

그렇게 고개를 끄덕이며 짧은 대답을 한 낙화비는 도둑놈 소굴같이 컴컴한 주위를 휘 둘러보며 의아해했다.

"네 사부님이신 고두 장군님은 여기 안 와봐?"

낙화비의 물음에 악귀가 두 손을 뒤로 빼 바닥을 짚으며 상체를 뒤로 비스듬히 기울였다.

"애고! 글쎄 말이다. 무슨 사부란 사람이 이틀 가르치고 삼일을 앓아누워? 몸살 났다며 코빼기도 안 내민 지가 이틀째야. 내일 아니면 모레쯤에야 다시 오실 듯해. 그래서야 어디 사부로 써먹겠냐?"

악귀의 말에 낙화비는 풋 하고 웃음이 터져 나왔다. 그리곤 딱딱한 마룻바닥에 앉은 것이 불편했던지 자리를 털고 일어서선 연무장으로 사용되는 밀실을 휘 둘러보기 시작했다.

아주 오래전엔 자주 들락거렸던 곳이지만 낙화비는 난생 처음 와본 곳인 양 신경을 곤두세워 가며 밀실을 훑어보았다.

"어휴! 부러지고 부서진 목검 좀 정리해서 한곳에 모아두지! 이게 뭐니?"

낙화비의 핀잔에 악귀도 자리에서 일어섰다.

"그만 가."

낙화비가 허리를 숙여 떨어진 목검 조각을 하나 줍다가 주운 목검을 다시 바닥에 내팽개치며 화를 냈다.

"왜? 내가 잔소리해서 그래?"

악귀가 한쪽 벽에 세워놓았던 목검을 찾아 들고 낙화비에게로 다가서며 뚱한 소리를 냈다.

"죽었는지 살았는지 궁금해서 온 거잖아? 살아 있는 거 확인했으면 그만 가야지, 여기서 나랑 살림이라도 차릴 거야?"

"어머, 못됐어! 너랑 살림은 무슨 살림이니? 입만 벌리면 못된 소리만 해!"

앙칼스러운 낙화비의 목소리를 더듬듯 찾아와 다가선 악귀가 무슨 큰 인심이라도 쓰는 듯이 목소리를 깔았다.

"그럼 저 구석에 앉아 조용히 구경만 해. 알았지?"

악귀의 말에 낙화비는 바보같이 고개만 끄덕이며 어두운 구석을 찾아가 앉았다. 그리곤 조용히 하라는 악귀의 당부는 까마득하게 잊어버리곤 종알거렸다.

"어디까지 익혔어? 언제 다시 밖으로 나올 거야?"

낙화비가 앉은 어둠 쪽을 말없이 노려보던 악귀가 잠시 뜸을 들이며 어렵게 입을 열었다.

"풍편 초입 부분을 연무 중이고, 여기서 보름 정도 더 있다가 나갈 거야. 이제부터 한마디 할 때마다 목검으로 엉덩이 한 대씩이다."

그리곤 몸을 돌려세웠다.

'나쁜 놈, 감히 누구의……. 못된 놈.'

그렇게 어둠 속에 묻힌 악귀의 흔적을 도끼눈으로 노려보던 낙화비는 씁쓸한 미소를 물며 밀실의 나무 벽에 등을 기댔다.

그러다가 악귀가 나무 쟁반에 내려놓은 수저에 힐끔 눈이 갔다. 하얀 수저는 어둠 속에서도 제법 제 자태를 내보이며 낙화비의 눈에 들어왔다.

수저에 묻은 얼룩.

낙화비는 조심스럽게 악귀가 사용했던 수저를 집어 들어 눈앞에 바짝 붙이곤 유심히 살폈다. 아직 채 마르지도 않은 혈흔, 그리고 그 혈흔에서 엷게 전해지는 피비린내.

화들짝 눈이 빛난 낙화비는 나무 쟁반과 그릇까지 집어 들고 찬찬히 살폈다. 그릇 곳곳에 묻어 있는 혈흔. 나무 쟁반에 떨어져 채 마르지 않은 핏물이 한쪽으로 조르륵 흘러내렸다.

급히 고개를 들어 악귀를 향해 무어라 소리를 지르려다가 낙화비는 자신의 입을 손으로 가로막으며 터져 나오려는 목소리를 도로 집어삼켰다.

휘— 익, 타— 닥!

목검이 어둠을 가르는 날카로운 파공음과 함께 악귀가 목인(木人)을 목검으로 치고 지나가는 소리가 동시에 터졌다. 낙화비의 미간이 작게 찌푸려졌다.

아마도 악귀의 손아귀가 무리한 수련으로 인해 살가죽이 터져 나갔으리라. 그렇게 상한 손으로 내색 한 번 하지 않고 연무를 이어나가는 악귀다운 독기에 낙화비는 할 말을 잃고 말았다.

낙화비는 세운 두 무릎에 두 팔을 포개 올려놓고 그 위에 턱을 괬다. 그리곤 슬픈 눈으로 악귀가 묻힌 어둠을 가만히 노려보았다.

얼마나 그렇게 앉아 말없이 시간을 보냈을까?

어둠에 익은 낙화비의 두 눈에 조금씩 희미한 악귀의 형상이 보이기 시작했다. 그것은 악귀가 목검을 뿌려대는 그림자 같은 형상이었다.

더욱 눈을 가늘게 뜨며 유심히 살피던 낙화비는 의아하다는 듯이 고개를 갸웃거렸다. 희미하게 보이는 목검의 궤적과 악귀의 두 발과 그 발의 움직임, 그리고 양어깨와 왼팔의 조화.

'이상하다?'

낙화비는 섬서제후가의 여식으로서 쾌섬인을 이미 배웠다. 워낙 무공엔 관심이 없는 낙화비이지만 그래도 배운 것은 배운 것이다. 그러니 쾌섬인의 움직임과 쾌섬인의 칼끝 궤적은 한 번만 보아도 알아볼 수 있을 만큼 눈에 익은 낙화비였다. 척 보면 쾌섬인의 어느 부분인지 알 수 있다. 그런데 악귀가 지금 연무하고 있는 목검의 궤적은 이상하게도 낯설었다.

'저건 쾌섬인이 아닌데?'

　　　　*　　　　　*　　　　　*

북태성엔 여느 장터와 다를 바가 없는 저잣거리가 동과 서에 하나씩 있었다. 동문장(東門場)이라고 불리는 동쪽 장터는 곡물상과 어물전, 건포상, 포목점, 만물상 등등 생활용품이 주가 된 장터였고, 서쪽 장터인 서문장(西門場)은 두 곳의 외성야방(外城冶坊)과 목재소, 고서, 무서, 잡기까지 판다는 서림(書林)과 화방(畫房) 등이 있었다. 그런 까닭으로 서문장보다 동문장이 북태성의 가장 혼잡한 번화가로 자리매김하였다.

동문장이 가장 번잡한 곳인 까닭에 주루며 기루까지 사이사이에 들어서니 가뜩이나 번잡한 거리를 더욱더 번잡하게 만들어놓았다. 이에 반해 서문장은 비교적 한산하여 일반인들과 어깨 부닥침을 꺼려하는 북태성의 무인들과 북무림 오제후의 무인들이 자주 찾는 곳이기도 했다.

　서문장에 있는 두 곳의 외성야방 중 한곳은 농기구와 잡다한 생활 용기들을 만들어 파는 금세야방(金世冶坊)이란 곳이었고, 또 다른 한곳은 북태성 무인들을 상대로 무기를 만들어 팔고 또 수리를 해주는 곳인 서문야방(西門冶坊)이었다. 그중 북태성의 무인이라면 한두 번씩은 꼭 들른다는 서문야방은 금세야방과 어깨를 나란히 붙이고 북태성 서쪽 제일 후미진 곳에 자리하고 있었다.

　초여름 오후. 아침부터 추적추적 내리기 시작한 비는 오후가 되도록 그칠 기미가 보이지 않았다. 날씨가 그러하니 당연히 쇳소리로 시끄러워야 할 야방은 적막하리만치 조용했다.

　행인들의 발길마저 끊긴 야방 앞의 소로로 한 사내가 머리에 갈모 하나 쓰지 않고 어깨에 도롱이 하나 걸치지 않은 채 비를 흠뻑 맞으며 걸어오고 있었다.

　비에 젖은 회색의 무복. 약관의 나이쯤으로 보였다. 단정하게 뒤로 묶은 머리와 시원해 보이는 이마. 이마를 타고 애교스럽게 삐져 나온 머리카락에 빗물이 방울방울 맺혀 떨어지고 있었다.

　악귀는 날도 궂으니 비가 개이면 같이 나가자는 낙화비를 뿌리치고 쾌검가를 나섰다. 아직 북태성의 길이 익지 않으니

길을 잘 아는 쾌검가의 무인 하나를 붙여줄 테니 같이 가라는 것마저 싫다 하며 혼자 털레털레 나온 것이다.

악귀가 외성의 야방을 찾아온 것은 자신이 사용할 검 하나를 장만하기 위해서였다. 쾌검가에 여분으로 남아도는 검이 전혀 없는 것은 아니었지만 악귀는 한사코 자신의 검은 자신이 구하겠노라며 낙화비에게 손을 불쑥 내밀었다. 낙화비는 마지못해 악귀의 손에 묵직한 전낭 하나를 쥐어 주긴 했지만 악귀의 고집에 얼굴 표정은 그리 밝지가 않았다.

"처음 보는 얼굴인데, 어디 소속의 무인이시오?"

서문야방의 한 대장장이의 물음에 악귀는 야방 안을 휘 둘러보며 짧은 대답을 내놓았다.

"섬서에서 왔습니다."

"아, 섬서라면 쾌검가의 식솔이시군요. 보아하니 아무것도 몸에 지니지 않으신 걸 보니 새로 하나 장만하실 의향이신가 본데, 미리 생각해 두신 물건이라도 있습니까?"

나이가 지긋해 보이는 대장장이의 물음에 악귀는 고개를 작게 끄덕여 보였다.

"검의 폭은 한 치(寸)를 넘지 않게 좁고, 두께는 연검처럼 얇으면서도 두 손으로 쉽게 휘지 않으며, 무게는 한 근(斤)이 넘지 않게 가볍고, 검신의 길이는 보통 장검 정도. 검병은 한 뼘 반, 호수(護手)는 있는 듯 없는 듯 작아도 됩니다. 검수에 거추장스러운 장식은 일체 없고 여기서 제일 좋은 재질로 된 놈을 원합니다."

악귀의 말에 대장장이는 고개를 갸웃거렸다.

"검신의 길이만 일반적인 요구이고, 호수는 있는 듯 없는 듯 작은 놈은 뭐 찾아보면 있을 것 같고, 검병의 길이가 쌍수검(雙手劍)처럼 좀 길군요. 그리고 검폭이 한 치에 두께가 연검처럼 얇으면서 두 손으로 쉽게 휘지……."

악귀가 주문한 요구를 중얼중얼 따라 외던 대장장이의 말끝이 흐려지더니 언짢은 얼굴이 되어 발딱 치켜세워졌다.

"근데 집 한 채 값은 가지고 오셨소?"

"…집 한 채 값이라뇨?"

"그런 요구의 기물(奇物)이라면 분명 명검이나 보검 축에는 들어야 할 까다로운 요구인데, 최소한 집 한 채 값은 가지고 와서 물어봐야 할 거 아니겠소? 어디, 가져왔나 봅시다."

대장장이의 언짢은 말투 속에는 '이놈이 지금 누굴 놀리나?' 하는 불쾌감이 서려 있었다.

악귀는 낙화비가 준 전낭을 대장장이에게 내밀었다.

제법 묵직한 전낭을 건네받은 대장장이가 악귀의 얼굴을 힐끔 노려보며 전낭의 끈을 풀고 안에 든 은자를 확인했다.

전낭 안을 확인한 대장장이의 입꼬리가 대번에 비릿하게 말려 올라갔다.

"꽤 두둑한 은자이지만 이걸로는 턱도 없지. 은자로 치면 이거 열 배, 금자로 치면 이만한 전낭 두 개는 더 가져와야 할 거다. 그리고 집 팔고 땅 팔고 부모자식 다 팔아온다 해도 우리 야방에선 그런 거 못 구해. 내성에 있는 백옹야방의 야반편수 백옹이라는 어르신에게나 부탁해 봐. 혹시 꼬불쳐 놓은 명검 하나쯤 있을지도 모르지. 하하하—! 내성에 기어들어 가다가 뒈지지 않으면 다행이고."

그리곤 휙 몸을 돌려세워 코를 후비며 안으로 들어가 버렸다. 안으로 들어가는 대장장이의 뒤통수를 가만히 노려보던 악귀가 서문야방에서 몸을 돌려세웠다.

빗물이 구겨진 악귀의 얼굴에서 넘쳐흘렀다.

악귀가 서문야방에서 떠나려 발을 떼어놓고 몇 걸음 철벅이며 걸어갈 때, 한 노인의 목소리가 빗소리에 섞여 들려왔다.

"비슷한 놈이 하나 있긴 하지."

악귀가 천천히 고개를 돌려 바라본 곳은 서문야방의 옆에 자리한 금세야방이었다. 서문야방에 비해 반의반도 되지 않는 자그마한 대장간 앞에 노인 하나가 작게 튀어나온 처마 아래에 서서 악귀를 향해 이리 오라는 손짓을 해 보였다.

무기를 전문으로 만들어 파는 서문야방에서도 구하지 못

한 칼이 농기구만 만들어 파는 작은 대장간에 있을 리가 만무하잖은가? 악귀는 못 들은 척 그냥 가려다가 하염없이 비를 뿌리는 하늘을 힐끔 살피며 잠시 망설였다.

'노느니 장독이라도 깬다지?'

바닥에 떨어져 아무렇게나 나뒹구는 쟁기며 호미, 괭이와 쇠스랑이 때문에 금세야장은 발을 들여놓기도 어려울 만치 어지러웠다. 대장장이 노인은 먼저 안으로 들어가 불가마 안에서 가물거리는 불길이 꺼질세라 발풀무를 한 번 힘차게 밟아놓고 그 앞에 쪼그리고 앉았다.

"젊은이, 날도 꾸물꾸물한데 이리 와 좀 앉지."

노인의 체구는 장정 못지않게 좋아 보였으나 왼쪽 눈이 퀭하게 패인 애꾸였다. 얼굴은 심한 화상을 입었는지 이목구비가 쉽게 구별이 가지 않을 만큼 녹아내려 마주하기가 을씨년스러워 보였다.

"물건부터 보죠."

악귀의 뚱한 말에 애꾸노인은 딴소리만 꺼내놓았다.

"쾌검수인가?"

"…그렇다고 봐야죠."

"쾌검수라도 그렇지, 보통은 그런 검을 찾지 않는데 자넨 좀 특이하군."

"……"

악귀는 애꾸노인의 말에 대꾸도 하지 않고 찌푸린 얼굴로 서 있었다. 애꾸노인의 손에 진흙이 잔뜩 묻은 쇠스랑이 하나가 들려지고, 노인은 그것을 땅바닥에 내려치며 엉겨 붙은 흙을 털어냈다. 흙을 털어낸 쇠스랑을 가만히 들어 올려 하나뿐인 눈으로 살피는 노인의 손은 심하게 떨리고 있었다. 그제야 악귀는 노인의 몸에서 옅은 술내를 맡았다.

술에 찌들어 주체하지도 못하고 떨리는 애꾸노인의 거친 손. 수전증을 심하게 앓는 노인의 손에서 쇠스랑이 다시 땅바닥에 내려졌다.

"젊은이, 왕년엔 나도 한칼 했다네. 비록 지금은 이 모양이 되었지만 옛날에는……."

술독이 올라 정신까지 맑아 보이지 않는 애꾸노인에게 악귀는 짜증스런 목소리로 노인의 너스레를 잘라 버렸다.

"어르신, 어르신의 과거사나 듣자고 온 것이 아닙니다. 있습니까, 없습니까?"

애꾸노인은 악귀의 짜증스런 말을 듣기나 했는지 악귀의 짜증은 상관도 하지 않고 너스레를 이어갔다.

"그땐 세상 아무것도 두렵지가 않았지. 아니, 세상에 딱 한 사람만 두려워했지. 그런 내가 지금 이 모양이라니, 쯧쯧."

악귀는 혀를 차며 자신의 처지를 타박하는 대장장이 애꾸노인 앞에서 말없이 돌아섰다. 악귀가 기운없는 걸음으로 막

금세야방을 나서려 할 때 애꾸노인의 목소리가 날아왔다.

"이봐, 젊은이! 날씨도 우중충한데 술이나 한잔 사줘!"

악귀는 노인의 외침에 비만 하염없이 내리는 음침한 하늘을 올려다보았다. 그리곤 품속에서 낙화비가 손에 쥐어준 묵직한 전낭을 더듬거려 꺼내 가만히 내려다보았다.

'됐다 뭐 해?'

악귀가 씁쓸한 표정으로 애꾸노인을 향해 뒤돌아섰다.

"까짓것, 그럽시다."

서문장(西門場)에 단 하나밖에 없는 주루의 이름은 서래주루(西來酒樓)였다. 서래주루를 찾아 어깨를 나란히 하고 오면서 악귀와 애꾸노인은 서로 한마디도 하지 않았다.

두 사람은 비에 젖은 몸을 서로가 느끼면서도 먼 거리에 있는 사람들처럼 침묵으로 일관한 채 주루 안으로 들어섰다. 한가하게 간지러운 등짝을 긁고 있던 젊은 점소이가 주루 문을 들어서는 손님을 확인하곤 냅다 달려와 반기려다가 애꾸눈의 대장장이 노인을 알아보곤 눈살부터 찌푸렸다.

"영감님, 또요?"

"이놈아! 누구보고 영감이래? 이래 봬도 아직 오십 줄이야!"

"외눈영감님, 십 년 전에도 오십 줄이라고 하셨다면서요? 날 궂으니 뱃속에 술벌레가 또 발광을 떨어요? 작작 들이부으세요, 좀 작작! 외상값이 지금 얼마인데……."

젊은 점소이는 그렇게 애꾸노인을 나무라다가 애꾸노인 옆에 서 있는 악귀를 뒤늦게 발견하곤 목을 움츠리며 허리를 접었다.

"아이쿠! 오늘은 어째 동행이 다 있으시네. 어서 옵쇼!"

외눈영감이라는 이름의 애꾸노인은 악귀가 주문해 놓은 술이 빨리 나오지 않자 세월아 네월아 하며 주방 앞에 앉아 있는 점소이만 초조한 눈길로 힐끔힐끔 노려보았다. 보다 못한 악귀가 작은 목소리로 외눈영감을 달랬다.

"어르신, 우선 차라도 한 모금 삼켜 목이라도 적시지요?"

"그, 그럴까?"

악귀가 권하는 찻잔을 잡은 외눈영감의 손은 차가 찻잔 밖으로 흘러넘치도록 벌벌 떨리면서 타 들어가는 입으로 향했다.

점소이가 다녀간 후,

연거푸 독주 몇 잔을 입속에 들이붓듯 마시고서야 외눈영감은 조금 안정된 눈빛이 되었다.

"히히히—! 젊은이, 너무 흉보지 말게나. 내 원래 이런 추한 몰골은 아니었네. 왕년엔 나도……. 아, 아닐세, 아냐! 또 내가 주책을……."

악귀는 흉한 몰골로 겸연쩍어하는 외눈영감에게 싱긋이

웃음을 보이고는 외눈영감의 빈 잔에 다시 술을 채워주었다. 술병의 주둥이가 물러나기가 무섭게 술잔을 입 안으로 털어 넣은 외눈영감은 쑥스러운 웃음을 물며 술병의 목을 잡아 그 제야 악귀에게 첫잔을 권했다.

"젊은이, 어려워 말고 마시게나."

악귀가 천천히 목을 젖혀 술을 넘기는 것을 확인한 외눈영 감은 악귀에게 제법 다정한 목소리를 꺼내놓았다.

"젊은이, 자네 고향은 어딘가?"

외눈영감의 물음에 잠시 멈칫하던 악귀가 입을 열었다.

"섬서(陝西)입니다."

"음! 섬서쾌검가의 사람이라고 하더니 역시 고향이 그쪽이 군. 그래, 양친은?"

"으음, 고향에 계십니다."

"이름은?"

"…악귀입니다."

"뭐? 악귀? 흐흐흐―! 참 재미난 이름이로군. 설마 본명은 아닐 테고."

악귀는 외눈영감에게 쓴웃음을 보였다.

"예, 별명입니다."

외눈영감은 고개를 끄덕이며 한쪽 눈알을 반짝거렸다.

"악귀 같으니 악귀라는 별명을 얻었겠지?"

악귀는 노인의 물음에 피식 웃었다.

"그렇겠죠."

악귀가 술병의 목을 잡고 외눈영감의 빈 술잔을 채웠다.

가늘게 떨리는 외눈영감의 손이 다시 술잔으로 향했다.

외눈영감은 무슨 생각을 하고 있는지 한참을 입을 열지 않고 악귀가 따라주는 술만 넙죽넙죽 받아 마셨다. 술병이 세 번째 비워질 때야 외눈영감의 취기 어린 목소리가 새어 나왔다.

"아참! 이놈의 정신머리 좀 보게. 젊은이가 특이한 칼을 한 자루 구한다고 했지?"

"예."

"내게 보검이 하나 있지."

외눈영감의 불콰해진 얼굴과 목소리에 악귀는 건성으로 대답했다.

"아, 예."

"근데 그놈은 파는 물건이 아니야. 내 옛 친구의 물건이거든."

악귀는 그럴 줄 알았다는 듯이 피식 웃고 말았다.

"예에, 그렇군요."

"왜, 못 믿어?"

취기 서린 외눈영감의 목소리는 시비조였다. 악귀는 당혹한 표정을 지으며 손사래를 쳤다.

"아, 아닙니다. 못 믿긴요."

믿는다는 악귀의 대답에 외눈영감은 갑자기 악귀를 향해 화상으로 인해 을씨년스러워 보이는 얼굴을 와락 들이밀며 무슨 큰 비밀 이야기라도 하듯 목소리를 작게 낮췄다.

"그 칼의 이름이 뭔 줄 아나?"

악귀가 장난스럽게 마주 얼굴을 내밀며 속삭였다.

"그 보검의 이름이 뭔데요?"

"백혈검(白血劍)."

비장한 목소리로 속삭인 외눈영감의 말에 악귀가 짐짓 탄성이 섞인 대답을 했다.

"아, 예!"

그렇게 인사치레하듯 대답한 악귀가 싱거운 웃음을 입가에 베어 물며 얼굴을 물렸다. 마주 얼굴을 물린 외눈영감이 갑자기 한쪽밖에 남아 있지 않은 눈에 눈물을 글썽여 보이며 작게 어깨를 들썩거렸다. 이에 놀란 악귀가 물었다.

"어르신, 왜요?"

외눈영감은 철부지 아이처럼 손등으로 눈물을 훔치며 탄식을 내뱉었다.

"후우—! 바로 오늘이 그 백혈검의 주인인 내 친구 기일(忌日)이라네."

악귀는 외눈영감의 말을 듣는 순간 손끝이 차갑게 저려오는 것을 느꼈다. 악귀는 식탁 위에 올려놓았던 두 손을 슬며시 식탁 밑으로 내려 갑자기 저린 손을 번갈아가며 주물러야 했다.

"보검의 주인이라는 그 친구 분은 어쩌다가……."

악귀가 외눈영감이 가진 사연을 궁금해하며 물을 때,

쿵—!

외눈영감의 고개가 갑자기 툭 꺾이더니 이마가 식탁 위에 맥없이 처박혔다.

"어?"

두 눈이 커지며 놀라는 악귀의 귀에 외눈영감의 코 고는 소리가 들려온 것은 순식간의 일이었다.

"드르렁!"

"보자, 그러니까… 은자 한 냥에다가 오늘 것까지 합하면 한 냥에 열일곱 푼인뎁쇼."

젊은 점소이의 대답에 악귀는 전낭을 풀어 은자 두 냥을 꺼내곤 점소이의 손에 쥐어주었다. 곯아떨어져 버린 외눈영감의 밀린 외상값까지 셈해준 것이었다.

악귀에게서 은자 두 냥을 받은 젊은 점소이의 입이 쫙 찢어지며 귀에 걸렸다. 으레 이런 속없는 호인은 자기가 무슨 통이 큰 영웅호걸이라도 되는 듯 거들먹거리며 잔돈 같은 것은 아예 받으려 들지 않는다. 그러니 계산을 치르고 남은 잔돈은 자신의 주머니로 들어오게 되었다고 빠르게 계산한 점소이는 악귀에게 정중히 허리를 접어 보였다.

"아이고! 고맙습니다요!"

그렇게 점소이가 귀밑까지 찢어진 입으로 뒤돌아설 때,

"잔돈 가지고 와라."

*　　　*　　　*

야랑은 보드라운 돌가루를 헝겊에 묻혀 식탁 위에 올려놓은 묵혈검(墨血劍)의 검신을 닦아낸 후 정향유를 먹인 기름종이로 덧칠하듯 검신을 조심스럽게 문질렀다. 반드르르하게 윤기가 나는 묵혈검의 칼날을 한쪽 눈앞에 비스듬히 세워놓고 야랑은 칼날의 예리함을 확인했다.

똑똑!

완 자(卍字) 미닫이문에 비친 그림자는 소희였다.

"객고가 많았지요?"

"객고랄 거까지야 있나. 그래, 나 없는 동안 잘 지내고?"

야랑은 소희에게 인사를 건네며 묵혈검을 검집에 넣고 자리에서 일어섰다. 일어서는 야랑을 향해 소희는 무언가 불안한 안색으로 문 앞에서 몸을 비켜 세웠다.

"지금 밖에……."

"밖에?"

야랑이 현무정 내실을 나서자 현무정 앞마당에 두 사내가 서 있었다. 우백호 관후준과 좌청룡 모빈이었다.

야랑은 허리춤에서 복면수건을 꺼내 눈 밑 아래를 가리며
빠른 걸음으로 돌계단을 밟아 내려갔다.

하남 안양에서 돌아와 이제 막 여장을 풀고 쉬어야 할 사람
들이 자신을 찾아온 데는 무언가 심각한 문제가 생겼다는 생
각이 들어서였다.

"무슨 일입니까?"

작게 묻는 야랑의 물음에 모빈이 목소리를 가만히 죽였
다.

"용망망에 말썽이 생겼다."

용망망이라면 태자 염재민의 거처다. 북태성으로 돌아와
태자 염재민은 남주작 매검향만 대동한 채 태자궁 용망망으
로 들어갔다.

"무슨……?"

의아하게 묻는 야랑을 향해 관후준이 몸을 돌려세웠다.

"일단 가면서 이야기하자."

태자 염재민은 자신의 거처인 태자궁 용망망에 들어서자
마자 누군가가 갖다 놓은 큼지막한 궤짝 하나를 발견했다. 매
검향이 급히 내성 수호당의 무인을 찾아가 궤짝이 용망망에
들어와 있는 연유를 캐물었다. 수호당 무인 하나가 매검향을
향해 되레 의아한 표정을 지어 보였다.

태자 염재민이 부재중에 성 밖에서 미리 부친 물건이 아니

냐는 거였다. 놀란 매검향은 다급히 태자궁에 경계령을 내리
고 궤짝을 들고 온 수호당 무인들을 찾았다. 수호당 무인들이
태자궁 앞에 모두 모였다. 그들 중엔 궤짝을 들고 온 자들이
없었다. 두 명의 무인이 행방불명이었다. 그 행방불명된 두
수호당 무인이 내성 밖 담벼락 아래에서 피살된 채 발견되었
다.

수호당의 몇몇 무인은 피살된 두 무인이 당일 내성으로 들
어오는 대문을 지키고 있던 무인이었다는 사실과 궤짝을 태
자궁으로 직접 들고 와서 용망망에 궤짝을 넣어놓은 장본인
들이란 사실까지 확인했다. 누가 두 무인을 이용해서 내성으
로 궤짝을 반입시킨 것인가는 결국 살인멸구(殺人滅口)되어
버렸다.

그 사실을 확인한 매검향이 복명을 하기 위해 용망망으로
급히 돌아왔을 땐 태자 염재민은 용망망에 없었다.

궤짝은 뜯겨져 있었고, 그 뜯겨진 궤짝 안에는 한 아름쯤
되는 항아리 하나가 놓여 있었다.

코를 막아야 할 만큼 지독한 악취.

매검향이 항아리 속을 확인했다.

핏물에 반쯤 잠긴 참수된 흑마(黑馬)의 머리 하나.

매검향은 헉 하며 탁한 비명을 쏟아내곤 용망망에서 물러
났다. 수호당 무인 하나가 태자 염재민이 북존궁으로 호출되
어 갔다는 사실을 매검향에게 뒤늦게 고했다.

북태성으로 귀환하자마자 북존궁으로 불려간 태자 염재민.

매검향의 눈에 짙은 불안감이 스쳤다.

                    *   *   *

쾌검가를 지키던 흑무당 소속의 무인 하나가 누리끼리한 광목에 둘둘 말린 기다란 물건 하나를 들고 낙화비를 찾아온 것은 이른 아침녘이었다.

서문장(西門場)에 있는 금세야방의 외눈 대장장이 영감이 악귀에게 전해달라며 들고 온 것이라 했다. 금세야방이라면 농기구를 만드는 야방인 것으로 알고 있던 낙화비는 고개를 갸웃거렸다. 고집을 피우며 혼자 칼을 사러 나갔던 악귀가 물에 빠진 생쥐 꼴이 되어 돌아온 것은 어제 초저녁쯤이었다.

악귀는 전낭을 낙화비의 손에 다시 돌려주곤 제 방으로 건너가 버렸다. 전낭 안을 살펴본 낙화비는 미간을 구겨야 했다. 반이나 없어진 은자, 그리고 악귀의 몸에서 풍기는 술내.

낙화비는 칼은 사지 않고 은자를 반이나 축내며 술내를 폴폴 풍기던 악귀를 의심했다.

'얌전한 고양이가 부뚜막에 먼저 올라간다더니.'

생긴 거완 달리 여색은 밝히지 않는다고 철석같이 믿었던 악귀가 분명 기루 출입을 했을 것이라고 낙화비는 생각했다. 양팔에 기녀를 끼고 술을 마시지 않고서야 그 많은 은자를 썼을 리는 없지 않은가. 그렇게 짐작을 하자 와락 치미는 화에 낙화비는 당장 악귀를 찾아가 강샘을 부리려다가 기루 출입하는 서방에게 바가지나 긁는 속 좁은 여편네 꼴로 비칠 것 같아 어금니만 잘근 깨물고 참았었다.

"어이구! 귀하신 아기씨가 웬일로 아침부터 소인을 다 찾았습니까요?"

문을 열고 들어서는 낙화비를 향해 악귀는 장난스럽게 인사를 건넸다. 낙화비는 새치름하게 눈을 흘기며 의자를 당겨 앉곤 광목에 싸인 기다란 물건을 식탁 위에 올려놓았다.

"이게 뭐야?"

침상에 걸터앉아 삼층 밀실로 연무하러 갈 준비를 하던 악귀가 식탁 위에 놓인 물건 쪽으로 시선을 돌렸다.

"그게 뭔데?"

"금세야방의 외눈영감이 너에게 전해주라며 맡기고 갔다던데? 뭐야, 그 대장간에서 칼을 주문한 거야?"

"어, 아닌데."

그렇게 의아한 소리를 내며 몸을 일으키던 악귀는 무언가 짚이는 것이 있는 듯 급한 걸음으로 식탁 앞에 다가와 광목에

싸인 물건을 풀어냈다. 돌돌 말린 광목을 풀어내자 안엔 정성
스럽게 한 겹 더 싸놓은 하얀 비단보가 보였다. 대충 드러난
형상이 한 자루 검이었다. 악귀가 하얀 비단을 조심스럽게 풀
어내자 비단 폭 안엔 무광(無光)의 백색검집에 폭 좁은 장검
하나가 드러났다.

낙화비의 눈이 휘둥그레졌다.

"어머! 예사 장검으론 안 보이는데? 어제 산 거야?"

신기해하는 낙화비의 물음엔 대답도 하지 않는 악귀의 입
에서 신음 같은 작은 소리가 새어 나왔다.

"백혈검(白血劍)."

숨이 목에까지 차오르도록 뛰어온 악귀가 멈춰 선 곳은 금
세야방 앞이었다. 깊은 그늘이 진 야방 안엔 외눈영감은 보이
지 않았다. 악귀는 어지러운 야방 안으로 들어가며 주위를 두
리번거렸다.

"어르신!"

대답은 없었다.

야방 깊숙한 안쪽에 작게 나 있는 쪽문을 열고 방 안을
살폈다. 방 안은 급히 피난이라도 떠난 사람의 방처럼 휑했
다.

악귀가 쪽문을 닫고 뒤돌아섰다.

불가마는 온기도 없이 꺼져 있었다.

악귀는 외눈영감이 금세야방을 떠났다는 걸 알았다.

"외눈영감? 글쎄? 어디로 갔는지는 모르겠고, 갑자기 영감님이 한 보따리 챙겨서는 아침 일찍 떠나더군. 뭐라더라? 그래, 조카 녀석이 하나 있는데 세상 어느 구석인가에 살아 있을 거라며 찾아간다더군. 갑자기 없던 조카가 어디서 생겼는지 원."

악귀는 서문야방 앞에서 말없이 돌아섰다.

                    *   *   *

팍—!

야랑의 발길질에 한 무인이 나뒹굴었다.

"이 새끼! 애들 교육을 어떻게 시킨 거야?"

삼십대 중, 후반으로 보이는 사내는 급히 몸을 일으켜 세우곤 두 무릎이 부서져라 몸을 다시 내려앉혔다.

"죄, 죄송합니다."

"확인도 되지 않은 물건을 겁도 없이 용망망에 떡하니 들여놓고 이제 와서 죄송?"

야랑은 수호당 조장 손민석을 노려보며 천천히 다가갔다. 한발 두발 다가오는 야랑의 발걸음을 바라보는 손민석의 두 눈이 흔들렸다. 손민석의 뒤로 오십여 명의 수호당 무인들이

꿇어앉아 고개를 숙이고 있었다.

빡—!

야랑의 발등이 작게 먼지를 폭발시키며 손민석의 한쪽 뺨을 차고 지나갔다. 부복한 채 옆으로 나가떨어진 손민석이 오뚝이처럼 발딱 일어나 다시 무르팍을 땅에 내리찍었다.

"다, 다신 이런 일이 생기기 않도록 철저히 관리하겠습니다. 사, 살려주십시오."

야랑의 발끝이 다시 손민석에게로 돌려질 때, 바쁜 걸음으로 다가오는 발자국 소리에 야랑의 눈이 뒤돌아갔다.

복면수건으로 눈 밑을 가린 관후준과 모빈, 그리고 매검향.

"주작이 암웅단 단장에게 내사를 부탁해 놓았으니 무슨 단서라도 곧 잡힐 것이다. 그 흉측한 말대가리는 처리했냐?"

우백호 관후준의 물음에 야랑이 작게 고개를 숙였다.

"예, 형님. 땅에 파묻었습니다. 부패 정도로 봐선 성 밖에서 미리 준비를 해놓았다가 밀반입한 것으로 보입니다. 삼사일 정도 묵혔다가 우리 쪽 귀환 시기에 맞춰 용망망에 넣은 것으로 추측됩니다."

야랑의 말에 관후준이 작게 고개를 주억거렸다.

"우리가 하남 일송장을 친 것에 대해 복수를 하겠다는 의미 같다. 분명히 외성 오제후가들과 연관이 있을 것이야. 놈

들이 눈치 챘다면 북존궁에서도 이미 알고 있다는 이야기인
데, 태자님의 입장이 좀 난처해지겠는걸."

쓴쓰레해하는 관후준의 말에 모빈의 입에서 욕지거리가
섞여 나왔다.

"씨벌! 우리랑 한번 해보자는 이야기인데, 형님, 오늘 밤에
외성으로 나가서 몇 놈 베어버리죠?"

모빈이 살기를 보이자 매검향이 언짢아하며 끼어들었다.

"형, 증거도 없이? 그러면 더 난처해진다고."

"그래. 주작의 말이 맞다. 그렇게 나댈 일이 아냐. 태자님
이 북존궁에 계실 동안 우선 외성 분위기가 어떤지 좀 알아
봐야겠다. 그런데 그날 용망망 앞을 지키던 놈들은 누구였
지?"

관후준의 물음에 야랑이 몸을 돌려세웠다.

"아까 그 두 놈 나와!"

얼마나 야랑에게 맞았는지 만신창이가 된 수호당 무인 둘
이 비실거리며 앞으로 걸어나와 잔뜩 겁먹은 표정으로 부복
했다. 두 무인을 확인한 우백호 관후준의 입에서 나직한 소리
가 새어 나왔다.

"베라."

야랑과 모빈이 부복한 두 무인을 향해 걸어갔다.

공포에 질린 두 무인의 입에서 벌벌 떨리는 신음 소리가 새
어 나오고, 야랑은 눈살을 살짝 찌푸리며 매검향을 힐끔 쳐다

봤다. 야랑의 곤혹스런 마음을 읽었는지 작게 고개를 끄덕여 보이는 매검향.

먼저 모빈의 왼손에서 죽검이 뿌려지고, 이어 야랑의 묵혈 검이 푸른 빛살이 되었다.

스각—!

*　　　*　　　*

점심녘이 가까워온 초여름의 날씨는 화창했다.

동문장터 행인들의 어깨와 발걸음 또한 개운한 날씨만큼 이나 가볍고 화사해 보였다. 잠시만 먼 산을 보고 서 있어도 누군가와 어깨를 부닥치며 겸연쩍은 인사라도 해야 할만치 저잣거리는 북새통이었다.

목에 핏대를 세운 호객꾼들. 그들의 외침 앞으로 장난스 럽게 웃음소리가 지나가고, 저쪽에서 바람난 아이를 찾아 아 이의 이름을 불러대는 아낙네의 성가신 목소리와 행인들 사 이사이로 빠져 시원하게 스쳐 가는 바람. 그 바람과 함께 달 아나듯 달음박질치는 철부지 아이들의 재바른 신명과 환호 성.

"저건 얼마예요?"

포목점 주인아줌마는 눈코 뜰 새 없이 바쁜 얼굴로 낙화비 의 목소리를 미처 듣지 못했는지 괴까닭스럽게 흥정을 하는 다른 손님이랑 실랑이만 벌였다.

낙화비의 입꼬리가 작게 찌푸려졌다.

낙화비 옆에서 멀뚱하게 밖만 내다보며 서 있는 악귀의 신수(身手)는 하루 사이에 몰라볼 만큼이나 변해 있었다. 하얀 비단 무복에 여인네들이나 할 법한 흑비단 머리댕기로 깐총하게 치레한 뒷머리. 두 발에 신겨진 회색 단화(短靴)는 누가 봐도 오늘 새로 장만한 새 신발이란 것을 알 수 있었다.

낙화비가 악귀를 데리고 동문장터에 나오게 된 것은 어젯밤 늦게 오제후가들에게 돌려진 청간(請簡) 한 통 때문이었다.

북태성에 볼모처럼 매어 있는 오제후의 젊은 이세(二世)들이 북태성의 따가운 눈치를 보면서 친목을 위해 모임을 가진 것은 새삼스러운 일이 아니었다.

하지만 낙화비는 모임에 불참하기가 일쑤였다. 아니, 거의 참석을 하지 않았다고 봐야 옳은 말이다. 그러한 낙화비의 무신경에 섬서제후가의 장남 낙화평은 일일이 북태성 제후가들을 찾아다니며 양해를 구해야만 했다.

그런데 무슨 바람이 불었는지 낙화비는 악귀를 대동하고 모임에 참석하겠다고 나선 것이다. 나선 것까지야 총관 막진진도 손뼉을 치며 반길 일이었지만, 기어코 친위무인들을 내버려 두고 악귀만 대동하겠다는 낙화비의 고집에 막진진은 끝내 고개를 절레절레 흔들어야만 했다.

악귀 역시 그러려니 하면서 낙화비를 따라나선 것까진 좋았는데 동문장터에 들어서자마자 이 가게 저 가게 들락날락해 대는 낙화비의 성화에 몸살을 앓아야만 했다. 새 비단옷에 새 신발에다가 낡은 검대엔 걸맞지 않는 연녹색 노리개까지. 결정적으로 악귀의 얼굴을 구기게 만든 것은 뒷머리에 묶어놓은 검은 비단 댕기였다. 한사코 이것만은 낯부끄러워서 못하겠노라 뻗대는 악귀에게 낙화비는 독사처럼 눈을 흘기며 기어코 댕기를 악귀의 뒷머리에 묶어주었다.

악귀는 그렇게 호사스럽게 치장하는 것이 자신을 위해서가 아니라 낙화비 스스로를 위한 것임을 알았기 때문에 결국 못 이기는 척하며 낙화비가 하는 대로 내버려 두었다.

낙화비는 악귀의 백혈검을 찬 검대가 마음에 들지 않는다며 만물상, 포목상을 다 뒤지더니 결국 아무것도 제 눈에 차지 않는다며 번번이 그냥 나와 버렸다. 모임 약속 시간이 코앞에 와서야 한 포목상에 뛰어들어 간 낙화비는 마침 눈에 차는 검대 하나를 발견하곤 손으로 가리켜 보인 것이다. 그런데 포목점 주인아줌마는 속 바쁜 낙화비의 마음도 모르고 다른 손님이랑 실랑이만 벌여댔다.

다시 낙화비의 입에서 앙칼진 목소리가 터졌다.

"아줌마!"

그제야 화들짝 놀란 주인아줌마가 낙화비를 향해 고개를 돌리며 손가락으로 귀를 파댔다.

"아이고, 놀래라! 애 떨어지겠네! 아가씨, 왜요?"

"저거 얼마예요?"

낙화비가 검지로 가리켜 보인 것은 장식처럼 진열해 놓은 비단 무복에 매인 엷은 흑색의 가죽 요대였다. 분명 그것은 검대가 아닌 요대였다. 포목점 주인아줌마의 얼굴이 난처하다는 듯이 일그러졌다.

"저건 곤란한데요. 다른 것도 많아요. 비슷한 것도 있고요. 한번 보여 드릴까요?"

주인아줌마가 장사치답게 웃음을 머금고 구슬리는 말에도 낙화비의 목소리는 고집스럽고 단호했다.

"아뇨. 저거 살래요."

순간, 포목상 주인아줌마는 두 눈을 빛냈다. 손님이 어떤 한 가지 물건에 강한 집착을 보인다는 것은 그 손님이 봉이 될 가능성이 농후하다는 경험에서였다.

주인아줌마는 그간 실랑이를 벌이며 흥정을 하던 까다로운 손님은 이제 안중에도 없다는 듯이 외면하곤 낙화비를 향해 몸을 돌려세우며 아는 체부터 해 보였다.

"어머, 그러고 보니 쾌검가의 별채아기씨 아니세요?"

그리곤 늘 하던 대로 우는소리를 목소리에 담아냈다.

"그런데 이걸 어쩌죠? 저건 구하기도 힘들고 파는 물건도 아니라서……. 하지만 정 별채아기씨가 원하신다면야 마땅히 내드려야 할 텐데… 그냥 드릴 순 없고 꽤 비싼데……."

"얼마예요?"

"저놈이 저래 봬도 보통 물건이 아닙죠. 그러니까… 저 물건으로 말씀 올릴 것 같으면……."

낙화비는 너스레를 떨려는 주인아줌마의 입을 막아버렸다.

"은자 한 냥이면 돼요?"

낙화비의 말에 주인아줌마의 눈알이 재바르게 굴러다녔다. 당연히 은자 한 냥이면 되지! 안 될 게 있나? 하지만 주인아줌마의 속내완 달리 입에선 겸연쩍은 소리가 새어 나왔다.

"저 물건은 우리가 사올 때 은자 한 냥 줬는데… 어쩌죠?"

슬며시 몸을 꼬아대는 주인아줌마를 향해 낙화비가 전낭을 풀어 은자 두 개를 꺼내 툭 던졌다.

"됐죠?"

주인아줌마의 손은 쾌검가의 사람들을 무색하게 만들 만큼 재빨랐다. 순식간에 아주머니의 손아귀로 사라지는 은자 두 냥.

낙화비는 요대와 함께 진열된 검은 비단 무복까지 그냥 가져가라는 주인아줌마의 인심 아닌 인심도 마다하고 요대만 챙겨 악귀의 허리에 매어주었다. 그리곤 풀어놓은 낡은 검대에서 요대걸이며 요대혈(腰帶穴), 비녀장고리까지 떼어내어 악귀가 새로 찬 요대에 끼워 맞췄다. 그리곤 악귀의 백혈검 요대올(腰帶兀)에 요대를 단단히 고정시켜 놓은 후에야 두 손을 툴툴 털며 상기된 얼굴을 들어 올렸다.

"됐다!"

낙화비의 얼굴에는 만개한 미소가 가득 피어 있었다.

악귀는 그 모습을 작은 한숨과 함께 쓴 미소로 바라보았다.

"후—! 이제 다 된 거야?"

낙화비는 악귀의 나지막한 물음에 고개를 까닥여 보였다.

"응."

"왜 하필 이런 곳이야?"

낙화비의 멈춘 걸음에 맞춰 악귀가 멈춰 선 곳은 북향기루(北香妓樓)라는 큼지막한 현판이 걸린 기루 앞이었다.

"내가 또 안 나올 줄 알고 지네들끼리 기루에다가 자리를 잡은 거지 뭐. 사내놈들이란 게 다 그렇잖아?"

입을 삐죽이며 투덜대던 낙화비가 스스럼없이 기루 안으로 들어갔다. 기루 안은 벌건 대낮임에도 악공들의 풍악 소리가 제법 시끄럽게 들려왔고, 일층의 휑한 분위기완 달리 이층에선 기녀들의 간드러진 웃음소리가 연이어 흘러나왔다.

낙화비를 따라 이층으로 이어진 계단을 밟고 올라가자 악귀의 콧속으로 술내와 함께 범벅이 된 진한 연지분(臙脂粉) 냄새가 느끼하게 스며들었다. 이층으로 들어서자 한 장 정도 되는 넓은 복도 양편으로 내실들이 늘어서 있었다. 낙화비와 악귀가 이층 복도로 들어서자 가장 후미진 곳에 서 있던 두 명의 무인이 화들짝 놀라며 급히 몸을 돌려 무어라 안으로 아뢰는 듯 보였다.

곧이어, 기녀들의 자지러지는 웃음소리와 풍악 소리가 멎었다. 낙화비와 악귀가 복도를 중간쯤 걸어 들어갔을 때 제일 먼저 밖으로 뛰어나온 사람은 이십대 중반쯤으로 보이는 사내였다. 제법 큰 덩치였다. 그 사내는 풀어 젖혀놓았던 가슴 앞섶도 미처 제대로 여미지 못한 채 황급히 뛰어나왔다.

"나, 낙 소저, 오실 거였으면 미리……."

낙화비가 당황해하며 다가오는 사내에게 이죽거렸다.

"오지 않을 줄 안 사람에게 청간은 왜 보내셨나요?"

"아, 아, 그거야! 이거 참……."

난처한 듯 뒷머리를 긁적이던 사내는 사내답게 굵직굵직한 외모를 가지고 있었다. 과하게 짙은 두 눈썹이 인상적이었다.

사내가 악귀의 존재를 확인하며 눈인사를 먼저 보냈다. 마주 눈인사를 건네는 악귀의 귀에 낙화비의 또박또박한 음성이 들렸다.

"즐기시는 데 방해가 되었나요? 그냥 돌아갈까요?"

낙화비의 빈정거리는 말투에 사내는 적잖게 당혹스러워하며 손사래를 쳤다.

"아니요. 아닙니다. 즐기다니요? 그냥 같이 어울려 주려다가 그만……."

낙화비가 무어라 변명하려 드는 사내의 입을 매정하게 가로막았다.

"됐어요. 서로 인사들이나 하세요. 이쪽은 내 친구 악귀예요."

낙화비의 말에 사내는 뜻밖이라는 듯이 눈빛이 작게 흔들렸다.

"아! 치, 친구 분이셨군요. 난 또 낙 소저의 새로운 호위무사라도 되는 줄 알고 자칫 실수를 범할 뻔했습니다. 이 몸, 산동제후가(山東諸侯家)의 차남 상관첨오라고 합니다."

악귀가 상관호첨을 향해 마주 포권으로 예(禮)를 보였다.

그렇게 어색한 얼굴로 악귀가 막 고개를 들어 올릴 때, 안쪽 깊숙한 곳에서 들려온 취기 어린 목소리가 복도에 울렸다.

"천하태산보다도 더 콧대가 높다는 섬서제후가의 낙 소저께서 비렁뱅이 잡놈을 친구로 삼는 경우는 또 무슨 개 같은 경우인가?"

순간, 서슬 퍼렇게 날이 선 악귀의 두 눈이 깊숙한 내실 쪽으로 날아가 꽂히고, 상관호첨은 잠시 황망한 표정으로 악귀와 낙화비의 안색을 번갈아 살폈다. 무어라 사나운 소리라도 터져 나올 것으로 예상했던 낙화비가 의외로 입가에 담담해 보이는 미소를 물며 목소리를 낮췄다.

"낮술에 취하면 제 어미아비도 못 알아본다더니 하남제후
가에 인물 하나 났군. 상관 소협, 약속 시간도 그다지 많이 늦
지 않았는데 무슨 술을 어떻게 마셨기에 벌써 저 모양이에요?
저 인간이 하남제후가의 하가탄이란 인간 맞죠?'

낙화비의 신소리에 상관첨오가 뒤를 힐끔 살피며 작게 속
삭였다.

"낙 소저, 저도 좀 전에 왔습니다. 와서 보니 한 시진 전에
미리 모여 술을 마신 모양새였습니다. 감숙(甘肅)과 산서(山
西)제후가의 두 친구도 지금 좀 과한 상태입니다. 뭐, 작정을
하고 일찍 와서 마신 건 아닌 것으로 보이는데, 하여튼 우연
찮게 모여 마시게 되었나 봅니다. 그러니 오늘은 들어가시지
마시고……."

달래어 돌려보내려는 상관첨오의 말에 낙화비는 새치름하
게 눈을 치켜떴다.

"왜요? 오랜만에 와서 얼굴도 못 보고 간대서야 말이 되겠
어요? 악귀야, 들어가자."

그렇게 야무지게 말을 뱉어놓고 앞장서 걸어갔다.

낙화비가 상관첨오의 만류를 뿌리치고 이층 복도 제일 깊
숙한 곳에 자리한 내실로 향하자 눈치 빠른 기녀 넷이 옷매무
세를 고치며 급히 뛰어나와 버렸다. 그 뒤를 이어 몇몇 악공
들이 이런저런 악기들을 품에 안고 내실 문을 나섰다.

적잖은 시간을 주색으로 진탕하게 놀아먹은 흔적이 내실 안 곳곳에 보였다. 낙화비가 내실의 문턱에 서자 반쯤 풀린 게슴츠레한 눈으로 낙화비를 노려보는 사내의 목소리는 좀 전에 언짢은 소리를 복도로 흘려낸 자의 것이었다.

하남제후가의 하가탄.

"어이구! 이게 얼마 만이야? 한 일 년은 된 것 같은데?"

취기 서린 인사치레에 낙화비는 냉담한 표정으로 쏘아붙였다.

"하 소협, 볼썽사나운 옷매무새나 좀 추스르세요."

"시—벌! 지가 뭔데 이래라저래라야? 남이야 웃통을 까고 있든 아랫도리를 까고 있든 뭔 상관이래? 이봐, 낙 소저, 잡소리는 집어치우고 이리 와 앉아. 술이나 같이 한잔하자고!"

하가탄은 작게 구시렁거리던 목소리를 기어코 큰 소리로 바꿔내며 주사를 떨어댔다.

"이러려고 모인 자리인가요?"

톡 쏘아붙이는 낙화비의 말에 하가탄은 술잔을 입에 들이부으며 이죽거렸다.

"뭐, 임도 보고 뽕도 따고."

오가는 말투들이 자꾸만 삐딱하게 기울자 하가탄 옆에 앉아 있던 왜소한 체구의 사내가 하가탄의 옆구리를 손으로 찌르며 눈짓을 주었다.

"이, 이봐, 좋은 술 마시고 왜 이래? 오랜만에 얼굴 내민 낙

소저가 민망해하지 않는가?"

"내가 뭘!"

옆에 앉은 왜소한 체구의 사내에게 버럭 짜증을 부린 하가
탄의 얼굴이 삐딱하게 기울며 낙화비 옆에 서 있는 악귀에게
로 향했다.

"너, 뭐야, 새끼야! 건방지게 여기가 어디라고 삐죽 얼굴을
들이밀어? 안 꺼져?"

"내 친구예요."

"시벌! 네 친구면 여기 와도 돼? 저 주워온 거지새끼가 언
제부터 북무림 오제후의 청파(靑派)였어? 여긴 북무림 청파들
만 모인 자리야! 안 그래?"

하가탄의 입에서 나온 청파라 함은 북무림 오제후가의
젊은 이세들이 만든 암중 모임의 이름이었다. 낙화비가 눈
을 새치름하게 내리깔며 한결 가라앉은 목소리를 내놓았
다.

"내 친구이자 나의 호위무사 자격으로 온 거예요. 그러
니……."

낙화비가 잠시 난처해하는 순간 하가탄은 무슨 약점이라
도 잡았다는 듯이 낙화비의 말을 끊으며 기세등등한 노성을
악귀를 향해 던졌다.

"그럼 넌 나가! 호위무사 주제에 허락도 없이 어딜 얼굴을
들이밀어? 안 나가, 새끼야!"

하가탄의 이 가는 외침에 악귀가 힐끗 낙화비의 눈치를 살폈고, 하가탄 앞에 마주 앉아 여태 등만 보이던 사내 하나가 낙화비와 악귀를 향해 고개를 돌렸다. 왜소한 체구의 사내와 취기에 삐딱해진 하가탄과는 달리 사내의 얼굴엔 취기가 없었다. 단정한 외모에 차가운 인상.

그 차가운 느낌만큼이나 사내의 입에선 차가운 목소리가 새어 나왔다. 감숙제후가의 전준익이란 사내였다.

"나가 있어."

전준익의 살얼음 진 목소리에도 악귀는 몸을 물리지 않고 여전히 낙화비의 얼굴에 시선을 박아두었다.

낙화비가 작게 고개를 끄덕여 보였다.

"그래, 잠시 나가 있어라."

악귀는 그제야 몸을 돌려세우며 낙화비에게 작게 속삭였다.

"내가 있어. 그러니 겁먹지 마."

낙화비는 악귀의 말에 눈가에 설핏 물기가 맺히는 걸 느꼈다. 낙화비는 그 물기를 감추려 높다란 기방의 천장을 살펴야만 했다.

낙화비가 처음부터 북태성 오제후가의 이세(二世)들 모임인 청파에 뜸했던 건 아니다. 첫 모임부터 낙화비는 그들과의 사이에서 벽을 느껴야 했다. 그 당시만 해도 청파에서 유일한 여자의 몸이라 부대꼈다는 점. 그들과 어깨를 나란히 하기 위해 갖추어야 할 무공의 수위가 낙화비에겐 많이 모자랐다는 점. 무공엔 별 관심이 없던 낙화비를 청파의 무리들은 은근히 홀대했었다. 그 홀대만으로 끝나지 않고 청파의 무리들은 낙화비를 무슨 눈요기 꽃으로 여겨댔다. 낙화비는 자존심이 구겨져 은근슬쩍 내비치는 사내들의 추파를 피해 청파에서 발을 끊어버렸다. 그 후, 가뜩이나 외로운 볼모 생활에서 오랫동안 친구마저 가지지 못한 낙화비의 아픈 속내가 어쩌면 악귀를 만들어냈는지도 모른다. 그 악귀가 이제 자신 앞에서 크나큰 보호막으로 여겨졌기 때문이다. 낙화비는 삐딱하게 고개가 기운 하가탄의 면전 앞에 한쪽 무릎을 세우고 그 위에 양손을 살포시 얹어놓으며 앉았다.

"한번 놀아볼까요?"

상관첨오가 막 내실을 빠져나오는 악귀를 향해 어색한 웃음을 건네며 악귀의 어깨를 가볍게 스치곤 내실 안으로 들어가 문을 닫았다.

악귀는 복도 밖으로 몇 걸음 걸어나와 한쪽 벽에 등을 기대고 섰다. 힐끔 눈길을 돌리는 악귀의 시선 속으로 호위무사로 보이는 두 명의 무인이 악귀를 향해 엷은 조소를 물어 보였다.

가뜩이나 언짢아 있는 악귀의 속내인지라 무어라 욕지거리가 튀어나올 것 같아 악귀는 잘근 어금니를 깨물어야만 했다. 하지만 두 무인은 그러잖아도 울고 싶은 놈의 따귀를 기어코 때리고야 말았다.

"어이, 비렁뱅이가 출세 참 많이 했다!"

비아냥거리는 소리에 악귀의 입에서 작고 차가운 음색이 새어 나왔다.

"인사냐?"

악귀의 물음에 두 호위무사는 재미있다는 듯이 서로의 얼굴을 힐끔 확인하곤 악귀를 향해 시선을 돌렸다. 그중 한 무인이 입가에 엷은 조소를 여전히 베어 문 채 이죽거렸다.

"그렇다고 할 수도 있고, 뭐 아닐 수도 있고……. 근데 뭘 빌어먹고 살았기에 하루아침에 그렇게 출세했냐?"

장난스럽게 이죽거리는 무인의 끈적끈적한 눈길은 악귀의 얼굴에서부터 천천히 내려와 악귀의 아랫도리에서 딱 멈춰져 있었다. 옆에 선 무인이 참을 수 없다는 듯이 말아 쥔 주먹으로 입을 가리며 키득거렸다.

놈의 저의는 몹시 더러웠다.

악귀는 입가에 묘한 웃음을 물며 벽에 기대놓았던 등을 툭 튕겨냈다.

"그게 궁금했구나? 어떻게 빌어먹었는지 한 수 가르쳐 줘?"

두 호위무사가 비릿한 웃음을 물며 악귀를 향해 고개를 주억거려 보였다.

"가르쳐 주면 우리야 좋지."

두 호위무사는 악귀의 입에서 음담패설이라도 나오길 기대하는 눈치였다. 악귀가 한 발 다가가며 음침한 목소리로 작게 속삭였다.

"우선 휘파람을 불어야 해."

"뭐? 휘파람?"

의아해하는 두 호위무사의 표정 앞에 악귀는 입을 쫑긋이 모아 을씨년스런 휘파람을 불었다.

습한 노랫가락에 두 호위무사가 고개를 갸웃거리는 순간, 악귀는 전광석화처럼 이죽거리던 호위무사의 가슴팍에 발을 내질렀다. 가까운 거리. 찰나의 순간이었다.

팍—!

동시에 악귀의 오른손엔 쾌검가의 악귀답게 백혈검이 발검되어 옆에 서 있던 호위무사의 목에 칼날을 들이밀었다.

꽈당—!

"헉—!"

내실의 문짝이 부서지며 내실 안으로 한 호위무사가 널브러지는 것과 동시에 다른 한 호위무사의 입에선 당혹한 비명이 짧게 터져 나왔다.

내실에 앉아 있던 다섯 청파들이 놀라 일제히 일어섰다.

"무슨 일이냐!"

널브러졌다가 급히 상체를 일으켜 세우는 호위무사를 노

려보며 노성을 지른 사내는 왜소한 체구를 가진 산서제후가의 셋째 서상표였다. 그의 흔들리는 눈빛으로 봐선 서상표의 호위무사가 악귀의 발길질에 널브러진 것으로 보였다.

악귀가 작게 으르렁거렸다.

"아기씨, 이자들이 더러운 아가리로 아기씨를 욕보였습니다. 놈의 목을 벨까요?"

그 순간, 얼굴에 당혹감을 보인 사람은 상관첨오였다. 악귀의 폭 좁은 백혈검의 검신에 목을 내어주고 사색이 된 호위무사 쪽으로 고개를 획 돌린 상관첨오는 낯빛이 백지장처럼 변한 호위무사에게 소리를 버럭 질렀다.

"뭐야? 네 이놈, 충포야! 낙 소저를 입에 담아 욕을 보였다니? 그게 무슨 소리냐?"

충포란 이름으로 불린 호위무사는 턱 아래에 악귀의 백혈검을 끼곤 입을 열지 못했다.

잠시 싸늘한 침묵이 내실 안에 감돌았다.

낙화비가 악귀 곁으로 바짝 다가와 섰다. 그리곤 먼지도 앉지 않은 악귀의 어깨를 손으로 괜히 토닥토닥 털어대며 정감 서린 목소리를 내놓았다.

"얘, 초면에 피를 봐서야 되겠니? 오늘은 이 정도에서 끝내자."

낙화비는 그렇게 또박또박한 소리를 내뱉곤 내실 문을 나섰다. 내실 문을 나서던 낙화비가 잠시 고개를 내실 안으로 돌려 보이며 네 명의 청파인을 향해 묘한 웃음을 입가에 지었다.

"늦게 와서 별로 즐기지도 못했네요. 다음 모임 땐 늦지 않게 오겠어요. 악귀야, 그만 가자. 호호호—!"

낙화비는 복도를 걸어나가며 짐짓 요망한 웃음을 날렸다.

악귀가 충포란 호위무사의 목에서 폭 좁은 백혈검의 검신을 떼어내며 작게 속삭였다.

"또 보자."

그리곤 재빨리 검신을 물리며 뒷걸음질로 물러났다.

악귀의 입에서 장난스럽게 휘파람이 길게 휘익—! 불려졌다.

낙화비와 악귀가 복도 중간쯤 걸어갈 때, 이층으로 올라오는 계단을 밟으며 급하게 달려오는 발자국 소리가 들렸다.

곧이어, 두 사내가 다급한 걸음으로 복도로 들어섰다.

눈 밑 아래에 길게 칼자국이 나 있는 것 외엔 지극히 평범해 보이는 사내 하나와 족히 육 척이 훨씬 넘어 보이는 요란스러울 만치 큰 키를 가진 사내 하나.

두 사내는 낙화비를 알아보고 멈칫 걸음을 멈추더니 작게 허리를 접어 보이며 인사치레를 했다. 악귀와 낙화비가 두 사내를 스치고 지나갈 때, 거구의 사내가 내실 안에서 벌어진 난장판을 확인하곤 와락 얼굴을 구기며 뒤돌아섰다.

"잠깐—!"

거구사내의 외침에 낙화비와 악귀의 걸음이 멈춰졌다. 그때, 내실 안에서 취기 어린 하가탄의 목소리가 들려왔다.

"태웅아, 별일 아니니 그냥 보내 드려라. 날이 오늘만 있는 게 아니다."

낙화비는 이리저리 쏘다니며 콧노래를 불렀다.

날씨만큼이나 낙화비의 얼굴은 화창하게 피어 있었다. 딱히 목적지도 정하지 않고 쏘다니는 여인의 뒤를 무작정 따라다닌다는 것은 사내로서 여간 고욕이 아니다.

다소 한산한 거리에 들어섰을 때야 참다못한 악귀가 낙화비의 콧노래를 끊었다.

"어디 갈 건데? 갈 데 없으면 그만 들어가자."

악귀의 말에 낙화비는 그게 무슨 소리냐며 화사하게 핀 얼굴을 접어놓고 뚱한 소리를 했다.

"왜? 들어가면 뭐 해? 좀 더 돌아다니자. 응?"

"뭐 하러?"

"뭐 하긴, 오랜만에 사람 구경 좀 하는 거지."

사람 구경이라······. 세상 어느 좋은 풍경보다 사람 사는 모습을 구경하는 것만큼 좋은 일은 없다. 하지만 악귀는 시간이 아까웠다. 악귀의 마음은 벌써 연무밀실의 어둠 속에 들어앉아 있었다.

"다 좋은데, 난 들어가서 연무해야 할 게 많아."

"연무? 얘, 오늘 하루만, 정말 오늘 하루만 나랑 쉬자. 응?"

악귀는 애기같이 얼굴을 내밀며 조르는 낙화비의 표정에 그만 피식 웃고 말았다. 협박공갈보다도 더 무서운 칭얼거림이었다. 악귀는 슬며시 눈을 돌려놓으며 혼잣말처럼 중얼거렸다.

"아직 밥도 못 먹었는데……."

악귀의 말에 낙화비는 화들짝 놀라며 수선을 떨었다.

"어머, 어머, 내 정신머리 좀 봐! 점심때를 놓쳤네. 우리 아귀가 얼마나 배가 고팠으면……. 우선 뭐 좀 먹어야겠네. 그치?"

히죽.

악귀가 아니라 아귀란다.

아귀든 악귀든 간에 상관없다. 화사한 날씨에 낙화비의 얼굴을 보며 그녀의 체향을 바람과 함께 느끼는 것이 좋긴 했다. 하지만 좋은 것보다 더 급한 게 있다. 그래서 악귀는 몸을 돌려세웠다. 돌려서는 악귀의 모습에 낙화비가 의아해했다.

"얘, 어디 가?"

낙화비의 부르는 소리에 악귀가 얼굴을 구기며 고개를 돌렸다.

"들어가야지?"

"별채로 돌아가서 밥 먹게?"

"그, 그럼?"

"어머, 얘가 미쳤어! 여기까지 나와서 매일 먹던 밥을 왜 먹어?"

그렇게 눈을 흘기며 다가와선 다짜고짜 악귀의 팔을 잡아 끌었다.

"어휴! 맹꽁이 같은 소리 작작 하고 어서 가자. 내가 고압요리(烤鴨料理) 잘하는 곳을 알고 있어. 얼른 가."

"으, 음."

여자란 아주 사소한 일에도 은연중에 허영심을 내비친다.

편한 중간 자리 마다하고 사람들의 눈길이 가장 많이 쏠릴 만한 창가 자리를 굳이 찾아 앉아 다 먹지도 못할 만큼의 요리를 큰 소리로 시켜댔다. 그리곤 낙화비는 입가에 고운 미소를 지으며 어깨를 작게 으쓱해 보였다.

"됐지?"

두 사람이 들어온 곳은 동문장터 중에서도 번잡하기로 소문이 난 동문 사거리에 있는 북경주루(北京酒樓)였다. 북태성 내에 자리한 주루 중에 가장 큰 북경주루는 때를 넘긴 식객들이 적잖게 자리를 차지하고 앉아 있었다.

한낮인 까닭에 시끄러운 취객 하나 없어 주루 안은 도란도란 이야기를 나누는 사소한 잡음 외엔 없었다.

달뜬 얼굴로 창밖 아래를 내려다보는 낙화비에게 악귀가

심심했던지 흘러가는 말처럼 물었다.

"아까 보니 맺힌 게 많은 모양이더라."

"뭐가?"

낙화비가 건성으로 되묻는 말에 악귀는 창밖으로 시선을 돌려놓았다. 한길을 가득 메운 사람들의 발걸음.

"응. 아까 북향기루에서 청파들에게……."

그제야 낙화비가 씁쓰레한 표정으로 얼굴을 돌려세웠다. 그리곤 식탁 위에 한 팔을 올려놓곤 손으로 턱을 괴었다.

"고마워."

"응? 갑자기 무슨 소리야?"

"그냥."

혼자 괜스레 좋아라 하며 웃는 낙화비의 표정을 힐끔 살피던 악귀가 조심스럽게 입을 열었다.

"걔네들이 많이 힘들게 했었어?"

악귀의 나직한 물음에 그제야 낙화비는 과거에 자신이 힘들어했던 일들을 조잘조잘 잘도 꺼내놓았다.

처음 북태성에 들어와 밖에 나가는 게 겁이 나서 방에만 꼭꼭 처박혀 있던 일, 청파들에게 초대됐던 첫날, 섭섭하고 괘씸한 생각에 비를 흠뻑 맞으며 별채까지 돌아와선 이불을 폭 뒤집어쓰고 울었던 일, 이젠 얼굴도 가물가물한 어머님이 그리워 엉엉 소리 내어 울었던 일, 이를 악물고 연무해서 당당해지련다는 다짐이 무색하게 며칠 가지도 못하고 목검을

집어 던지고 주저앉아 버렸던 일 등, 떠밀려 마지못해 청파
모임에 참석해선 기녀 대하듯 치근덕거리는 사내들의 등쌀
에 손톱만 깨물다가 얼굴 한 번 제대로 들어 올려보지 못하
고 되돌아왔던 일, 청파들이 짓궂은 농담처럼 흘려보낸 말들
이 저잣거리에서 추한 염문으로 떠돌아 한동안 곤욕을 치렀
던 일.

"어휴―! 그랬지 뭐. 남 탓할 거 있나? 다 내가 못나 생긴
일이지."

낙화비가 작은 한숨을 토해내자 그 향내 나는 숨결이 악귀
의 얼굴에 바람처럼 와 닿았다. 악귀는 다시 창밖으로 막연한
시선을 던져 놓았다.

"기억해?"

낙화비는 뜬금없는 악귀의 물음에 작게 숙였던 고개를 들
어 올렸다.

"뭐?"

"꼭 기억하고 있어라." *

악귀가 무슨 말을 하는지 몰라 낙화비는 미간을 살포시 찌
푸렸다.

"뭐― 어?"

"내가 있잖아. 이젠 겁먹지 말라고."

악귀의 말에 지난일로 우울하던 낙화비의 얼굴이 다시 화
사하게 개였다. 낙화비는 식탁 아래에 내려놓았던 한 손을

마저 식탁 위로 올려놓곤 철부지 소녀마냥 양손으로 턱을 괬다.

"나 그때, 눈물 날 뻔했다."

낙화비의 소녀 같은 말투에 창밖으로 시선을 둔 악귀의 얼굴에 피식 웃음이 지나갔다.

"왜?"

"참 잘 키워놓았다 싶어서."

"내가 네 강아지야?"

"피—이! 강아지 좀 해주면 안 돼? 그만큼 내가 정성 들여 챙겨줬으면 강아지 해줄 만도 하네 뭐."

꽃같이 핀 낙화비의 표정과는 달리 악귀의 얼굴엔 스산한 바람이 지나갔다.

"정을 너무 주면 그만큼 힘들어져. 마음 준 만큼 가슴이 아픈 법이야."

뜬금없는 악귀의 말에 낙화비는 턱을 괴었던 양손을 화들짝 내리며 정색을 해 보였다.

"어머머! 내가 언제 마음까지 줬대? 별꼴이야!"

낙화비가 과하게 정색을 해 보인 것과는 달리 악귀의 표정은 무심했다. 괜히 제풀에 얼굴이 붉어진 낙화비는 쑥스러워진 제 얼굴을 식탁 위에 깔아버렸다.

"뭐, 마음이 좀 아프면 어때? 아플 마음도 없는 것보다야 좋지. 안 그래? 안 그러냐고? 응? 왜 말이 없어?"

대답 없는 악귀를 향해 낙화비는 뾰로통하니 입을 내밀었다. 그러던 낙화비가 무엇을 봤는지 당혹한 속삭임을 터뜨렸다.

"어머! 저 사람들이 여긴 웬일이지?"

낙화비의 놀란 속삭임에 악귀가 낙화비의 시선이 향한 곳으로 고개를 돌렸다.

"누구?"

"얘, 눈 마주치지 마!"

악귀는 걱정스런 낙화비의 말에도 아랑곳하지 않고 막 주루 안으로 들어서는 두 사내를 유심히 살폈다.

범상치 않아 보이는 두 사내는 똑같은 흑의 무복을 차려입고 똑같이 눈 밑 아래를 검은 복면수건으로 가린 채 주루 안으로 들어섰다.

"뭐 하는 사람들이야?"

"얘, 눈 마주치지 말고 어서 얼굴 돌리라니까."

그제야 악귀가 마지못한 듯 낙화비 쪽으로 시선을 돌려놓았다. 의아해하는 악귀의 얼굴을 향해 낙화비가 작게 숙인 제 얼굴을 가까이하며 속삭였다.

"내성에서 나온 무인들이야."

"근데?"

악귀의 뚱한 물음에 낙화비는 여전히 얼굴을 낮춘 채 빠르게 말을 이어나갔다.

"내성의 무인들이 외성에 나오는 일은 흔치 않아. 설사 나왔다 해도 복면수건으로 얼굴을 가렸다는 말은 악명 높은 비검대 소속의 무인들이거나 아니면……."

"아니면?"

"태자궁 쪽의 사람들일 거야."

낙화비의 조심스런 설명에 악귀는 피식거렸다.

"근데 왜 낯짝은 가리고 다녀?"

대수롭지 않게 받아들이는 악귀의 말에 낙화비는 딱하다는 듯이 이맛살을 구기며 검지를 세워 잠깐 입술을 가려 보였다. 그리곤 다시 작게 속삭였다.

"비검대는 궂은일만 하는 자들이야. 만약 저자들이 비검대 소속의 무인들이라면 이곳에서 좋지 않은 일이 터질 것이고, 저자들이 만약 태자궁의 호위무사들이라면 내성에서 무언가 심각한 문제가 발생했기 때문에 내사하러 나왔을 거야. 어느 쪽이건 간에 몹시 껄끄러운 일이 생길 가능성이 있다는 거야."

낙화비의 말에 작게 고개를 끄덕이던 악귀가 얼굴을 살짝 돌려 눈을 흘기듯 주루 입구 쪽으로 눈알을 돌려놓았다.

복면수건의 두 무인 앞에 북경주루의 주인장으로 보이는 중년인이 불려 나와 무어라 몇 마디 주고받고 있는 중이었다. 돼지처럼 뚱뚱한 주인장이 두 무인에게 무슨 말을 잘못했는지 죽검을 오른쪽 허리에 찬 무인의 발길질에 정강이가 툭 차이며 앞으로 푹 꼬꾸라져 버렸다.

"컥—!"

짧은 비명을 토한 주인장이 뚱뚱한 몸집에 걸맞지 않게 재바르게 발딱 일어나 몸을 부르르 떨며 어쩔 줄 몰라 했다.

주루 안 전체가 순식간에 싸늘하게 얼어버렸다.

사색이 된 주인장과 몇 마디 더 주고받던 죽검무인의 발이 또다시 주인장의 정강이를 들고 찼다. 다시 짧은 비명을 토해내며 푹 꼬꾸라진 주인장은 다시 일어설 엄두도 나지 않는지 꼬꾸라진 몸으로 흑의무인들을 향해 무어라 읍간을 해댔다. 두 무인은 잠시 주인장을 내려다보더니 이젠 관심이 없다는 듯 주인장을 내버려 두고 주루 안을 어슬렁거리며 살피기 시작했다.

누구 하나 수저를 움직이는 사람이 없었고, 누구 하나 고개를 들어 감히 그들과 눈을 맞추려는 사람도 없었다.

낙화비마저 작게 고개를 숙인 채 저만치 어슬렁거리는 두 무인을 힐끔힐끔 살피고 있었다. 악귀는 그들의 신분이 무엇이기에 제후가의 여식인 낙화비마저 저러는지 의아스러웠다. 그 의아스러운 악귀의 속내를 낙화비가 들여다보고 있었다는 듯이 작게 속삭였다.

"얘, 아무래도 태자궁 사람들 같다."

"어째서?"

"비검대 사람들이라면 절대 저런 식으로 일 처리를 하지 않아. 비검대는 확실한 증거를 가지고 나타나선 다짜고짜 일을 처리해 버리곤 말없이 사라지는 자들이야. 저들은 무언가를 내사할 목적으로 나타난 자들 같아."

악귀는 낙화비의 말에 들은 것이 있어 아는 척을 했다.

"내사? 내사라면 암웅단 소속의 무인들이 하지 않나?"

"맞아. 원래 내사는 암웅단에서 맡아했지. 하지만 암웅단은 저렇게 대놓고 거칠게 대하진 않아. 그리고 태자궁에서 지금… 아, 아냐."

무언가 말을 꺼내놓으려던 낙화비가 말꼬리를 흐리더니 급히 닫아버렸다. 낙화비가 무언가 알고 있다는 생각에 악귀가 작게 속삭였다.

"이번 청파 모임과 연관이 있는 일이야?"

낙화비가 조심스럽게 고개를 까닥여 보이며 아주 작게 입술을 달싹였다.

"쉿―!"

얼어붙은 주루 안 공기는 작은 기침 소리 하나 없이 이어졌다. 귀에 들리는 소리라곤 두 흑의무인이 주루 마룻바닥을 터벅거리며 걷는 발자국 소리뿐이었다.

그렇게 얼마나 시간이 흘렀을까.

악귀는 발자국 소리가 자신 쪽으로 가까이 다가오는 것을 느끼며 살며시 눈을 치켜떴다. 주루 안을 한 바퀴 휘 둘러본 두 흑의무인이 낙화비의 등 뒤쪽에서 나타났다.

짧았지만 지루한 시간이었다.

두 무인의 발걸음이 낙화비와 악귀가 앉은 식탁 옆에서 딱 멈춰졌다. 악귀는 작게 들썩이는 낙화비의 가슴을 보았다.

잠시 머물던 흑의무인들의 발길이 다시 악귀의 옆을 스치며 지나갔다. 낙화비가 안도의 숨을 소리없이 내쉴 때,

"들개!"

갑작스럽게 들려오는 악귀의 목소리에 낙화비가 화들짝 놀라며 고개를 들어 올렸다.

딱 멈춰 서는 발자국 소리.

급히 고개를 숙이는 낙화비.

악귀의 입술을 비집고 작게 새어 나오는 날숨.

"후우―!"

멈추었던 발자국 소리가 다시 주루 문 쪽으로 이어졌다.

뚜벅뚜벅 몇 걸음 이어지던 발자국 소리가 다시 멈춰졌다.

동시에,

"야!"

악귀는 등 뒤에서 들려온 목소리에 고개를 돌렸다.

죽검을 오른쪽 허리에 찬 복면수건의 사내가 고개를 돌린

악귀를 향해 검지를 까닥여 보였다.

"그래, 너."

슬며시 고개를 든 낙화비의 흑진주처럼 맑은 두 눈동자가 바르르 떨렸다. 그 눈동자 앞에 악귀가 희미한 미소를 물어 보이곤 자리에서 일어섰다. 죽검의 무인 앞에 다가선 악귀.

죽검의 무인이 악귀를 향해 나직하게 속삭였다.

"방금 뭐라 그랬냐?"

악귀가 슬며시 얼굴을 들어 올렸다.

"들개."

"…들개?"

"예, 들개."

"어떤 사이냐?"

죽검무인의 물음에 악귀가 눈빛을 빛냈다.

"동생입니다. 들개 형을 아시죠?"

순간, 죽검무인의 몸이 주루 바닥에서 작게 떠올랐다. 그리고 악귀를 향해 내질러지는 발길질. 죽검무인의 발이 향한 곳은 악귀의 가슴팍이었다.

모든 것이 찰나였다.

설핏 어깨를 튼 악귀의 대응은 조금 늦었다. 악귀의 왼쪽 어깻죽지에 폭발음을 내며 격하게 박히는 죽검무인의 발.

팍―!

비틀거리며 뒤로 몇 발자국 물러난 악귀의 오른손이 백혈검의 검병에 얹혔다. 그때, 낙화비의 비명 같은 날카로운 외침이 터졌다.

"이것 보세요!"

복면 무인들의 눈이 낙화비의 얼굴에 날아가 꽂혔다. 짐짓 놀라워하는 죽검무인의 목소리.

"이런! 이게 누구신가? 쾌검가의 별채아기씨 아니십니까?"

"당신들, 어디 소속의 사람들이에요?"

당찬 낙화비의 말에 죽검무인은 엷게 웃음 섞인 목소리를 내놓았다.

"그런 것까진 아기씨께서 알 건 없고… 저놈이 아기씨의 식솔입니까?"

"그래요. 제 무인이에요. 정말 너무하시는군요!"

죽검무인이 고개를 주억거리며 무어라 이죽거리듯 말을 꺼내놓으려 할 때, 죽검무인 옆에 서 있던 몸집 좋은 무인이 죽검무인을 제지하며 앞으로 나섰다.

"별채아기씨, 여긴 웬일이십니까?"

"고압요리(烤鴨料理)가 먹고 싶어서요. 왜요? 안 되나요?"

"하하하―! 안 될 게 뭐가 있겠습니까? 이 집의 고압요리라면 드실 만할 겁니다. 요즘 저희가 신경이 많이 날카로워져 있는 때인지라 불미스러운 점이 있었습니다. 아기씨께서 좀 이해를 하십시오."

그렇게 짐짓 용서를 바란다는 인사치레를 해 보인 복면무

인이 검병에 손을 얹어놓고 눈알을 번뜩이는 악귀를 향해 시
선을 돌렸다.

"들개 동생이라고?"

"……."

"얼마 전, 네놈이 동문 밖에서 피운 소란은 들어 알고 있
다. 살아서 쾌검가의 사람이 되었다니 좀 뜻밖이군. 그래, 이
름은?"

"악귀."

"허ㅡ! 들개 동생다운 이름이군."

"형님은 어디에 있습니까?"

악귀의 이 악문 물음에 복면수건의 두 무인은 곤혹스런 눈
빛으로 잠시 입을 닫아버렸다. 그러더니 몸집이 좋아 보이는
무인이 악귀를 향해 담담한 목소리를 꺼내놓았다.

"들개는 몇 년 전에 죽었다. 찾지 마라."

그렇게 악귀를 향해 굴곡 없는 말을 툭 던지듯 내뱉은 흑의
무인은 죽검의 무인과 함께 악귀 앞에서 뒤돌아서 버렸다. 무
어라 욕지거리라도 하며 달려들 기세인 악귀의 허리를 낙화
비가 급히 한 손으로 껴안으며 다른 한 손으론 악귀의 입을
틀어막아 버렸다.

"안 돼."

*   *   *

북존궁의 성문 앞에 있는 작은 돌다리의 이름은 현월석교(弦月石橋)였다. 현월석교 아래엔 두어 장 너비의 성호(城壕:해자)가 탁한 물빛으로 흐르고 있었다.

현월석교 양쪽 돌난간을 하나씩 차지하고 그곳에 몸을 기대고 있던 야랑과 매검향은 어스레한 하늘에서 희미한 빛으로 반짝이는 저녁별을 바라보고 있었다. 눈 밑 아래를 복면수건으로 가린 매검향이 한껏 목을 뒤로 젖히며 투덜거렸다.

"야, 현무야! 이러다가 저녁별이 샛별이 되도록 이러고 있어야 하는 건 아니겠지?"

"피곤해?"

"젠장! 그럼 안 피곤하냐? 입성하자마자 이게 뭔 꼴이라니?"

피곤한 건 야랑도 마찬가지였다.

오전부터 이제나저제나하며 북존궁 성문 앞에서 태자 염재민이 나오기만을 기다렸다. 우백호 관후준과 좌청룡 모빈이 외성으로 내사를 나간 후, 남주작 매검향과 북현무 야랑은 혹시 있을 태자의 북존궁 퇴궐을 기다리며 북존궁의 성문 앞을 지키고 있어야 했다.

다른 때 같으면 북존궁의 친위대인 북풍무군(北風武軍)들에게 용망망까지 태자 호위를 맡기고 적당히 물러날 수도 있는 일인데 지금은 워낙 염재민의 심기가 좋지 않은 시기인지라 그러지도 못하고 피곤한 몸으로 버텨야만 했다.

갑자기 몸을 털썩 내려앉히는 인기척에 야랑과 매검향은 석교 난간에 기대었던 몸을 급히 바로 세우며 고개를 돌렸다.

성문을 지키던 십여 명의 북풍무군이 일제히 고개를 아래로 꺾은 채 부복하고 있었다. 그 사이를 축 처진 어깨로 털레털레 걸어나오고 있는 태자 염재민.

야랑과 매검향이 빠른 걸음으로 현월석교 끝머리로 다가가 시립했다. 염재민은 성문을 막 나선 후에 잠시 걸음을 멈추었다. 잠시 땅거미를 내려다보던 염재민의 얼굴이 일그러진 표정으로 하늘을 향해 들려졌다.

어스레한 하늘을 보며 길게 뿜어지는 염재민의 날숨.

"후― 우!"

태자 염재민이 현월석교 양쪽으로 시립해 있는 야랑과 매검향 사이를 말없이 지나쳤다. 급히 몸을 돌려 염재민의 뒤를 따르는 두 사람. 염재민이 현월석교의 불룩한 중앙에서 걸음을 멈춰 세웠다.

"피곤들 하지?"

염재민의 말에 매검향과 야랑이 동시에 답을 했다.

"아닙니다."

"피곤들 할 게야. 내가 이렇게 피곤한데 너희는 오죽하랴."

"……."

"백호와 청룡은?"

염재민의 물음에 매검향이 목소리를 낮추며 대답했다.

"외성에서 내사 중입니다."

매검향의 나직한 대답에 염재민은 작게 고개를 주억대더니 걸음을 다시 떼어놓았다.

"아무리 피곤해도 오늘 밤은 너희와 함께 술 한잔 나누고 싶구나. 주작아!"

염재민의 목소리는 음울했다. 그 어두운 목소리 앞으로 매검향이 빠르게 다가서며 답했다.

"예!"

"외성으로 가서 그만 불러들여라."

*　　　*　　　*

낙화비는 조족등(照足燈) 하나를 들고 악귀가 연무하는 섬서루 삼층 밀실 앞으로 다가섰다.

밀실의 문이 열리더니 북태성 쾌검가의 총관이자 고두장군 막진진이 밀실에서 막 나오는 참에 낙화비를 발견하곤 작게 고개를 숙여 보였다.

"아기씨, 왜 안 주무시고 예까지 오셨습니까?"

당연히 부끄러워해야 할 낙화비가 낯도 붉히지 않고 막진

진 앞으로 다가서자 조족등의 불빛이 막진진의 노안(老顏)까
지 노랗게 밝혀놓았다.

"고두 아저씨, 악귀는 지금 뭐 하고 있어요?"

낙화비의 걱정스런 물음에 막진진은 고개를 작게 가로저
어 보였다.

"에고! 상심이 큰지 미친놈처럼 진검을 휘둘러 대더니 좀
전에야 탈진하고 널브러졌습니다. 그러기에 왜 데리고 나가
선……. 쯧쯧!"

"제가 좀 들어가 볼게요."

낙화비가 막진진을 스쳐 열려진 밀실 쪽으로 다가가려 할
때 막진진이 작은 소리로 낙화비를 붙잡아 세웠다.

"잠시만요."

"왜요?"

낙화비가 다시 막진진을 향해 몸을 돌려세웠다. 막진진의
표정은 무척이나 침중해 보였다.

"청파 무리와 그런 식으로 관계를 유지하면 안 됩니다."

막진진의 나무람에 낙화비는 고개를 돌려 외면해 버렸
다.

"저의 일이에요."

"그렇지가 않아요. 큰공자님은 야망을 품고 계신 사내대장
부랍니다. 큰오라비이신 분에게 아기씨가 누를 끼쳐서야 되
겠습니까? 큰공자님은 섬서쾌검가의 미래입니다. 앞길을 막

아선 안 될 줄 압니다."

나직하게 나무라는 막진진에게 낙화비는 목소리를 뾰족하게 세우며 쏘아붙였다.

"제가 뭘 어쨌다고 그러세요?"

"북향기루에서 불미스런 일을 만드셨다면서요? 저쪽 사람을 다치게 했다면서요?"

"죽이지 않은 것만으로 다행인 줄 알라고 하세요."

낙화비의 짜증 섞인 외침에 막진진은 침음을 깔았다.

"으음, 아기씨가 그동안 겪었던 고충을 제가 모르는 바는 아니나……."

"아시면 더 이상 거론하지 마세요."

"앙갚음은 후일에 해도 충분합니다. 지금은 우리의 큰 꿈을 위해서……."

"저에게 야망은 없어요. 소박한 꿈만이 있어요."

냉담하게 말을 잘라 버린 낙화비에게 막진진은 눈살을 찌푸리며 나직하게 꾸짖었다.

"아기씨, 아기씨가 청파 무리와 대립하게 되면 제일 먼저 다칠 사람은 다름 아닌 바로 악귀입니다. 그걸 왜 모르십니까?"

"원래 이 바닥은 누굴 밟지 않고서는 위에 설 수 없는 세상이잖아요. 그들과의 부닥침이 결코 악귀에게 해악만 될 일은 아닐 거예요. 두고 보세요. 큰오라버니에게도 결과적으론 좋은 일이 될 거예요. 그러니 제가 하는 일에 대해서 이래라저 래라 하지 마세요. 저에게 이래라저래라 할 자격은 아무에게 도 없어요. 제가 힘들어할 때, 세상 밖으로 등만 떠밀 줄 알았 지 누구 하나 제 앞에서 바람막이가 돼준 사람이 있었나요? 제 손으로 바람막이를 구했고, 그 바람막이는 누구보다 제가 더 소중하게 여기고 있어요. 그리고 앞으로 제 앞가림은 제가 알아서 할 거예요. 그럼 되잖아요."

송곳 같은 낙화비의 말에 막진진은 한결 누그러뜨린 목소 리로 낙화비의 격앙된 가슴을 다독거렸다.

"아기씨, 아기씨가 거친 세상으로 나서는 걸 아무도 원치 않습니다. 아기씨의 고충 앞에 바람막이가 되어주지 못한 것 은 얽혀 있는 오제후들의 관계를 위해 저희 쪽에서 좀 신중하 게 대처했던 이유일 뿐입니다. 그동안 말없이 감내한 아기씨 의 공로는 섬서제후가의 사람들이라면 모두가 인정하는 부분 입니다. 그러니 지금껏 했던 대로 조금 더 참아주시기만 하면 됩니다. 북존궁에선 아기씨와 정략을 맺고 싶어하고, 청파의 무리 중에서도 적잖은 놈들이 아기씨에게 호감을 가지고 있 는 것으로 알고 있습니다. 잘만 이용하면……."

"싫어요."

"아기씨, 세상은 그렇게 단순한 게 아닙니다."

"싫다고 했잖아요. 힘의 논리가 지배하는 세상에서 이제 꽃으로 남진 않겠어요. 저도 힘을 가졌으니 그 힘을 사용할 거예요!"

"그러다가 다쳐요. 아기씨보다 악귀가 먼저 다쳐요."

막진진의 당혹스러워하는 얼굴 앞에서 낙화비는 몸을 휙 돌려세웠다.

"한 배를 탔으니 다칠 일이 있다면 같이 가라앉겠어요. 전 비겁하게 멀리서 지켜보지만은 않을 거예요."

낙화비의 가시 돋친 말에 막진진은 울컥 화가 치밀었다.

"아, 아기씨!"

그렇게 냉담한 말을 쏘아붙인 후 낙화비는 조족등을 앞세워 칠흑 같은 밀실 안으로 들어가 버렸다. 막진진은 우두커니 서선 고개를 절레절레 흔들며 길고 긴 한숨을 뿜아냈다.

"후— 우!"

'아기씨, 녀석과 한 배를 타면 안 돼요.'

막진진은 낙화비가 밀실 안으로 들어가 밀실의 두꺼운 문을 닫자 허한 눈빛으로 바라보고 있었다. 막진진의 마음 한편에선 '말려야 한다'라며 안타까이 소리치는 것과는 달리, 또 다른 어두운 마음 한쪽에서는 묘한 기대감이 스멀스멀 기어 올라 오는 것을 느꼈다. 이렇게 복잡하고 어려운 심경에서 쉽게 벗어나는 방법을 막진진은 잘 알고 있었다.

"하늘의 뜻에 맡기는 수밖에……."

닫아놓은 문짝에 등을 기대고 서니 두 다리에 힘이 쭉 빠져

나가는 걸 느꼈다. 쪽창 하나 없어 탁한 공기, 그 속에 진하게 묻어 있는 악귀의 땀 냄새와 몸부림쳤던 그의 흔적. 미세한 먼지가 땀내에 섞여 낙화비의 심란한 마음속으로 스며들었다.

"콜록―!"

가슴에 쌓였던 한 줌의 답답함이 사레들린 기침으로 짧게 토해져 나왔다. 눈물이 찔끔 맺혔다. 탁한 공기가 일으킨 사레들린 기침 때문이다.

발아래에서 길게 이어진 조족등의 불빛 끝자락에 한 사내가 웃통을 벗어젖힌 채 죽은 듯 누워 있었다. 낙화비는 찔끔 맺힌 눈가의 물기를 손으로 닦아 지웠다.

"왔어?"

악귀는 감은 눈을 뜨지도 않고 낙화비의 기척을 느끼며 무미건조한 인사를 건넸다. 낙화비는 누운 악귀의 머리맡에 말없이 쪼그리고 앉았다. 잠시 불빛에 비친 악귀의 얼굴을 찬찬히 살피던 낙화비가 조족등의 화촉을 불어 불을 꺼버렸다.

어두웠다. 어둠은 한순간에 두 사람을 지워 버렸다.

얼마쯤 그렇게 서로를 느끼면서도 서로를 보지 못한 채 있었을까? 낙화비는 어둠이 점점 눈에 익는 것이 싫어 두 눈까지 감아버렸다. 그리곤 터져 나오는 한숨을 숨기려 말문을 열었다.

"힘… 들지?"

낙화비의 목소리는 마치 먹이를 노리는 뱀의 숨결처럼 은
밀하고도 다습했다. 방년(芳年)의 나이쯤 되면 남자를 다스리
는 법쯤은 알고 지낸다. 날카로워진 사내는 부드럽게 감싸 안
아야 한다. 하지만 날카로운 사내는 감싸 안으려는 낙화비의
은밀한 속삭임을 무시한 채 말이 없다.

이쯤이면 화를 내어야 한다.

"힘드냐고?!"

그래, 처음부터 이런 사내는 이렇게 대해야 했다. 그림자
같은 악귀의 형상이 어렵게 대답을 꺼내놓았다.

"괜찮아."

대답을 듣고 나니 막상 할 말이 없어졌다. 낙화비는 또 그
렇게 무릎을 세우고 앉아 세운 무릎에 두 팔을 포개놓곤 그
위에 턱을 괬다. 짧은 시간이 지루했다. 지루한 시간이 작은
고통이 되어 작게 한숨으로 삐져 나왔다.

"에— 휴!"

"지금 얼마쯤 됐어?"

"뭐가?"

뚱하게 되묻던 낙화비는 악귀가 무엇을 궁금해하는지 뒤
늦게야 알았다. 그래서 다시 토라진 아이처럼 뚱한 소리를 내
놓았다.

"깜깜해."

"여긴 늘 깜깜해."

"밖도 지금은 깜깜해."

"……."

다시 입을 닫아버린 악귀의 어둠을 향해 낙화비는 새치름하게 눈을 흘겼다.

"힘들어?"

"왜 자꾸 힘드냐고 물어?"

낙화비는 악귀의 반문에 딱히 할 말이 없었다. 그래서 솔직한 속내를 보였다.

"뭐, 할 말이 그것뿐이라서……."

"아까 괜찮다고 했잖아."

"치―! 안 괜찮아 보이니까 그렇지."

"그럼 안 괜찮다. 됐어?"

"그런 게 어딨냐?"

"……."

낙화비는 다시 입을 닫는 사내의 희미한 얼굴을 가만히 훔쳤다. 그러다가 무거운 침묵이 싫어 방정맞은 입을 놀리고 말았다.

"언제까지 쉴 거야?"

"그만 일어나야지."

악귀가 상체를 일으켜 세우려고 했다. 화들짝 놀란 낙화비는 자신의 눈치 없는 주둥아리를 나무라며 일어서려는 악귀의 상체를 급히 손으로 지그시 눌러 버렸다.

"아냐, 아냐. 좀 더 쉬어."

낙화비의 손에 미끈거리는 악귀의 땀이 느껴졌다. 단단한 어깨에서 느껴지는 땀의 감촉은 참으로 매끄러웠다.

꼴깍!

낙화비의 목청으로 침이 넘어갔다.

'어머!'

무슨 몹쓸 생각을 하고 있었던 것도 아닌데 요망한 침이 왜 남부끄럽게 목으로 넘어가며 민망한 소리는 낼까? 낙화비가 방정맞음을 스스로 책망할 때 악귀가 어색한 음성을 꺼내놓았다.

"아냐. 많이 쉬었어. 비렁뱅이 마누라나 될 게으른 여인을 멀리하려면 나라도 부지런을 떨어야지. 안 그래?"

제 딴엔 우스갯소리라고 해놓은 악귀의 말이 낙화비는 하나도 우습지가 않았다. 낙화비는 상체를 일으켜 세우려는 악귀를 한사코 손으로 눌러 눕혀놓고 재빨리 악귀 옆으로 다가가 악귀가 벌려놓은 한쪽 팔에 머리를 눕혀 팔베개를 하며 발랑 누워 버렸다.

'어머나! 귀한 집 규수가 이건 또 무슨 망신살이래?'

낙화비는 자신의 엉뚱한 행동이 스스로 생각해도 하도 황당해서 두 손으로 얼굴을 감싸 버렸다. 어둠 속에 들리는 것이라곤 자신의 숨소리뿐이었다. 낙화비는 얼굴을 가린 두 손을 가만히 떼어내고 악귀의 표정이 궁금해 힐끔거렸다. 바로 눈앞엔 옅은 어둠이 있었고, 그 너머에 보이는 악귀는 숨소리

마저 멈춰놓은 채 얼굴을 반대쪽으로 돌려놓고 있었다.

갑자기 귀청에 박동 소리가 요란했다.

낙화비는 그것이 누구의 박동 소리인지 의심스러워졌다.

'뭐 어때? 이미 엎질러진 물인데.'

낙화비는 뒤척거리며 몸을 모로 눕히곤 가만히 손을 움직여 악귀의 가슴팍에 손을 얹었다. 그러던 낙화비는 손바닥에 느껴지는 거친 박동과 뜨거운 열기에 불에 덴 듯 놀라며 급히 손을 물렸다.

'휴우! 내 박동 소리가 아니라 그나마 천만다행이네.'

그제야 낙화비는 자신이 베고 있는 악귀의 한쪽 팔을 통해 요란한 박동 소리가 자신의 귀로 전해지고 있다는 것을 알았다. 비명이라도 터질 것 같은 어색한 침묵이 잠시 흘렀다.

나쁜 놈.

이럴 때 어색하지 않게 말 한마디 건네주면 그 잘난 주둥아리가 반함(飯含)이라도 되남? 그렇게 투덜거리던 낙화비는 숨기듯 숨을 몰아쉬며 입을 열었다.

"얘?"

"…응?"

"나 미친년 같지?"

"응. 아, 아냐! 무슨…….."

더듬거리는 악귀의 대답을 듣곤 낙화비는 모로 누웠던 몸을 반듯이 돌려놓았다. 낙화비의 입가에 알 수 없는 미소가

번졌다. 낙화비는 깜깜한 밀실의 천장을 아련한 눈길로 바라
보았다.

"별이랑 달도 보였으면 좋겠다."

"……."

"바람도 좀 시원하게 불었으면 좋겠다."

"……."

"음! 악귀가 대답 좀 해줬으면 참 좋겠다."

"……."

"얘!"

낙화비는 바락 소리를 지르며 상체를 일으켜 세웠다. 낙화
비의 뾰족한 목소리에 놀란 악귀가 덩달아 상체를 화들짝 일
으켜 세우곤 급한 대답을 했다.

"왜?"

"내가 이러는 게 부담스럽고 힘들어?"

"아, 아냐. 힘들긴, 괜찮아."

"피이ㅡ! 뭐든 괜찮대!"

낙화비는 몸을 일으켜 세워 앉은 악귀 앞에 장난스럽게 쪼
그리고 앉았다.

"내가 싫니? 그만 갈까? 너답지 않게 무지 쑥스러워하네?"

"싫은 건 아니지만 이러고 있으니 좀 그렇다. 사내놈이란
게 한번 머리가 홱 돌아버리면 무슨 짓을 할지도 모르
고……."

낙화비는 악귀의 얼굴 앞에 제 얼굴을 장난스럽게 내밀었다.

"무슨 짓? 어머나, 무서워라! 그래, 어디 한번 휙 돌아봐. 한번 해봐! 어서! 치! 할 용기도 없으면서……."

바짝 얼굴을 들이민 낙화비는 악귀의 눈동자가 작게 흔들리는 걸 보았다. 그도 잠시, 악귀의 입가에 쓴 미소가 물렸다.

"예쁜 거 아니까 그만 좀 떨어져라."

"어머! 내가 그렇게나 예뻐? 그럼 눈 좀 감아봐. 눈 감아도 내가 예쁘게 보이면 정말 내가 예쁜 거고, 눈 감아서 내가 안 보이면 네가 거짓말을 한 거고. 어— 서!"

악귀는 자꾸 달라붙는 낙화비의 숨결이 덜컥 겁이 나 두 팔을 뒤로 쑥 빼 바닥을 짚으며 상체를 슬며시 뒤로 기울이곤 싫은 척 짐짓 겁먹은 소리를 내놓았다.

"왜 이래?"

"눈 감아보래도! 안 잡아먹어! 겁먹지 말고 어서!"

악귀는 눈을 감지 않으면 평생 후회할 순간이 될 것 같아 고분고분 눈을 감았다.

"눈 감았어."

"눈 감아도 내가 예쁘게 보여?"

코앞에서 느껴지는 낙화비의 숨결은 봄볕만큼이나 따스하게 다가왔다. 그 숨결 속에는 자꾸만 얼굴 근육을 꾸물꾸물 마비시키는 요사스런 꽃 냄새가 스며 있었다. 악귀는 굳어지는 얼굴을 감추려 어렵게 입을 열었다.

"아니. 안 보여. 눈 감았는데 뭐가 보여?"

"정말?"

"응. 정말… 읍!"

다가와 와락 부닥치는 숨결. 까마득한 어둠의 현기증. 조마조마하던 심장이 딱 멈춰지고 젖은 입술에서 느껴지는 바르르 떨리는 전율. 서로의 호흡이 조심스럽게 섞이고, 꿈인 양 다시 사라지는 보드라운 살결.

와 닿은 낙화비의 입술이 자신의 입술에서 떨어져 나갔다는 걸 악귀가 느끼며 눈을 가만히 뜨는 순간,

찰싹—!

악귀의 한쪽 뺨을 가볍게 때리는 낙화비.

놀란 악귀가 뚱한 소리를 뱉었다.

"왜 때려?"

"원래 이렇게 하는 거래!"

"내가 했냐? 네가 했잖아!"

"그래도—!"

어이가 없어진 악귀가 물었다.

"근데 네가 왜 화를 내냐?"

"네가 화내기 전에 내가 먼저 화를 내는 거야."

"누가 화낸댔냐?"

"순 도둑놈!"

뜬금없는 낙화비의 욕에 악귀의 얼굴이 와락 찌푸려졌다.

"또 왜?"

악귀는 그렇게 의아한 눈으로 낙화비의 얼굴을 바라보았다. 어둠 속에서도 보일 만큼 발개진 두 볼. 반짝이는 두 눈망울이 물결처럼 흔들렸다. 흔들리는 까만 눈망울이 수상하여 악귀는 낙화비의 얼굴을 향해 가만히 제 얼굴을 가까이했다. 낙화비의 두 눈에는 난처한 수치심으로 물기가 한가득 배어 있었다. 순간, 악귀는 왠지 모를 미안함에 덜컥 가슴이 내려앉았다.

이어, 악귀의 입에서 난데없는 미안함이 고스란히 쏟아져 나왔다.

"화, 화났어?"

"나쁜 놈. 난 자존심도 없는 여잔 줄 아니?"

젖어 있는 낙화비의 원망에 악귀는 꼭 그래야만 할 것 같아서 낙화비를 와락 안아버렸다.

"울지 마. 내가 속이 좁아서 그래. 울지 마."

낙화비는 악귀의 달래는 말에 더욱 어깨를 들썩거리며 울먹였다.

"난 네가 형님이란 사람의 죽음 소식에 너무 상심한 것 같아서… 그래서……."

"고마워. 네 마음 다 알아. 미안해. 그러니 울지 마."

"…잘못했지?"

"그래, 잘못했어."

"그럼 나랑 약속해 줘야 해."

악귀는 낙화비의 어깨를 두 손으로 쥐며 몸을 떼어내고 불안스럽게 낙화비의 얼굴을 가만히 들여다보았다.

"무슨?"

"내게 제일 소중한 걸 줘. 제일 하찮은 거 따윈 필요없어. 그런 건 갖고 싶지도 않아."

"꼭 그래야 해?"

악귀의 장난스런 물음에 낙화비는 어리광 부리는 아이처럼 고개를 끄덕였다. 악귀는 다시 낙화비를 가만히 안고 등을 토닥여 주었다. 좀 전엔 느끼지 못했던 낙화비의 젖가슴이 악귀의 가슴에서 사르르 녹으며 안겼다.

"제일 하찮은 거랑 제일 소중한 거랑 둘 다 가져. 그 대신 너도 나에게 약속 하나 해줘."

"뭔데?"

"좀 울지 마."

낙화비는 울음 섞인 목소리를 지우곤 의아하게 물었다.

"왜?"

"난 눈물을 흘려본 지가 까마득해. 그래서 눈물을 흘리는 사람을 보면 딴 세상 사람 같아 보여. 그게 싫어."

"이렇게 안겨 있는데도? 그래도 딴 세상 사람처럼 보여?"

"응."

"피이―! 사람이 어떻게 안 우냐? 또 울고 싶어서 우는 사람이 어디에 있어? 그리고 나오는 눈물을 무슨 수로 막아? 항우장사도 그건 못 막아."

"약속 못해?"

"할 수 있는 걸 약속해 달라고 해야지. 순 엉터리야."

낙화비의 등을 토닥토닥 두드리던 악귀가 두드리던 손을 멈추고 낙화비의 등 뒤로 삼단처럼 흘러내린 머리카락을 손가락 사이로 빗어 내렸다.

"으응, 불가능한 거였구나. 그럼 할 수 없이 다른 약속을 받아내야지."

"뭔데?"

"날 생각하며 슬퍼 말 것. 내가 거짓말해도 믿어줄 것."

"얘! 갑자기 왜 두 가지야?"

"새끼 쳤어."

"어머!"

악귀는 몸을 떼어내며 눈을 흘기려는 낙화비를 놓아주지 않고 다시 안아버렸다. 그리곤 낙화비의 귓가에 입을 쫑긋이 모아 노랫가락을 흘려냈다. 어두운 밀실 안엔 악귀의 휘파람 소리만이 공허하게 울려 퍼졌다.

第四章
암중쟁투(暗中爭鬪) 1

남북무림

용망망은 무척 컸다. 넓은 침실과 그보다 더 넓은 거실이
나지막한 단(壇) 하나를 경계로 이어져 있었다. 침실은 엷은
비단수렴(緋緞垂簾)으로 가려져 있었다. 거실에 따로 기다란
교자상을 차려놓고 상좌에 앉은 태자 독고검 염재민.

벽에 줄줄이 걸린 황금 촛대에 꼿꼿한 촛불은 서로의 빛에
서로가 묻혀 되레 어둑하게 보였다. 좌식 등받이 의자에 앉
은 염재민은 한쪽 팔을 교자상 위에 올려놓고 이마를 손으로
받치고 있었다. 술이 그를 취하게 만든 것인지, 아니면 심란
한 그의 심사가 태자 염재민의 몸을 취하게 만든 것인지는
몰라도 태자 염재민은 꼿꼿한 촛불 아래에서 작게 흔들리고

있었다.

"다음은 내 차례다 하며 죽음을 기다리는 것은 결코 쉬운 일이 아냐. 그렇잖아?"

교자상 양편, 좌식 의자에 앉은 네 명의 호위무사는 하나같이 침중한 표정으로 말이 없었다. 말없는 네 무사들을 게슴츠레한 눈을 치켜뜨고 쭉 훑어보던 염재민이 속에 차지 않는다는 듯이 고개를 절레절레 흔들었다.

"맹추 같은 놈들! 어려워 말고 말을 해봐! 뭐라도 속 시원한 이야기를 해보라고!"

염재민의 짜증 배인 외침에 우백호 관후준이 자신의 잔을 두 손으로 잡고 염재민을 향해 내보인 후 입속으로 떨어넣었다. 그리곤 상 위에 술잔을 소리가 나도록 탁 내려놓았다.

"북존(北尊)께선 이번 일을 어떻게 생각하고 계십니까? 그에 대해 말씀을 해주십시오. 그래야 저희가 움직이기 편합니다."

염재민은 관후준의 말에 씁쓰레한 미소를 물며 자신의 빈 잔에 술을 부었다. 부은 술은 잔 밖으로 넘쳐흘렀다.

"영웅은 제 혼자 되냐? 그리고 영웅이 제 혼자의 힘으로 세상을 호령할 수 있냐? 그게 아니잖아! 안 그래?"

"예. 영웅은 홀로 일어설 수 없습니다. 한 명의 영웅을 만들기 위해 수많은 충복이 그 밑에서 받들어 올립니다. 영웅은 스스로 탄생하지 않습니다. 만들어질 뿐입니다."

관후준의 대답에 염재민의 눈빛이 만족한 듯 작게 흔들렸다. 그리곤 부어놓은 술잔을 천천히 기울이곤 고뇌하는 모습을 보였다.

"허―! 오죽하면 나의 무호(武號)가 독고검이랴? 후우―! 빌어먹을! 오제후가에게 해준 십년지약(十年之約)을 지키겠노라 하셨다더군. 그게 무슨 뜻인지 너희도 알 거다. 이제부터 전쟁이란 말이다. 그런데 정작 나의 묶인 수족은 풀어주실 생각도 하지 않는단 말이야."

모빈이 눈을 가늘게 치켜뜨며 물었다.

"주군, 그게 무슨 말씀이십니까? 북존께서 오제후에게 십년지약을 지키겠노라 공언하셨다면 하남의 일은 결코 꾸짖을 일이 아니잖습니까?"

다시 염재민은 빈 술잔에 술이 넘치도록 부어 입속으로 들이부었다. 염재민의 입에서 마저 넘어가지 않은 술이 분무되어 튀어나왔다.

"프― 후! 나더러 방어만 하라는 거야! 그렇게 살아남아 후계자의 길을 걸어가라는 거야! 그게 말이 돼?"

염재민의 분노 앞에 매검향이 조심스럽게 입을 열었다.

"주군, 북존께서 암중(暗中)에 다른 뜻을 두고 하신 말씀은 아닐까요?"

"암중의 뜻?"

염재민은 손으로 이마를 짚으려다 삐딱하게 기운 얼굴을
매검향 쪽으로 돌렸다. 매검향이 보기 좋게 술이 오른 얼굴로
목소리를 낮췄다.

"예. 북존께서 북무림을 통일하셨을 때도 겉으로 드러난
싸움보다 물밑싸움을 더 많이 치렀다고 알고 있습니다. 겉으
론 남무림의 남황지옥도(南皇地獄刀) 우문룡진을 상대로 대
국(大局)을 벌이면서 안으론 팔황밀명조(八荒密命組)를 시켜
내부의 적을 처단하여 북무림을 일통시킨 것으로 알고 있습
니다."

매검향의 말에 염재민은 피식 웃음을 날렸다.

"팔황밀명조는 훗날 전설이 될 소문일 뿐이야."

허망한 염재민의 말투에 관후준이 설핏 이맛살을 구기며
목소리를 낮추었다.

"주군!"

나직하게 외치는 관후준을 향해 염재민의 눈알이 천천히
돌아갔다.

"뭐냐?"

"팔황밀명조가 시정잡배들이 심심풀이 삼아 지어낸 소문
이 아니라는 것쯤은 저도 알고 있습니다."

"그래서?"

"이왕 벌어질 싸움이라면 저희가……."

"팔황이 되겠다?"

되묻는 염재민의 시선은 취기 하나 없이 빛났다. 그 번뜩이는 눈빛을 향해 관후준이 짧은 대답을 내놓았다.

"예!"

잠시 내실 안은 무거운 침묵이 흘렀다.

그 무거운 침묵을 염재민은 가로젓는 고갯짓으로 가만히 흔들어놓았다.

"힘든 일이야. 내가 알고 있는 팔황의 무위는 경천동지할 무위였다고 들었어. 그들 앞에 모든 북무림의 제후들이 무릎을 꿇었다. 너희 힘으론 아직……."

"주군, 저의 삼형제 중 위로 두 형님께서 윗대 태자님의 호위무사로 계시다가 선대 태자님들과 함께 죽임을 당했습니다."

염재민의 입꼬리가 삐딱하게 말려 올라갔다.

"안타까운 일이었지."

"전 기필코 살아남고 싶습니다."

관후준의 단호한 말에 염재민의 한쪽 눈매마저 찌푸려졌다.

"왜? 나랑 같이 죽는 게 억울해?"

관후준이 어금니를 틀어 물며 작게 으르렁거렸다.

"아닙니다. 그런 게 아닙니다!"

내실에 싸늘한 기운이 흘렀다. 관후준을 지그시 노려보던 염재민은 관후준을 향해 굳은 얼굴을 내밀며 이를 보였다.

"고맙다. 내가 원하는 게 그거였다. 같이 살자. 같이 살아 북존궁에 나란히 함께 들어가자. 으— 흐—! 으하하하—!"

미친 듯 앙천대소를 터뜨리던 염재민이 언제 그랬냐는 듯이 얼굴을 급변시키며 네 호위무사들을 둘러보았다.

"북존께선 언제부터인가 초야에 묻혀 범인의 삶을 살기를 원하셨다. 십년지약에 따라 후계자가 정해지면 바로 무림을 떠나실 분이시다. 십년지약은 북존 슬하에 친생지자(親生之子)가 생기지 않는다는 약점을 이용해 오제후가 북존에게 받아낸 약속이다. 끝끝내 북존에겐 실자(實子)가 생기지 않았다. 북존께선 차선책으로 양자를 두어 태자를 삼았었다. 오제후는 북존의 친생지자가 아니라며 양자들을 차례로 암살을 시켰다. 이제 남은 양자는 나뿐이다. 진절머리가 난 북존께서 오제후에게 십년지약을 지키겠다는 확약을 하시고 말았다. 오제후는 각각 한 명씩 예비 후계자의 이름을 북존궁에 올렸다."

모빈이 염재민의 말을 빠르게 받았다.

"오제후가의 자식 놈 중 예비 후계자로 뽑힌 놈은 누구누구입니까?"

"산동제후가의 장남 상관첨룡, 섬서제후가의 장남 낙화평, 하남제후가의 차남 하가휘, 산서제후가의 장남 서상범, 그리고 감숙제후가의 막내 전준학이다. 어때?"

염재민의 물음에 매검향이 작게 고개를 숙였다.

"그들 개개인으로 봐선 해볼 만한 싸움인데 배후가……."

염재민이 한숨을 길게 몰아쉬며 고개를 작게 끄덕여 보였다.

"후우—! 그렇지. 배후가 문제이지. 그들의 배후는 막강한데 비해 난 태자의 신분임에도 뒤를 받쳐 줄 배후가 없어. 빌어먹을!"

그동안 침묵으로 일관하던 야랑이 염재민을 향해 시선을 들어 올렸다.

"주군, 암웅단은 몰라도 비검대는?"

염재민의 고개가 절레절레 흔들렸다.

"아니야. 비검대 대장 북태검호 숙부가 내 편일지는 몰라도 비검대 자체가 나의 편이라곤 말할 수 없어. 그나마 가장 호의적인 분이 비검대 대장 북태검호 양곤이시지. 암웅단 단장 흑수수(黑守手) 화우몽 숙부도, 북풍무군 대장 철기마검(鐵驥魔劍) 남궁곤림 백부도 나의 편이라곤 말할 수 없어. 그렇다고 적도 아니지. 그들은 그저 나에겐 방관자들일 뿐이야."

야랑이 다시 빠르게 물었다.

"후계자 선택의 시간이 얼마나 남았습니까?"

"다음 춘절(春節)."

관후준이 말을 받았다.

"충분합니다."

야랑이 다시 염재민을 향해 얼굴을 돌렸다.

"한 놈을 지목해 주신 후 잠시 북존궁에 머물러 주십시오."

야랑의 말에 염재민은 비릿한 미소를 물었다.

"성질 급한 놈! 북현무, 넌 아직 서툴러."

"아닙니다. 이미 칼밥은 배불리 먹었습니다."

"오호! 그래?"

미심쩍게 반문을 하던 염재민의 눈길이 관후준으로 향했다. 관후준이 염재민을 향해 작게 고개를 까닥여 보였다. 잠시 뜸을 들이며 생각에 잠기던 염재민의 입이 열렸다.

"제일 먼저 발 빠르게 움직인 쪽은 산서제후가 쪽이다. 지금 북태성에 있는 산서제후가 쪽의 인물은 서상표란 놈인데 아주 허접한 놈이지. 근데, 산서제후가 쪽에서 비실비실하는 셋째아들 서상표를 귀환시킬 목적으로 둘째아들 서상수를 대신 북태성 쪽으로 올려 보냈다고 하더군. 서상수는 예비 후계자에 올라온 그의 형 서상범 못지않게 제법 비범한 구석이 있는 놈이야. 그리고 서상수가 데리고 오는 자들은 산서제후가의 최정예 무인들이지. 어때, 할 수 있겠어?"

야랑은 엷은 인광(燐光)을 내보이며 답했다.

"북태성에 발을 들여놓지 못하도록 깨끗하게 처리하겠습니다."

"음! 혼자서?"

야랑이 무어라 답을 하기 전에 매검향이 불쑥 끼어들었다.

"제가 따라가겠습니다."

"남주작이?"

"예."

염재민은 주작 매검향의 얼굴을 묘한 시선으로 노려보았다.

"둘이 어느새 그렇게 친해졌나? 응?"

순간 매검향의 입에서 당혹한 대답이 터져 나왔다.

"그, 그런 게 아닙니다. 실력이 걱정돼, 단지 선배 된 입장으로… 오해가 있으시다면 그냥 남겠습니다."

불쾌한 얼굴을 더욱 붉힌 매검향의 변명에 염재민의 입에서 허! 하고 억지웃음이 터졌다.

"오해였나? 좋다! 주작이 동행해라! 그래야 나도 마음이 좀 놓일 듯하다."

매검향은 그녀답지 않게 난처해하며 아랫입술을 잘근 씹었다. 짧은 침묵이 쌀쌀하게 흘렀다.

잠시 서먹해진 분위기를 살피던 염재민이 다시 한 손으로 이마를 짚으며 다른 한 손으론 빈 술잔에 술을 천천히 따랐다. 넘치지 않고 적당하게 찬 술잔을 내려다보던 염재민은 술병을 가만히 내려놓으며 작은 소리를 끄집어냈다.

"힘으로 제압하기보단 무혈(無血)로 이길 수 있으면 더 좋겠지. 오제후가 중에 하나라도 내 쪽으로 돌릴 수만 있다면

천군만마를 얻은 거나 마찬가지겠지. 그래서 말인데… 지금 북태성에 머물고 있는 섬서제후가 막내딸의 이름이 뭐였더라? 낙화……?"

염재민의 은근한 물음에 모빈이 나섰다.

"별채아기씨라고 불리는 낙화비입니다."

모빈의 대답에 염재민은 짐짓 무릎을 치며 이제야 기억난다는 듯 잠시 생각으로 구겨놓았던 얼굴을 폈다.

"그래, 맞아! 낙화비! 먼발치에서 몇 번 보긴 했지. 그래서 말인데… 이참에 낙화비를 태자궁으로 한번 초대할까 생각 중인데……."

*　　　*　　　*

"환송회?"

"웅. 산서제후가 서상표의 환송회를 한다며 청간(請簡)이 또 날아왔어."

낙화비의 대답에 뽑아 든 백혈검을 하얀 검집에 넣으며 악귀가 뒤돌아섰다.

마치 방금 머리 위에 물 한 바가지를 붓고 얼굴을 내민 사람처럼 악귀의 얼굴은 땀에 흠뻑 젖어 있었다.

턱 아래로 뚝뚝 떨어지는 굵다란 땀방울.

"갈 거야?"

낙화비가 손에 들고 있던 수건을 악귀에게 내밀며 작게 고개를 끄덕여 보였다.

"난 가기 싫은데 총관 아저씨께서 꼭 참석해야 할 자리라네. 그래서 가야 해."

악귀는 낙화비가 준 광목 수건으로 얼굴을 쓱 한 번 훔치곤 다시 되돌려주며 물었다.

"언제?"

"오늘 저녁."

"뭐? 오늘?"

"진시(辰時) 초에 동문장(東門場)에 있는 동양주루(東陽酒樓). 동문장터에서 제일 작은 주루인데, 주루 전체를 하루저녁 빌렸나 봐. 같이 갈 거지?"

낙화비가 힐끔힐끔 눈치를 살피면서 묻자 악귀는 미간을 작게 찌푸렸다.

"따라나선다고 사부님이 또 뭐라고 하지 않을까?"

악귀의 걱정에 낙화비가 살며시 입가에 웃음을 띠어 보였다.

"내가 미리 허락을 받아뒀어. 나서기 전에 잠시만 들렀다가 가면 돼."

악귀는 낙화비의 말에 몸을 돌려세웠다.

"사부님이 나보고 잠시 들렀다가 가라고 하셨어?"

"응. 하실 말씀이 있나 봐."

"응. 알았어."

그렇게 낙화비에게 대답을 해놓곤 악귀가 백혈검의 검병에 다시 손을 얹었다. 악귀는 잠시 멈추었던 연무를 계속할 참이었다. 그게 못마땅했던지 낙화비가 악귀의 등 뒤에서 바락 소리를 질렀다.

"얘!"

뾰족한 낙화비의 외침에도 악귀는 몸은 돌려세우지 않고 허리를 비틀며 고개만 획 돌렸다.

"왜?"

"칼 못 휘둘러서 죽은 조상이라도 있다니? 그만 내려가서 좀 씻고 옷도 좀 갈아입어야······."

낙화비의 빤한 소리에 악귀는 고개를 되돌리며 칼을 뽑아 들었다.

"아직 두 시진이나 남았는데 뭘. 좀 더 연무하다가 내려갈게. 먼저 내려가 있어."

악귀의 시답잖은 대답에 낙화비는 눈에 독기를 뿜으며 괜한 트집을 잡아댔다.

"사람이 무슨 말을 하면 좀 얼굴을 보고 이야기해야지, 난 왜 네 등만 보고 입을 놀려야 해, 나쁜 놈아?"

차르르— 륙!

백혈검이 어둠 속에서 하얀 섬광을 뿌렸다가 찰나의 순간에 사라져 버렸다. 이어,

"그날 이후 네 얼굴만 보면 이상하게 목이 말라. 그래서 그래. 그러니 사람 갈증나게 하지 말고 어서 내려가."

파— 팟!

또다시 하얀 섬광이 짧게 번쩍였다가 사라졌다. 낙화비는 악귀의 말이 무슨 소리인지 몰라 잠시 뚱하게 서 있다가 뒤늦게 말뜻을 알아차리곤 살포시 얼굴을 붉히며 뒤돌아섰다.

'엉큼하고 못된 놈.'

낙화비는 뾰로통해 이층으로 내려가는 계단 쪽으로 향했다. 낙화비는 계단을 내려가려 막 계단 난간을 손으로 짚다가 잊은 것이 생각났는지 캄캄한 밀실 안을 향해 볼멘 목소리로 바락거렸다.

"월화 시켜서 목통에 물 받아뒀단 말이야! 빨리 내려와, 이 거지야!"

악귀와 낙화비가 동문장(東門場) 저잣거리를 들어섰을 때는 이미 양쪽으로 늘어선 상가들이 처마 아래에 등불을 내다 걸어 한길의 어둠을 물려놓고 있었다.

노랗게 불빛 번진 길을 걸으며 낙화비가 고개를 돌렸다.

"총관께서 뭐라고 하시던데?"

"응. 별거 아냐."

악귀의 성의없는 대답에 낙화비는 입을 삐쭉거리며 눈을 흘겼다.

"뭐야? 별거 아닌 걸로 사람을 오라 가라 할 분은 아니신데?"

"같이 어울려 술 마시지 말고, 무사히 너 잘 모시라고 했어. 그 외에도 몇 말씀 주셨는데 별거 아니야. 신경 쓰지 마."

그렇게 심드렁해진 낙화비를 달래놓은 악귀의 얼굴은 그다지 개운해 보이지 않았다.

"일이 좀 복잡하게 되었다. 요즘 오제후가의 신경이 날카로워져 있는 때다. 환송회에서 다툼이 생길지도 모르겠으니 각별히 조심해라. 만약 손을 쓸 일이 생기면 쾌검가의 명예를 걸고반드시 이겨야 한다. 사정이 극악하면 호위무사 놈들 중 한 놈쯤 베어버려도 좋다. 절대 맞고 오는 일은 없도록 해라. 알겠냐?"

"후우―!"

낙화비가 악귀의 긴 날숨을 수상쩍게 노려봤다.

"얘, 무슨 걱정거리라도 있니?"

"사람 죽여본 적 없지?"

악귀의 뜬금없는 물음에 낙화비의 얼굴이 금방 어두워졌다. 하지만 어두워진 안색과는 달리 입만은 장난스러웠다.

"당연히 없지. 선경선녀(仙境仙女) 같은 이 몸더러 살인이웬 말이니? 근데 갑자기 그건 왜?"

"기분이 어떨까 해서."

"죽였을 때, 아니면 죽었을 때?"

"그거야 죽였을 때지."

악귀의 굳어 있는 말에 낙화비가 걸음을 멈춰 세웠다. 그리곤 가만히 악귀의 경색된 얼굴을 바라보며 조용한 목소리를 꺼내놓았다.

"오래전에 큰오라버니와 작은오라버니에게서 들은 얘기인데, 아마 오라버니들이 남황성과의 접전지인 남쪽으로 파견 나갔다가 큰 싸움을 치르고 느낀 이야기였을 거야. 오라버니들도 그때 살인이란 걸 처음 했다더라. 전쟁터라서 그런지 생각보다 무덤덤했대. 하여튼 그 순간은 생각만큼 그다지 괴롭지 않았대. 그런데 귀대하여 잠을 자다가 심한 악몽에 시달렸다고 하더라. 그 악몽이 아마 며칠은 갔다지. 그 후 귀향하여 몇 번의 다툼이 있었고, 무인으로서 살인도 곧잘 하게 되었다지. 전쟁터가 아닌 곳에서 첫 살인을 경험하면 그보단 더 고통스러울 거야. 아무리 칼밥 먹는 무인이라지만 그 순간이 무덤덤하면 괴물 아닐까? 갑자기 누굴 죽일 일이라도 생겼니?"

종알거리며 묻는 낙화비에게 악귀는 작게 고개를 저어 보였다.

"아냐. 그런 거 없어."

"근데 왜 갑자기? 그리고 너, 몇은 죽여본 사람처럼 독해 보이던데 아닌가 봐?"

악귀는 이죽거리는 낙화비를 향해 인상을 구겨 보였다.

"나, 괴물 아냐."

낙화비는 입을 삐죽거리며 길게 이어진 한길을 향해 다시 발을 떼어놓았다.

"치—! 악귀는 괴물 아니니?"

주루 안은 많은 유등을 걸어놓아 밝았다.

악귀와 낙화비가 단층 건물인 동양주루에 들어서자 제일 먼저 반기며 인사를 건네온 사람은 산동제후가의 차남 상관첨오였다. 한 쌍의 봉황금박(鳳凰金箔)이 어깨에 압연된 하얀 비단 무복을 차려입고 나온 상관첨오의 풍모는 전날 흐트러졌던 모습을 만회하려 단단히 준비하고 나온 속내가 역력하게 내보였다.

원래 있던 식탁은 전부 한쪽 벽면에 수북하게 쌓여 있었고, 주루 중앙엔 큼지막한 원탁 하나가 놓여 있었다. 그리고 큰 원탁에서 두어 장 떨어진 곳에 작은 원탁 하나가 따로 차려져 있었다. 큼지막한 원탁 언저리에 삐딱한 모양새로 앉아 있던 상관첨오가 주루로 들어서는 낙화비를 발견하고 급히 자세를 고치며 손을 흔들었다.

"이야! 다음부터 일찍 오시겠다더니 정말 일찍 오셨습니다. 낙 소저, 그러지 않아도 이제나저제나하며 목을 빼고 기다리고 있던 참이었습니다. 하하하!"

상관첨오의 과한 반김에 낙화비와 악귀가 작게 목례로 화답을 대신하며 주루 안으로 들어섰다. 낙화비와 악귀 앞으로 종종걸음으로 스친 점소이 하나가 술잔과 빈 접시, 그리고 작은 그릇이며 귀해 보이는 오옥반(烏玉盤)까지 큼지막한 원탁 위에 바쁘게 차려놓고 있었다.

원탁을 향해 걸어가던 악귀의 눈에 작은 원탁에 앉아 있는 상관첨오의 호위무사 충포라는 사내가 들어왔다. 충포의 곱지 않은 시선이 악귀의 얼굴에서 떨어지지 않고 달라붙어 있었다.

낙화비가 등받이 의자 하나를 당겨 앉으려다가 악귀를 의식하며 멈칫거렸다. 악귀가 충포가 앉아 있는 작은 원탁으로 걸어가 의자를 하나 당기고 먼저 앉는 것을 확인한 낙화비가 어색한 웃음으로 그제야 자리에 앉았다.

"자주 뵙네요."

낙화비의 인사치레에 상관첨오의 입이 귀밑으로 찢어졌다.

"무, 무슨 그런 섭섭한 말씀을? 좀 더 자주 봬야지요. 안 그렇습니까? 하하하!"

충포란 호위무사와 마주 앉은 악귀가 충포의 따가운 시선을 힐끗 흘겨보며 구시렁거렸다.

"꼴에 남색(男色)하냐? 왜 눈까리에 침은 질질 흘리고 지랄

이야? 쪼아버리기 전에 눈까리 잘 여며둬라."

악귀의 속삭이는 듯한 욕지거리에 충포의 얼굴이 똥 씹은 양 와락 구겨졌다. 대번에 달려들지 않는 것으로 봐선 어떤 식으로든 상관첨오에게 미리 금제를 당한 몸인 듯 보였다.

충포가 얼굴을 가만히 내리깔며 악귀에게 이를 드러내 보였다.

"요 어린놈의 천둥벌거숭이 새끼야, 나중에 따로 좀 보자. 그 지저분한 아가리에 밥풀 하나 못 넣게 만들어주마."

목소리를 죽여 으르렁거리는 충포를 힐끔 살피던 악귀가 어깨를 들썩거려가며 낄낄거렸다.

"크크큭—! 호위무사 충포라? 잘하면 네 이름이 오래도록 기억에 남겠다."

"왜? 날 네 아비로 모시게?"

악귀는 다리를 꼬며 의자에 몸을 깊숙이 뉘었다. 그리곤 고개를 절레절레 흔들어 보였다.

"아니. 네가 내 손에 죽을 첫 번째 놈이 될 테니까."

악귀의 말에 충포는 어이가 없다는 듯이 목을 뒤로 젖히며 긴 날숨을 토해냈다. 그리고 잔뜩 일그러뜨린 이맛살을 보이며 이죽댔다.

"너 완전 초짜구나? 너처럼 까불대다가 내 손에 죽은 놈의 목이 새끼줄로 꿰면 한 두름이 넘어, 새끼야!"

"굴비 처먹었냐? 한 두름이나 되게?"

악귀가 빈정대자 충포는 누런 잇새로 거친 숨을 뽑아내며
욕지거리로 맞서려다가 주루 입구에서 갑자기 터진 웅성거림
에 고개가 획 돌아갔다.

충포의 입가에 빠르게 번지는 득의에 찬 미소.

시끌벅적하게 막 들어서는 여섯 명의 사내를 향해 주루의
주인장으로 보이는 늙은 영감이 허리를 반이나 접은 채 쪼르
르 마중 나갔다.

환송회의 주인 격인 산서제후가의 서상표와 처음 보는 그
의 호위무사, 그리고 하남제후가의 하가탄과 태웅이란 이름
의 거구 사내, 감숙제후가의 전준익과 눈 밑 칼자국 놈.

잠시 요란스레 인사치레가 이루어진 후, 청파들이 자리에
앉는 것을 확인한 세 명의 호위무사가 악귀가 앉은 작은 원탁
으로 걸어와 앉았다.

태웅은 앉자마자 원탁 위에 놓인 절인 육포 한 점을 집어
입으로 넣은 뒤 우물거리며 악귀를 힐끔 흘겨보았다. 놈의 목
소리는 거인답게 굵직했다.

"네가 악귀냐?"

"그래."

악귀의 짧은 대답에 태웅의 우물거리던 입이 딱 멈춰졌
다.

히죽!

태웅은 그 큰 덩치에 걸맞지 않게 천진난만한 웃음을 보였다. 소리없는 태웅의 웃음은 흔적없이 사라졌다. 멈추었던 태웅의 입에서 우물거림이 다시 이어지며 어둔한 소리가 새어나왔다.

"이놈아, 통성명은 하지 않았어도 척 보면 내가 네놈보다 손위란 걸 모르겠냐? 싸라기밥만 처먹고 자랐어? 어찌 주둥아리가 그리도 짧아?"

"밥그릇 수가 아무리 많아봐야 칼에 주름 안 잡힌다. 긴 소리 듣고 싶으면 먼저 길게 시부렁거리든지, 정 아니꼬우면 까든지? 이도저도 아니면 아가리 조용히 닥치고 큰 덩치 건사나 하든지."

악귀의 독기 서린 말에 태웅의 우물거리던 입이 잠시 멈칫하는가 싶더니 입 안에서 씹혀대던 육포가 목구멍으로 힘들게 넘어갔다.

꿀꺽―!

"녀석, 비렁뱅이 출신에 걸맞게 악다구니도 제법 치는구나. 오는 길에 네놈 문제로 미리 한 가지 약속을 했다. 내가 적당히 길들여 놓아야 직성이 풀릴 일이지만, 아쉽게도 맞은 놈이 때리기로 이미 약속을 해버렸다."

태웅의 말에 악귀가 작게 숙여놓았던 고개를 가만히 들어 올려 눈알을 굴렸다.

"맞은 놈? 때릴 놈?"

악귀의 시선 앞에 세 사내가 입가에 비린 미소를 물어 보였다. 악귀가 자리에서 슬며시 일어났다.

"맞은 놈 나와."

악귀의 말에 한 사내가 따라 일어섰다.

눈매와 입술이 매우 얇아 제법 독기가 있어 보이는 인상.

다른 세 명의 호위무사와는 달리 악귀가 북향기루에서 보지 못했던 사내다. 그제야 짚이는 것이 있었다. 북향기루에서 자신의 발에 차여 널브러졌던 서상표의 호위무사가 그 일로 호위무사 자리에서 쫓겨나고 이자가 새로 호위무사가 되어 그 앙갚음을 대신하려 한다는 사실.

새로운 서상표의 호위무사가 악귀와 함께 일어서자 태웅이 두 손을 들어 잠시 두 사람의 대치를 멈추어놓았다.

"잠깐만 기다려 봐."

그렇게 굵직한 목소리를 꺼내놓은 태웅은 자리에서 일어나 청파들이 이야기를 나누는 큰 원탁을 향해 뚜벅뚜벅 큰 발자국 소리로 걸어갔다.

발자국 소리에 제일 먼저 고개를 돌린 사람은 낙화비였다. 걸어오는 태웅을 발견하곤 무슨 일인가 하며 의아한 눈길을 비켜 세웠다.

한 사내와 대치하며 서 있는 악귀.

낙화비는 살벌한 분위기임을 알고 태웅을 향해 언짢은 소리를 뱉었다.

"무슨 일이에요?"

다가선 태웅은 낙화비의 물음엔 반응도 보이지 않은 채 자신이 모시는 하가탄 옆에 조심스럽게 붙어 섰다. 그리곤 허리를 숙여 무어라 하가탄에게 귓속말을 전했다. 작게 고개를 주억거리던 하가탄의 입가에 묘한 미소가 번졌다.

태웅이 불편하게 숙여놓았던 허리를 펴고, 하가탄은 손뼉을 몇 번 치며 주위를 자신 쪽으로 환기시켰다.

짝짝짝—!

"잠시만—!"

하가탄은 입가에 비릿한 미소를 물며 모여든 시선을 확인한 후 다시 입을 열었다.

"우리 아이들이 환송회의 분위기를 띄워준다며 사소하게 준비한 일이 있다네. 자, 한번 구경이나 해보자고."

그렇게 제법 호탕한 목소리를 꺼내놓곤 다른 청파들의 의견도 듣지 않고 태웅을 향해 고개를 작게 끄덕여 보였다.

태웅이 큰 원탁에 둘러앉은 청파들을 향해 포권을 흔들어 보이며 굵직한 음성을 깔았다.

"여기 모인 청파 분들에게 따로 새얼굴을 소개시키는 것이 번거로워 환송회를 빌미로 잠시 유흥거리 하나를 보여 드리며 인사를 대신할까 합니다. 섬서쾌검가의 초출 무사 악귀와 산서제후가 서 공자님의 새로운 호위무사인 곽회록이 이 자리에서 비무를 벌여 보이겠답니다. 저희 가진 재주가 이것뿐이니 외면 마시고 기특히 여겨주시기 바랍니다. 혹여 사내들의 거친 비무(比武)라 다소 피와 비명이 섞여 나올 수도 있고, 칼에 눈이 없는지라 자칫 주검이 될 수도 있습니다. 그 점 미리 용서를 바랍니다."

태웅은 진검비무(眞劍比武)에 적당히 명분을 걸쳐 놓으며 입을 닫았다. 태웅은 들어 보였던 포권을 마지막으로 낙화비 쪽으로 흔들어 보인 후 팔을 내리며 물러났다.

낙화비의 작게 흔들리는 두 눈 속에는 악귀와 곽회록이란 사내가 함께 들어와 있었다. 낙화비는 아랫입술을 잘게 씹으며 주루 한편으로 걸어가는 악귀의 뒷모습을 살폈다. 한쪽 벽에다가 식탁을 쓸어 모아 물려놓은 자리를 등지고 악귀가 발을 멈춰 돌아섰다. 악귀는 낙화비의 흔들리는 눈동자를 가만히 바라보며 태연스레 휘파람을 불었다. 낙화비는 초조한 마음에 무언가 입 밖으로 쏟아지려는 말을 막으려 두 손을 합장하듯 가지런히 모아 입술 앞에 세웠다. 악귀의 입에서 나지막이 불리던 휘파람 소리가 멈춰졌다.

곽회록의 얇은 입술이 달싹였다.

"안면 트자마자 칼부림이군. 난 항산풍도(恒山風刀) 곽회록이다."

"……"

"전임자가 너에게 빚진 것이 있다더군. 그래서 내가 이 자리에 있는 것이고."

"……"

"무인의 명예는 항상 칼날 위에 서 있다. 죽느냐, 죽이느냐."

"……"

아무런 반응도 없이 자신의 눈만을 지그시 노려보는 악귀에게서 곽회록은 무어라 더 입을 열 맛이 없어졌다.

"으— 음! 건방진 노— 옴!"

채— 앵!

곽회록의 신형이 악귀를 향해 쏘듯 날아갔다.

앓는 듯한 신음 소리와 함께 곽회록의 입에서 일갈이 터지고, 곽회록의 손에 한 자루의 유엽도(柳葉刀)가 청명한 소리를 내며 뽑혀진 것은 동시였다.

멀지 않은 거리.

곽회록은 악귀의 쾌검을 경계하며 선공을 뿌리고 발끝으로 바닥을 찍으며 뒤로 몸을 튕겨냈다. 일수일도(一手一刀)에 작렬하는 파란 불똥과 금속성의 파열음.

차— 차차채— 앵!

곽회록의 유엽도와 맞선 악귀의 백혈검은 예상 밖으로 느린 궤적으로 곽회록의 도법을 막아냈다. 악귀의 손에서 쾌검이 발검되지 않았다는 것에 의아한 곽회록이 재차 몸을 쏘아내며 유엽도신(柳葉刀身)을 중도법(重刀法)으로 좌르륵 뿌렸다.

유엽도의 묵직한 칼바람은 허공을 그었고, 악귀의 신형은 쌓아놓은 식탁 위로 몸을 튕겨내고 있었다. 악귀의 발아래로 우르르 무너지는 식탁들.

곽회록은 굴러 떨어지는 식탁의 모서리를 밟으며 물러서는 악귀를 뒤쫓았다. 유엽도의 칼바람에 산산이 쪼개지며 파편처럼 날리는 나뭇조각.

곽회록의 유엽도 예봉이 나뭇조각 속을 꿰뚫고 뻗어나갔다. 다시 한 번 우르르 무너지는 식탁을 차며 튀어 오르는 악귀. 유엽도의 도신이 악귀의 회색 단화 밑을 스쳤다.

당혹한 곽회록은 악귀가 당연히 공중제비를 돌아 자신의 등 뒤를 노릴 것이라 생각하며 급히 몸을 회전시키곤 유엽도를 빠르게 횡으로 그었다.

붕―!

돌아선 곽회록의 시야 속에 악귀의 모습은 없었다.

곽회록은 머리카락이 쭈뼛 서는 것을 느끼며 목을 격하게 뒤로 젖혀 머리 위를 확인했다.

순간,

악귀는 주루 천장 대들보에 양 발끝을 걸쳐 놓고 물구나무를 선 채 백혈검을 뿌렸다.

쾌섬인의 풍편 추엽쾌풍(墜葉快風).

가느다란 한줄기 빛살.

번쩍였다가 찰나에 사라진 하얀 섬광(閃光).

쿵—!

한껏 뒤로 젖힌 목이 단칼에 베인 곽회록은 목에서 피 한 방울 뿌리지 않고 주검이 되어 뒤로 넘어갔다. 곽회록의 주검과 함께 한 번 더 무너지는 식탁들.

우르르— 쿵!

무너진 식탁 사이에 끼어 널브러진 곽회록의 주검, 그리고 마구 엉킨 식탁 아래로 홍건하게 흐르는 핏물.

주루 안은 일순 찬물을 뒤집어쓴 것처럼 조용했다.

악귀가 대들보에 양 발끝을 걸쳐 놓고 그네를 타듯 몸을 흔들었다. 천장에서 작게 공명지며 울리는 휘파람 소리.

악귀가 다시 제자리로 돌아와 앉을 때까지 악귀의 기척 외에 주루 안은 죽은 듯이 조용했다.

그때까지도 합장한 손을 입술 앞에 세워놓고 있던 낙화비가 가늘게 떨리는 목소리를 경직되어 있는 청파들을 향해 꺼내놓았다.

"…카, 칼엔 눈이 없었네요. 그, 그렇죠?"

그제야 꽁꽁 얼어붙어 있던 청파들의 눈동자가 녹아내리듯 움직였고, 상관첨오의 입에선 탁한 헛기침 소리가 터져 나왔다.

"쿨럭!"

이어, 하가탄의 입술을 비집고 새어 나온 낮은 신음 소리.

"으… 으… 음. 뭐, 눈 없는 칼을 탓할 수는 없는 일이지. 뒤처리는 아이들에게 맡기고 우린 마십시다. 이거, 상갓집에 와 있는 분위기입니다. 아무리 섭섭함을 달래는 환송회라지만 이래서야 되겠습니까? 허허허!"

그렇게 태연한 척 어색한 웃음소리까지 내어놓은 하가탄은 바싹 타는 목을 식히려 입속으로 급히 술잔을 들이부었다.

하가탄의 입에서 독주를 빌미 삼아 참았던 속내가 터져 나왔다.

"크ー 윽!"

*　　　*　　　*

무작정 내성의 돌담을 따라 걸었다.

취기를 씻어버리기 위해서도 아니었고, 땅거미 짙게 내려앉은 초여름 밤의 개운한 공기를 즐기기 위해서도 아니었다.

야랑은 겁없이 치닫는 자신의 질주가 더럭 겁이 났다.

'겁먹지 마라. 별거 아니다. 세상 뭐 별거 있나? 일단 까고 보는 거지.'

그렇게 속으로 되뇌면서도 야랑은 자신이 두려웠다. 쓸데없는 사념 속으로 불쑥 끼어든 목소리 하나.

"욕심이 대단한걸."

목소리는 차분했다.

야랑은 남주작 매검향을 향해 고개를 돌렸다. 복면수건으로 눈 밑을 가렸지만 취기로 인해 발그레한 얼굴이 보이는 듯했다.

매검향이 줄곧 자신을 따라 걸었었다.

따라온 것이 아니라 야랑이 매검향에게 함께 걷기를 청했었다. 수작을 부릴 의도는 없었다. 연일 용망망에 불려가 마신 술로 인해 매검향의 얼굴은 초저녁부터 불콰했다. 매검향의 취기 오른 얼굴에 바람이라도 좀 쐬줘야 한다는 생각에 무작정 걷자고 했다. 그렇게 나란히 걸은 것이 한두 식경은 넘었다.

"그래 보여?"

"욕심없이 그 위험한 일을 혼자 처리하겠다고 나섰을 리가 없잖아?"

야랑은 매검향의 말에 고개를 작게 주억거리며 순순히 인정했다.

"그렇지."

"넌 욕심이 많은 것보단 야망이 강한 놈이야."

"그래?"

야랑은 한술 더 뜨는 매검향의 말에 의아해했다. 매검향의 취기 묻어 있는 눈동자가 왠지 매혹적이었다. 그녀의 까만 눈동자를 들여다보자 그녀는 그것을 의식하고 있는 듯 걸음을 멈춰 세워 눈빛을 더욱 깊게 빛냈다.

"야망없는 놈이 이렇게 출세가도를 거침없이 달릴 수는 없는 노릇이지. 안 그래? 어디까지 그렇게 내달리는지 궁금해지는데?"

"그렇지. 하지만 난……."

야랑은 야망이란 것이 불명예스럽고 추한 것인 양 변명을 하려 들다가 말끝을 흐리고 말았다. 그것이 못마땅한 매검향이 뚱한 목소리로 흐려진 야랑의 말꼬리를 물고 늘어졌다.

"하지만 뭐?"

"주작, 넌 야망이 있는 사내가 좋아?"

"나? 글쎄다."

야랑의 엉뚱한 반문에 매검향은 애매한 대답을 하며 얼굴을 돌려세우고 먼저 발을 떼어놓았다. 야랑이 매검향의 뒤를 따랐다.

"난 꼭대기엔 서지 않을 거야. 그럴 위인도 못 되고 그러고 싶지도 않아. 적당한 선에서 멈출 거야. 그렇게 마구잡이, 막무가내로 내달리진 않아."

야랑의 뒤늦은 해명에 매검향은 별로 야랑의 대답이 달갑지 않았는지 이죽거렸다.

"사람이란 내일의 속내를 모르는 거야. 처음부터 '난 기어코 끝장을 볼 테다' 라고 시작하는 사람보다 조금만 더, 한 번만 더, 저기까지만이라고 말하며 끝장으로 치닫는 경우가 더 많아. 그런 의미로 보면 너의 말은 별로 믿을 만한 것이 못 돼."

"……."

"왜, 기분 나빠?"

"아냐. 맞는 소리인데 뭐. 사실 네가 믿든 안 믿든 간에 지금의 이 자리도 난 어지러워. 그리고 예전엔 꿈도 꾸지 못했던 더 높고 더 큰 곳에 대한 호기심도 솔직히 많이 생겼어. 뭐, 한마디로 간뎅이가 부은 거지. 그러는 넌 목표가 뭐냐?"

몇 걸음 앞서 가던 매검향이 걸음을 멈추고 몸을 돌려세워 돌담을 한쪽 팔로 짚고 섰다.

"나? 네 궁금증 속엔 여자가 무슨 야망이 있어 그렇게 살벌한 칼밥을 먹고사느냐 하는 뜻이 들어 있는 것 같은데? 아냐?"

야랑은 복면수건 밖으로 내보일 만큼 큰 미소를 지어 보였다.

"네 입에서 그런 말이 나오니 더 궁금해지는걸."

"나? 그냥 뭐, 돌아설 수 없어 마냥 앞만 보고 가는 거야. 그것뿐이야. 무인의 삶을 동경하다가 무인이 되었고, 이왕이면 좀 더 멋들어진 무인이 되고 싶어 이를 악물었고, 지금은 의무와 의리를 빌미 삼아 칼밥을 먹고 있지. 여자의 몸으로 갈 수 있는 길은 사내들과는 달리 한정되어 있어.

그러니 그 한정된 길의 막다른 곳까지는 가보려고. 시시하지?"

야랑은 돌담에 삐딱하게 몸을 기울인 매검향 옆을 스쳐 걸어갔다. 내성 돌담을 야경(夜警)하는 수호당 무인 둘이 야랑과 매검향에게 가볍게 목례를 해 보이곤 지나갔다.

"아냐. 그 정도면 여장부지. 근데 그 막다른 곳이란 데가 혹시 지존의 옆자리야?"

그렇게 물으며 야랑은 뒤를 힐끔 돌아봤다.

돌담에서 돌아서서 칼끝 같은 눈초리로 노려보는 매검향. 야랑은 짐짓 당황한 헛기침을 토해내며 고개를 돌려 발길을 이어나갔다.

"으흠! 아님 말고. 그렇다고 잡아먹을 듯이 노려볼 거까진 없잖아?"

"야, 어디까지 갈 거야?"

매검향의 쏘아붙이는 말에 그제야 야랑은 주위를 휘 둘러보았다. 대충 짐작하기엔 외성 동문장과 돌담 하나를 사이에 둔 내성의 한 귀퉁이쯤인 듯했다.

야랑은 돌담을 등지고 털썩 주저앉아 버렸다.

"에라, 모르겠다. 좀 앉아 쉬자."

퍼질러 앉은 야랑 앞에 매검향이 눈살을 찌푸리며 섰다.

"뭐야? 이러자고 나 끌고 온 거야? 지금 내게 음흉한 수작이라도 부리는 거야?"

매검향의 언짢은 말투를 야랑이 히죽거렸다.

"왜? 겁나게 고마워?"

"뭣이 고마워?"

뚱하게 되묻는 매검향을 향해 야랑은 장난스런 눈빛을 들어 올렸다.

"내가 널 여자 취급해 줘서."

순간, 매검향의 눈이 일그러지더니 입에서 욕지거리가 터져 나왔다.

"이런 병신! 뒈질래?"

야랑은 눈 밑 아래를 감추었던 복면수건을 손으로 거칠게 벗어 돌담 아래에 반듯하게 깔았다.

"좀 앉아."

매검향은 야랑이 깔아놓은 복면수건을 말없이 노려보고만 있었다. 그러다가 어색한 음성이 매검향의 입에서 새어 나왔다.

"어쭈! 제대로 수작인데?"

"야, 야! 내가 뭐가 아쉬워 네게 개수작을 부리겠냐? 그냥 좀 쉬자는 거지. 앉기 싫으면 관둬라! 야, 그리고 내가 정말 여자가 아쉬워 네게 헛물켠다고 생각하냐? 북태성에 지천으로 널린 게 너보다 예쁜 여자야. 주제도 모르고……."

매검향은 빈정대는 야랑을 파랗게 날 선 눈으로 노려보며 허리에 매인 붉은 검병에 손을 얹었다.

"울대를 콱 그어버리기 전에 그 주둥이 닥쳐라— 잉! 그래도 어릴 때부터 지금껏 못났단 소리는 한 번도 듣지 않고 큰 나야! 동태눈깔이로 뭘 볼 줄이나 알긴 아냐? 미친 새끼!"

야랑이 도끼눈을 치켜뜬 매검향에게 너스레웃음을 보이며 앉으라는 손짓을 해 보였다. 매검향은 그 손짓에 겸연쩍은 듯 주위를 살피더니 주위가 을씨년스러울 정도로 인적이 끊긴 것을 확인하곤 보란 듯이 복면수건을 벗어버렸다. 그리곤 야랑이 깔아놓은 복면수건 위에 제 복면수건을 한 겹 더 깔고 앉으며 괜히 투덜거렸다.

"여자는 차가운 곳에 앉으면 속병 앓아."

"누가 뭐랬냐? 그래서 복면수건으로 귀하게 모신 거 아니냐?"

야랑의 쥐어박는 면박에 매검향은 쑥스러워졌는지 말머리를 다른 곳으로 돌려놓았다.

"부, 북빙구검은 다 익혔어?"

"거의."

"북빙구검을 다 익히면 다른 사계검법은 별로 손맛이 없어져. 그만큼 북빙구검이 막강하지."

야랑이 매검향의 옆모습을 힐끔 살폈다. 까무잡잡한 얼굴에 어둠이 깃드니 두 눈이 더욱 반짝여 보였다.

"북빙구검 다음은 뭐지?"

"북빙구검을 끝으로 사계검법을 다 익히면 특별한 공(功)

이 없는 한은 더 이상 배울 것이 없어."

"더 없어? 만약 특별한 공을 세우면?"

"북존궁에서 내려오는 무공이 따로 있지."

야랑이 관심을 보이며 빠르게 물었다.

"글쎄, 그게 뭐냐고?"

"태상북검(太上北劍)."

"태상북검?"

"응. 원래 그 검법의 이름은 몽환구십구검법(夢幻九十九劍 法)이라는 긴 이름이었대. 그냥 편하게 태상북검이라고 보통 불리지. 그 검법의 존재를 아는 사람은 많아도 배운 사람은 극소수야."

야랑은 잠시 생각에 잠기더니 두 손을 깍지 끼고 뒷머리에 받쳐 손 베개를 하며 돌담에 머리를 기댔다.

"그럼 우백호랑 좌청룡은 태상북검을 받았어?"

"우백호 형은 오래전부터 상당 부분의 태상북검을 받아 익혔고, 좌청룡 형도 작년 이맘때인가에 태상북검의 도입 부분을 받아 익힌 것으로 알고 있어. 그래서 우리완 실력 차이가 많이 나. 네가 아무리 날고 긴다 해도 모빈 형의 죽검 앞에선 십여 초를 못 넘기고 나자빠질걸. 큰형 앞에선 삼 초식은 버텨내려나?"

야랑은 점점 짙어지는 밤하늘을 허한 눈길로 쳐다보며 매검향을 향해 작은 소리로 물었다.

"그래서 그런 거야?"

"뭐가?"

"공을 세울 목적으로?"

매검향은 쭉 뻗어놓았던 두 다리를 당겨 세우며 두 팔로 당겨놓은 두 무릎을 가슴 쪽으로 끌어안았다.

"그런 욕심이 없었다면 거짓말이겠지? 그것보다 우선은 너와 비슷한 심정으로 나선 거야. 일단 인정부터 받아야 할 거 아냐? 너도 그런 마음에서 나선 거잖아."

야랑은 매검향의 솔직한 대답에 뒷머리를 받쳤던 손을 풀어 내리며 고개를 끄덕였다.

"그렇지. 인정을 받아야지. 그래야 내일이란 기대도 있는 것이고……."

야랑의 입이 잠시 멈춰졌다. 두 명의 수호당 무인이 야경을 위해 퍼질러 앉은 두 사람을 힐끗 곁눈질로 살피더니 작게 목례를 보이며 지나갔다. 야경꾼들이 지나간 후 야랑은 잠시 멈추었던 입을 다시 열었다.

"근데 넌 어디 출신이냐?"

"나? 참, 일찍도 궁금해한다. 나 길림(吉林) 출신이야. 길림에서 꽤 알아주는 무가의 맏딸로 태어나 북태성 암웅단 단장 흑수수 화우몽의 눈에 띄어 북태성으로 들어왔지. 난 외성을 거치지 않고 바로 내성으로 들어왔어. 바로 암웅단원으로 몇 년 보내다가……. 어, 근데 저자들이 왜 기어나왔지?"

맥없는 목소리로 종알거리던 매검향이 무엇을 봤는지 의아해하며 어둑한 돌담길 모서리 쪽을 손으로 가리켜 보였다. 야랑의 눈길이 짙어지는 어둠을 뚫고 매검향의 검지가 가리키는 쪽으로 향했다. 막 어둔 모서리를 돌아 내성과 외성을 경계한 돌담 아래에 은밀한 자세로 모여든 세 명의 사내.

"누군데?"

야랑의 의아한 말에 매검향이 바짝 목소리를 죽였다.

"복색이 북풍무군이잖아."

매검향의 속삭이는 말에 놀란 야랑의 눈이 커졌다.

"어! 북풍무군이 여긴 왜?"

*   *   *

"정말 담담했어? 정말 아무렇지도 않았어?"

악귀는 몇 번이나 캐묻는 낙화비의 물음에 똑같은 답을 몇 번이나 번복해야만 했다.

"응."

"여, 역시 넌……."

"괴물이라고?"

"아, 아니! 악귀라고."

서상표의 환송회를 끝내고 나온 악귀는 낙화비가 잠시 들렀다가 가야 할 가게가 있다며 나선 길을 투덜투덜 따라 걷고 있었다.

낙화비의 발길이 향한 곳은 동문장터의 후미진 골목길이었다. 한참을 길 잃은 사람처럼 갈팡질팡 헤매던 낙화비의 발걸음이 멈춘 곳은 높다란 돌담을 바라보고 선 자그마한 가게 앞이었다. 언뜻 보기엔 그냥 작은 포목점으로 보였는데, 내어놓은 물건들을 가만히 살피니 첫눈에도 왜 후미진 이런 골목길 귀퉁이에 작은 포목점이 자리했는지 알 수 있을 것 같았다.

걸어놓고 내어놓은 물건들이 전부 여인네들이 사용하는 속곳 종류였다. 기녀들이나 사용할 법한 민망할 만큼 야시시한 속곳들. 그리고 여염집 아낙네들이 사용할 만한 속속곳, 단속곳에 고쟁이며, 매미 날개처럼 얇은 속치마와 속적삼이 알록달록 괴이한 모습으로 진열되어 있었고, 용도가 의아스런 광목과 삼베 천 조각들이 진열대 위에 가지런하게 쌓여 있었다.

"뭘 보니?"

눈을 흘기며 쏘아붙이는 낙화비의 말에 악귀는 괜스레 찔끔 놀라며 눈을 급히 돌려놓았다.

"난 또……."

"난 또 뭐?"

"아냐. 어서 필요한 옷 사서 가자. 난 여기서 기다릴게."

그렇게 속곳 가게에서 눈을 돌린 악귀의 시야 속에 높다란 돌담이 보였다.

"저 담을 넘으면 바로 내성이야?"

"응. 내성 처음 보니?"

"아니. 먼발치에서 본 적은 있었지만 코앞에 있어보긴 처음이야."

낙화비는 보이지도 않는 내성 안을 들여다보겠다고 까치발까지 해대는 악귀를 매섭게 흘겨보며 뾰족한 목소리로 으름장부터 놓았다.

"얘, 괜한 짓 하지 말고 얌전히 기다려. 엉뚱한 짓 한답시고 죽고 없다는 사람 찾겠다며 나대다간 정말 큰 곤욕 치른다. 알았지?"

악귀는 말없이 높다란 돌담 벽으로 다가가 돌담을 등지고 퍼질러 앉았다. 그리곤 속곳 가게로 들어가는 낙화비를 바라보다가 목을 뒤로 젖혀 길게 날숨을 토해냈다.

"후— 우!"

첫 살인은 마치 손에 익은 듯 무덤덤했다. 아니, 주루 바닥에 흥건하게 흘러내리는 붉은 핏물을 보며 악귀는 묘한 감흥까지 느꼈다. 물가에 묶여 있던 철부지 아이가 그동안 묶여 있던 금제를 풀고 드디어 물가로 다가가 물속에 첫발을 담갔을 때의 짜릿할 만치 시원한 느낌.

살인에 대해 누구도 자신에게 죄를 묻는 사람은 없었다. 하

지만 아무도 죄를 묻지 않는다는 것이 오히려 악귀의 가슴 한
쪽을 횅하게 만들었다. 이제 시작에 불과하다는 것을 잘 알고
있다. 스스로 벗어던진 저주를 이제 와서 다시 덮어쓸 이유는
없지 않은가.

악귀의 원래 이름은 용후다.

용후는 어머니와 함께 진즉에 죽었다.

악귀만이 살아 지금 아련한 기억 속으로 되돌아왔다.

"용후야, 네 친아버지는 내가 그리워지면 담벼락에 기대어 휘
파람으로 노래를 부르셨단다."

악귀는 밤하늘을 멍하니 바라보며 입버릇처럼 휘파람을
불었다. 휘파람의 노랫가락은 악귀의 입에서 나직하게 불려
높다란 돌담의 담벼락을 타고 넘어갔다.

                    *   *   *

"북풍무군이 저런 식으로 암행(暗行)을 할 리는 없는데."

매검향이 슬며시 일어서며 깔고 앉았던 복면수건으로 얼굴
부터 가렸다. 무언가 석연찮은 야랑 역시 돌담 벽에서 등을 떼
어내며 조심스럽게 복면수건을 집어 눈 밑아래부터 가렸다.

"아무래도 북풍무군의 복색으로 위장한 것 같은데?"

야랑의 속삭임에 매검향이 작게 고개를 끄덕이곤 까만 눈동자를 빛내며 턱짓을 해 보였다.

야랑이 소리없이 일어나 매검향의 옆에 바짝 붙어 섰다.

"저 안쪽 모서리를 돌면 어디로 통해?"

야랑의 물음에 매검향이 고개를 가만히 저어 보였다.

"막다른 골목길이야. 길은 더 이상 없어. 그곳에 늘 두 명의 수호당이 배치되어 있는데 저들이 아무런 제지도 받지 않고 여기까지 움직였다면 필시 골목길 안에서 무슨 사단이 있었을 거야. 저 안쪽 골목길 담장을 넘으면 바로 북태성 대학자들이 모여 있는 무문관(武文官)이 있고… 어, 놈들이 움직인다."

매검향이 벽에 몸을 딱 붙인 채 발끝걸음으로 빠르게 나아갔다. 야랑이 매검향의 뒤를 따르려고 할 때,

돌담 너머에서 들려오는 휘파람 소리.

몇 발짝 앞으로 나아가던 야랑의 두 발이 땅에 얼어붙어 버린 듯 멈춰졌다.

무척이나 귀에 익은 휘파람 소리.

향수(鄕愁)에 젖은 듯한 스산한 노랫가락.

휘파람에 섞인 숨결이 야랑의 귓속으로 스며들었다.

야랑이 고개를 급히 들어 돌담 위로 눈길을 돌릴 때, 매검향의 다급한 외침이 작게 터져 나왔다.

"야, 뭐 해? 놓치겠어."

하지만 야랑의 두 눈은 작게 흔들리며 옅은 달빛과 함께 돌담 위에 걸려 있었다.

'악귀다!'

『남북무림』 2권에 계속…

時空天魔

시공천마

자청 퓨전 무협 소설

혜성처럼 등장해 장르문학 사이트를
강타한 화제의 소설!
독자들이 인정한
퓨전 문학의 새로운 발견!

인류생존보호군 특수제거대 대장 이환,
슈퍼컴퓨터 무궁화의 음모에 빠져 핵폭발과 동시에
청와대와 함께 시공간의 틈으로 빨려 들어가다!
그리고 청와대 안 유일한 생존자
이환의 눈앞에 펼쳐진 1371년 어느 중국 땅!
"신이라고 믿는다면, 신이 되어주지.
무조건적인 착한 신을 기대했다면 슬픈 일일 거야.
주제를 모르는 것은 강철 따위로도 충분하니까."

이환, 천마(天魔)의 마학을 이어 무림의 신이 되다!

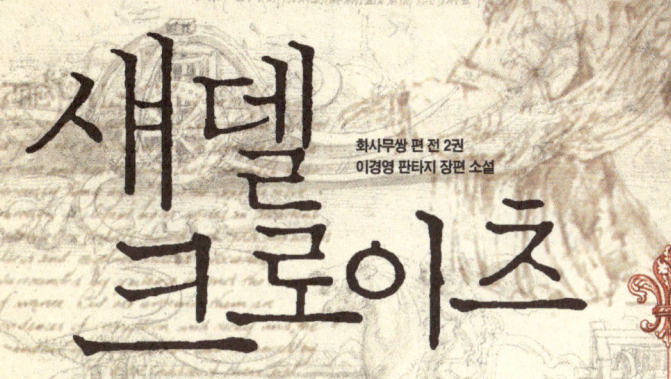

섀델 크로이츠

화사무쌍 편 전 2권
이경영 판타지 장편 소설

『가즈나이트』의 명성과 신화를 넘어설
이경영의 판타지의 새로운 상상력!

자신만의 독특한 세계관을 창조한 작가
이경영의 새로운 도전과 신선한 충격.

바란투로스의 특수부대 섀델 크로이츠의 리더 파렌 콘스탄.
야만족을 돕는 안개술사를 물리치기 위해 아시엔 대륙에서 온
불을 뿜는 요괴 소녀 카샤.
너무나 다른 두 사람이 운명의 길에서 만나다.
친구란 이름으로 시작된 모험, 그 앞에 놓인 난관과 운명의 끈은
어떻게 될 것인지……

"질투가 날 만도 하지.
요괴가 산신령을 엄마로 두는 건 흔한 일이 아니거든.
괜찮다, 파렌. 본좌가 아는 요괴들 전부 본좌를 질투하고 부러워하니까."
소녀는 손에 잔뜩 받은 빗물을 훌쩍 마셨다.
파렌은 그 순수함에 웃음을 흘렸다.
그는 지금까지 자신이 봤던 그녀의 기이한 행동들을 어렴풋이나마 이해할 수 있을 것 같았다.
그렇게 친구가 된 둘은 그 길로 긴 여행을 떠나게 된다.

본문 중에-

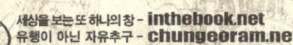
세상을 보는 또 하나의 창 - inthebook.net
유행이 아닌 자유추구 - chungeoram.net

Book Publishing CHUNGEORAM

학교에서는 가르쳐주지 않는
10대들을 위한 인생수업

작가 : 이빙 | 역자 : 김락준

10대들을 위한 나침반 같은 인생 교과서!
사회 초입에 들어서게 될 청소년들에게 들려주는
100가지 인생 이야기

내 인생의 방향잡기!
여행길에 오르기 전에 접해보자!

100가지 이야기, 100가지 명언

사람은 태어나면서부터 각기 다른 모습으로, 각기 다른 사고로 "인생" 이라는
여행길에 오르게 된다. 내가 지금 서 있는 이 위치에서 그리고 사회라는 공간에서
한 사람의 몫을 당당하게 해낼 수 있는 역량을 키워나가기 위해서는 어떠한 생각을
가지고 있어야 하는 걸까.

늦지 않게 준비하자! 스스로의 마음가짐이 자신의 미래를 결정한다!

설레는 마음으로 떠난 길일지라도 기존에 생각하고 있던 것과는 다르게 흘러가는
사회의 모습에 당혹스럽기도 할 것이다.

그러한 곳에 발을 들여놓기 위해 첫 발걸음을 막 뗀 청소년이라면 학교에서는
미처 배우지 못한 상황에 더욱이 큰 혼란스러움을 느낄 수밖에 없다.
시간이 흐를수록 사회가 한 인간에게 요구하는 것은 다양하고 세밀해지고 있다.
그러한 사회 속에서 자신만이 앞으로 나아가지 못해 제자리걸음을 하게 된다면 어떠할까.
미리 대비를 하지 않는다면 당신 역시 그러한 현상에 빠지는 또 한 명의 사람이 되고 말 것이다.

책장을 넘기는 순간, 책과 당신의 공감대가 형성된다!

적응을 위해 도움이 될 만한
인생의 지혜와 경험, 깨달음이 한가득 담겨있다.
그 속에 담긴 100가지 이야기 그리고 그와 관련된 100가지의 명언은
가슴 깊이 새겨 놓고 되뇌어 보기에 충분하다.

Book Publishing CHUNGEORAM

세상을 보는 또 하나의 창 - inthebook.net
유행이 아닌 자유추구 - chungeoram.net

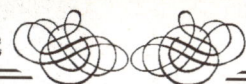

공부하는 감각의 차이가 자녀의 미래를 결정한다.
이 시대가 필요로 하는 명품 인재 만들기!

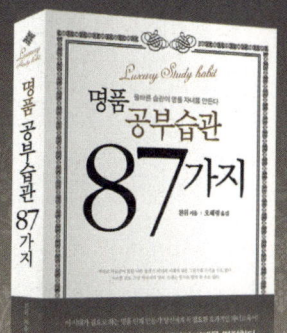

Luxury Study habit

올바른 습관이 명품 자녀를 만든다

명품
공부습관
87가지

저자 : 친위
역자 : 오혜령

똑소리 나는 부모의 똑소리 나는 자녀 교육법!

어린 시절의 습관은 평생을 결정한다.
제대로 바로잡지 못한 나쁜 습관은 자녀의 미래에 검은 그림자를 드리울 수도 있다.
대부분의 부모들은 아이의 잘못된 습관을 발견하면 언성을 높이는 경향이 있다.
하지만 그것이 문제 해결의 방법이 아님을 당신은 이미 알고 있을 것이다.
지금 당신은 적절한 대안을 찾지 못해 힘겨워 하고 있지는 않은가.
내 아이가 명품 인생으로 살아가길 희망하는 부모라면 이 책에 귀를 기울여 보자.

내 아이가 세상의 중심에 우뚝 설 수 있게 하는 방법!

이 책은 잘못된 공부습관과 대인관계 형성 등의 문제 등을
87가지 이야기를 통해 알아보고 그에 걸맞는 올바른 해결책을 제시해주고 있다.
이 한 권의 책을 통해 똑소리 나는 부모가 되어보자.
그리고 내 아이가 최고의 명품으로 거듭날 수 있도록 노력해보자.
이 책은 분명 당신에게 꼭 맞는 효과적인 자녀교육서가 될 것이다.

세상을 보는 또 하나의 창 · inthebook.net
유행이 아닌 자유추구 · chungeoram.net

Book Publishing CHUNGEORAM

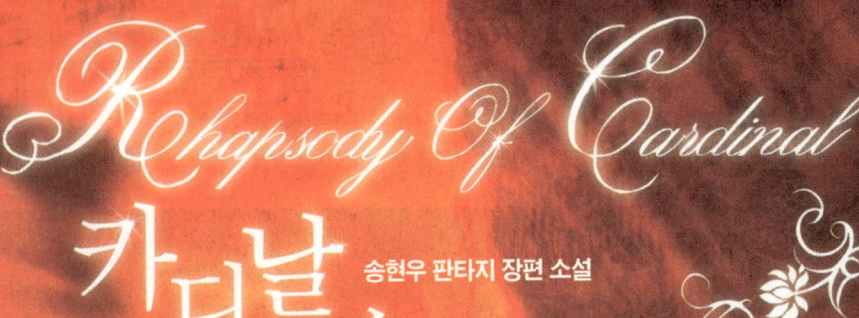

Rhapsody Of Cardinal

카디날 랩소디

송현우 판타지 장편 소설

놀라운 경험(the enormous experience)!

He created a completely new world.
It is a place who have never known and where never been able to imagine.
This splendid world will introduce the enormous experience for the
person only who reads.

그 누구에게도 알려진 것이 없으며 상상조차 할 수 없었던 새로운 세계를
작가는 완벽하게 창조해내었다.
이 멋진 세계는 독자들만이 체험할 수 있는 놀라운 경험으로 인도할 것이다.

판타지는 허구다? 아니다. 판타지는 일상이다.
우리의 삶은 연속된 판타지의 연장선상에 놓여 있고,
상상은 우리의 일상을 더욱 살찌운다.
『카디날 랩소디(Rhapsody of Cardinal)』를 경험하는 독자들은
더욱 풍부한 일상 속에서 새로운 삶을 경험할 것이다.
멋진 만남! 흥미로운 경험! 이것이 『카디날 랩소디』가 가진 장점이며,
작가 송현우가 독자들에게 바라는 꿈이다.

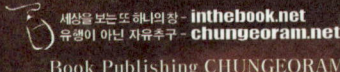

세상을 보는 또 하나의 창 - inthebook.net
유행이 아닌 자유추구 - chungeoram.net

Book Publishing CHUNGEORAM